U0772440

海

LA MER

Jules Michelet

[法] 儒勒·米什莱

—著—

李玉民

—译—

目录

代序

宇宙的史诗

埃米尔·左拉

※

第一卷　海洋一瞥

一　岸边观海 …… 011

二　沙滩、石滩和悬崖 …… 018

三　沙滩、石滩和悬崖（续篇） …… 024

四　水圈、火圈——河流与大海 …… 031

五　海洋的脉搏 …… 041

六　风暴 …… 050

七　1859 年 10 月的风暴 …… 056

八　　灯塔 …… 069

※

第二卷　海的创世

一　　繁殖力 …… 081

二　　奶之海 …… 088

三　　粒子 …… 099

四　　血之花 …… 109

五　　世界的创建者 …… 117

六　　海的女儿 …… 128

七　　海胆 …… 139

八　　贝、螺、珍珠 …… 147

九　　海盗（章鱼等） …… 157

十　甲壳类动物——战争与阴谋 …………………… 163

十一　鱼 ………………………………………………… 172

十二　鲸 ………………………………………………… 183

十三　美人鱼 ……………………………………………… 192

※

第三卷　征服大海

一　渔叉 ………………………………………………… 205

二　发现三大洋 …………………………………………… 212

三　风暴的法则 …………………………………………… 225

四　极地海洋 ……………………………………………… 235

五　海洋种族的战争 ……………………………………… 249

六　海洋法 ………………………………………………… 258

※

第四卷　借海复兴

一　　海水浴起源 …………………………… 269

二　　选择海岸 ……………………………… 280

三　　住宅 …………………………………… 289

四　　初次呼吸海 …………………………… 298

五　　海水浴——再生美 …………………… 305

六　　心灵和博爱的再生 …………………… 311

七　　万国的新生活 ………………………… 319

注　释 ………………………………………… 328

儒勒·米什莱生平与创作年表 ……………… 337

宇宙的史诗

埃米尔·左拉

我划着小舟，穿行在漂浮的灯心草之间，到了一个僻静的地点。谁也不知道我在这儿，就连鸟儿也不知道。想到这一点，我喜不自胜。陪伴在我身边的，只有静水中我的倒影。于是我翻开书，重读米什莱的诗。《鸟》《虫》《海》《山》，这些宇宙的史诗，就应该这样阅读，远离尘嚣，在一座偏僻小岛，在大地的怀抱。不要问我你们该携带什么新书去度假，那样我就会回答："没有什么新书。你们就带上《鸟》《虫》《海》《山》，到矮树林深处重新阅读。我可以肯定，你们会以为还没有翻阅过。"

啊！在六月的一天清亮的早晨，多么容易理解诗人卓越的倾向！他对莺和蜻蜓、对橡木和山楂树所怀有的兄弟般的好感，具有某种我说不清的城里人的做派。在这里，在这生命悸动的岛上，人真的就感到自己是草虫、蝴蝶、极细小枝叶的亲戚。我半卧在草坪宽宽地毯的一端，想象自己也跟旁边的杨树一样，紧紧依恋大地，仿佛感到我在杨树皮下所听见流动的汁液，也同样在我清爽的肉体内上升；我依赖它们的生命力而生活，一种自由而又自豪的生命力。我像它们那样，一动不动，默默无声，在激赏的阳光中沉思，久久遐想大地的秘密。我倾听着一只鸟儿的啾啾、一只虫儿的唧唧，理解了这些初始的语言，在树木与我共享的汁液中，汲取了一颗友爱的灵魂。

自不待言，我绝不会折断一只苍蝇的翅膀，绝不会辗死极弱小的蚜虫，那样我就会认为自己犯了凶杀罪。从前，我阅读米什莱眼含热泪讲述他可能第一次杀害一只昆虫的这几页文字，不由得微笑起来。现在，我领会了他的眼泪。我怀着友情注视着草地上的盲蛛和蚂蚁，这些小生命来自共同的大家庭。我觉得哪怕是加害一个小生命，我也会给这阴凉的静处增添几分悲凄的色彩；就连折断一根树枝我也得犹豫，唯恐看到从伤口中喷出血来。置身于高高的草丛，忘情于一片绿色的寂静中，人就会逐渐感到一切都活跃起来，一切都活了，就连阳光晒热的白石头也有了生命。于是对生命，心中便升起一股极大的崇敬。渐渐地，形成了一种奇异的共鸣：走路突然践踏、伤害了植物，自身肉体也会感到伤痛。米什莱就由衷地具有这种意识：人与大地最年幼的孩子之间，存在着亲缘关系。他那种善心令人赞叹，只因他在任何生物体内、任何事物体内，都听到了共同的生命和友爱的气息。

太阳升高了，万缕金丝雨，透过枝叶，给草坪打上点点活动的黄斑。现在一定是酷热难耐了。我望见杨树树干后边一段小河，河水沉睡，白花花且稠稠的，好似熔化了的白银。一种颤动的寂静，降落在极度兴奋、陶醉于阳光中的乡野上。

然而，我所躲藏的这个枝叶茂密的角落，这间幽室，却保持着一种沁人心脾的清爽。热风时而刮过，好似火热的亲吻，让凉快的树荫产生快感而急速战栗。

合上书，我一边思考，一边阅读这首关于大自然的诗的续篇。噢！我们如今的诗人多么盲目，思想多么狭隘！他们舍近求远，到已逝人民的传说中，寻求虚假的灵感，费尽心机去复活那些老神话，却无视大自然真实的广阔天地。今天我们知晓，苍白的神明并不隐藏在树皮里和花蕊中。科学向我们揭示了一种境界更高的诗歌，现实已经显示出它比寓言更伟大。古代那些讽喻已经变得冷冰冰的，它们比起鲜花的真爱和树木的真实生活，显得幼稚可笑。在米什莱的作品中，读一读玫瑰是如何爱的，橡树是如何出生并长大的，那么你们就会像对一个害羞的妹妹似的关心玫瑰，就会像对一个比你们优秀的兄弟似的关心橡树。明天的史诗就在这里，在发现天和地幽深而温馨的奥秘中，在生物和事物的崇高的自然史中。

米什莱作为第一批的成员，怀着无限的激情，跪拜共同的伟大母亲，为此他将永世享有荣名。而对生命的无限，他浑身颤抖，既惊恐又心怀希望。他叩问昆虫麇集的世界时，一定忘掉了人，比起不计其数的无限小的族类，我们的民族简直少得可怜。总是不断地出现新生物，地球的活力，一直体现到最不起眼的一滴水中。而所有这些生物，受引领世界的原动力的推动，都那么活跃，走向一个目标。任何神话，都从来没有虚构出一个给人这样一种现实概念的故事。我边想这些事物边注视身边的草地，目光落在绿得发亮的草茎上。一簇青草就是一块未知的土地。我所观察的这块土地上，就有街道、十字路口、整座城市。我看清深处有一大片暗影，那是正在凄然腐烂的春天的叶子；继而，细茎径直上升，拉长，又打了弯儿，姿态十分曼妙；这些是纤细的柱廊、断桥、凯旋门，巴比伦式的一整套建筑。这个世界有居民，比节日期间一座巴黎广场还拥挤；各种虫子在柱廊下往来穿梭，默默无声忙碌着，好似匆匆忙忙去办事的人。我不免想到，在这块巴掌大的土地上，能有数百万的微生物，我的肉眼看不见，却感到约伯所说的神圣恐怖的战栗传遍我的肌肤。

如果说不计其数的昆虫，打开了生命无限的渊薮，那么鸟类翅膀的国度，就是我们乡野的歌声。在这里，米什莱的呼叫就是自由的一声呼叫。翅膀！翅膀！云雀直冲云霄，在拂晓放飞希望的歌，不断升空，直至见到日出的第一缕阳光。在米什莱的眼里，这种形象正是人类穿越岁月，冲向正义和真实的宁静高度。鸟儿的诗篇，其实也可以说，正是一首人类的、聪慧的诗歌。筑巢，孵卵，都是一首首美妙的田园诗。但愿我们的诗人沿着篱笆走走，给我们讲讲红喉鸟儿的爱情，这要比他们大谈印度和希腊的神更能打动我们。从早晨我就注意到，在我附近的山楂树丛中，有一只莺正在筑巢；在这僻静的地方遇到一个生人，起初它不禁恐惧，后来慢慢习惯了，把我当成了一个并不碍事的朋友，几乎就在我的鼻子底下叼草茎，缠绕编织。干吧，可怜的动物，我不会来捕你的孩子。

我在这幽深的隐居场所，就这样一直待到傍晚，很高兴忘记了自己是人，自以为跟虫儿和鸟儿一样自由。到了暮色苍茫的时分，我恋恋不舍，又操起桨，任小舟顺流而下。双桨拂到水面，在暮晚朦胧的寂静中，发出轻柔而单调的声响。

一天结束了，每人干完了活儿，大地上的车间都关门了。我想到那些可怜的姑娘，她们在我们城市的车间里劳作，累得眼睛通红；我又想起儒勒·西蒙[1]的一本好书——《女工》这部伟大心灵之作的某些段落，不免心中暗道：我们已经把一切，甚至把劳动都玷污了。在我们这里，有富人和穷人，还有为供养这个世界的幸福者而干活累死的贫苦的不幸者。在田野上，只有劳动者，每人挣自己的面包，正因为如此，一天劳作结束，农村那么静谧，堪称正义和自由的理想的城池。

我们若是愿意倾听的话，草场和山峦能给我们上多少课程啊！当米什莱歌唱自然之诗的时候，我们感到他考虑的是人，他把动物当作我们的典范，把树木和山峦视为我们的榜样。在《山》这本书中，他带着我们攀登那些纯净自由之风劲吹的山峰。对他而言就是这样，自然科学总是持续揭示进步的法则。他坚定地相信，等到我们终于相互了解的那天，我们就会如兄弟般相爱，而科学一旦阐明事物和生物间密切的亲缘关系，世界就将沉浸在一座火熔炉里了。

1　西蒙（Jules Simon，1814—1896）：法国政治家，索邦大学哲学教授。1848 年因关心工人问题而当选为议员，后担任过教育部长等职。他当选为法兰西学院院长，并成为终身参议员。——译者注（下略）

船桨在静静的水面上歌唱，而我梦想着这种善世的未来。无限的温馨抚慰着乡野。不知从何而来的一种宁静，充满了遥远的祈祷和歌声。淡淡而颤动的天际逐渐扩大，恍若在夜色中隐没之前，最后呈现的一种幻象。

译者附记　米什莱于1868年2月出版了《山》，同年6月28日，左拉就在《论坛报》上发表此文。米什莱看到当天的报纸，当即就给左拉写了一封信：“先生，感谢您写了这样感动而美妙的文章。不错，我想要两样东西，‘历史’和‘自然’，这未免过分了。谢天谢地，《法国史》算是大功告成（您有《路易十六》卷吗？），然而，讲述大自然，什么时候，又如何完成呢？”

1867年，《路易十六》卷，即第十七卷出版：标志着米什莱完成了《法国史》这一鸿篇巨制。1868年《山》一书出版，与先前问世的《鸟》《虫》《海》组成了大自然系列，篇幅虽然比他的《法国史》，甚至比他的《法国大革命史》（六卷）小得多，但是在作者的心目中，历史和自然并重。无怪乎左拉要带着这几本书，到大自然怀抱中重读，写出这篇激情满怀的文章，称赞这是“宇宙的史诗”，并且预言作为首批跪拜自然这个伟大母亲的人，米什莱“将永世享有荣名”。左拉几乎同步读这些作品，用同样诗的语言写出这篇鲜活的评论文章，我想借用来，当作中译本的《鸟》《虫》《海》《山》的总序，既可以记录这段文坛佳话，又增添一点一个半世纪前的时代感。

这四本书的全译本首次在我国出版，完成我的一个心愿，也应当感谢世纪文景决策者的慧眼。此前，《鸟》《海》出过节译本，我也曾写过一篇序言：《灵魂的礼赞》。文中写道：米什莱一颗忧戚的心，走出了野蛮的黑夜，走出了历史的阴影，回到大自然的光天化日之下，感到自然万物是那么丰美和旺盛，要在新的感觉中再生……思想的变化往往是隐秘而神奇的。从国家转向大自然，他猛地憬悟，感到大解脱，大释然了。比起自然界来，人类历史的风风雨雨又算得了什么，不仅渺小而荒谬，而且在永恒的宇宙中不过是一瞬间……作者在这些书中，并不想把人的精神赋予大自然，而是要力图悟透大自然的精神，叩问每个生灵的小小灵魂的秘密……法语中的灵魂一词“Ame”，既指人也指一切生灵，并非人类专有。在这一点上，古代人出于本能和天性，认识得更为清楚，因而对万物万灵始终怀有敬畏，古代的图腾便是明证。反之，现代人长了知识，却昧了心性，狂妄悖谬到了极点，竟然以世界主宰自居，向鸟类开战，残害各种动物，严重破坏大自然和谐的生态环境，现在开始自食恶果了……这几本书一出版，就取得罕见的成功，效仿者纷纷转向大自然的题材，出炉了许多专著，好几家出版社还计划组织出版大自然的百科全书和丛书。在众多同类书籍中，米什莱的这几本书仍是佼佼者，堪称法国文学史上的散文佳作。书虽小，却显示出作者的恢宏大气、出众才智和诗人气质。他在历史著作中所体现的民主主义的社会思想、人道主义的博爱精神，又进一步发扬光大，扩展到自然科学领域了。早在一百五十年前，米什莱就代表人类，向大自然的灵魂举行了第一次礼赞。这些书今天读来，我们仍然感到深深的震撼，尤其为当代人的所作所为感到羞惭。我们应当记住米什莱的声音……

在这里复述这几段，译者只为重申对作者的无限敬意。

以上写于2011年4月，《山》《海》《鸟》《虫》在我国首发的初版之际，七年多时间过去了。初版到期，两年前，一家文化公司和一家出版社前来签订了出版合同，准备再版这四本书。米什莱是我偏爱的法国作家之一。相隔两三个月，签订两份合同，以防变故，也是力推好书的一种措施。果然，两年倏忽而逝，还不见书面世，想必各自有无奈的原因。我对图书市场的风云变幻早已习惯，催问无益，正欲另作打算。忽然中央编译出版社责编报来好消息，四本书清样出来，要我过目。

图书再版，是提高质量的好时机。中央编译出版社肯花工大重点打造，修正了初版的疏漏，不放过一处疑有问题的地方。我感念初版的决策者的见识，也敬重再版的编辑人员提高质量的意愿，因此不敢怠慢，尽量不留下一点遗憾。

米什莱这样一位大家，想了解的读者找不到顺手的资料，只有柳鸣九先生编写的《法国文学史》有专论米什莱的一章，高度评价了米什莱的这些散文作品，但是一般读者很难找到。有鉴于此，我就与责编商定，专门为这套新版的四本书编译一份作者的生平与创作年表，附在每本书的后面，以备读者查阅。

李玉民

2018年8月于大连金石滩

第一卷　海洋一瞥

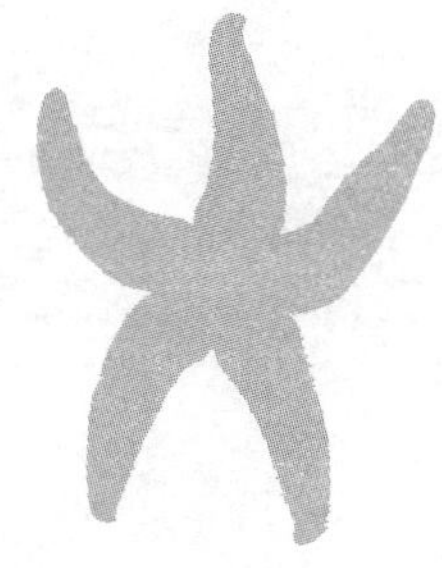

一

岸边观海

荷兰有一个勇敢的海员，一生都在海上度过，他坚定而冷静地观察，坦言大海给人的第一印象便是恐惧。对于生活在陆地上的任何生物，水是一种窒息的、不能呼吸的元素。这是一道天堑，将两个世界截然分开，永远也不可逾越。人们称之为海的这泱泱大水，深不可测，显得那么陌生而神秘，如果说它在人的想象中总展示可怖景象，那是不足为奇的。

在东方人眼中，海只是苦涩的渊薮，深渊的黑夜。从印度到爱尔兰，在各种古代语言中，“海”这个词的同义词或近义词，便是“荒漠”和“黑夜”。

每天暮晚，目睹太阳，人世的欢乐和一切生命之父，沉没在万顷波涛中，心上便油然而生无限的惆怅。这是尘世，尤其是西方每日的悲哀。这种落日的景象，虽然天天可见，但是总要对我们产生同样巨大的威慑，同样黯然神伤的效果。

假如潜入海中，到达一定深度，很快就不见光亮了，周围一片朦胧，永远保持一种色调，阴森可怖的暗红色。再潜下去，连这种色调也消失殆尽，完全进入黑夜，伸手不见五指，只会偶尔闪现可怕的磷光。茫无涯际，深邃莫测，海域覆盖了地球的大部分，似乎是个幽冥世界。正是这种景象，令原始初民震惊和畏怯。那时人们推测，没有光的地方，生命就会终止，而除了表层，下面是整个无法探测的深渊，海底（假如深渊有底的话）就是一片空寂的黑暗；只有枯骨与残骸，埋在荒沙和石子中；贪吝的海水只取不予，将多少海难丧失的大量财富，仔细深藏在这座宝库里。

海水再怎么明净，也丝毫不能让人放心。那绝非是善意迎人的幽泉仙府。这里的海水浑浊而滞重，浪涛猛烈地拍击着岩岸。谁敢冒险到水中，就会强烈地感到被高高地托起来。不错，海水能助游泳者一臂之力，但也同样控制着他：他就感到自己是个弱小的孩子，由一只强有力的巨手摇荡，也可能被它击得粉身碎骨。

小舟一旦解了缆绳，天晓得一阵狂风，一股不可抗拒的潮流，会把它冲向何方？我们北方的渔夫也正是遭遇这种情况，才不由自主地发现美洲极地，带回来凄凉的格陵兰的凶险。[1] 每个民族都有关于大海的传说和故事。荷马史诗、《一千零一夜》，都给我们记载了大量的骇人听闻的传说，充满暗礁和风暴，就是静止的海面也同样致命，能把人困在海上渴死，还有吃人的水怪、妖魔、怪兽、海妖和巨蟒，等等。从前航海最勇敢的人，腓尼基人、迦太基人以及要征服全世界的阿

1 北方的渔夫当指冰岛人，他们早在哥伦布发现美洲大陆之前，就已到过格陵兰，甚至有人认为，北欧渔夫到过北美洲海岸。——译者注（下略）

拉伯人，受到关于黄金和赫斯珀里得斯[1]传说的吸引，驶过地中海，向汪洋大海进发，但是不久就停止了。他们还未到赤道，前面就横着一条永远堆积乌云的黑线，便畏葸不前了，停下来叹道："那是魔鬼之海啊！"于是，他们掉转船头返航了。

"侵犯这一圣地，就是亵渎神灵。谁敢冒大不韪，一意孤行，必将大祸临头！他们在最后的岛屿上看见一个巨人，那个凶神恶煞断喝一声：'不准再往前走了。'"

※ ※ ※

古代人这种带几分稚气的恐惧，跟一个来自内陆的见习水手突然望见大海时常有的那种惊慌，并没有什么不同。可以说任何人猛然见到大海，都会有这种反应。动物也显然会惊恐不安。即使退潮的时候，海水十分舒缓而平和，懒洋洋地在岸边拖曳，马见了也还是不安心，浑身颤抖，往往不肯涉过软绵绵的水流。狗见了则会后退并狂吠，以它的方式叫骂它害怕的浪花。狗觉得是充满敌意的可疑事物，就绝不肯和睦相处。一位旅行家对我们讲起，堪察加半岛的狗虽然见惯了海景，但每次见到都照样惊恐，狂吠个不停。在漫长的黑夜，它们往往成群结队，数以千计，对着狂涛怒浪咆哮，疯狂地冲击北冰洋。

1　赫斯珀里得斯（Hesperides）：希腊神话中，夜神赫斯珀里洛斯的四个女儿，她们负责看守该亚作为礼物送给赫拉的金苹果树。

※ ※ ※

西北部的忧郁的河流，南方的广阔的沙滩，布列塔尼的荒野，都是海洋的前庭，天然的津梁，引导人做好思想准备去感受大洋。任何人经过这些渠道去海边，看到宣告海洋的这些过渡地带，都不免十分惊诧。沿着这些河流两岸，一望无际，唯见灯芯草、柳树以及各种植物，而且随着河流汇入的海水渐多，逐渐变咸，植物也都变成海生品种了。走在通往海边的荒原，先就望见一片低矮的荒草、蕨类和欧石楠的海洋。离海还有一两法里，就能注意到那些树木瘦小、细弱，一株株满含怨愤，以它们的方式和姿态，我是说以它们怪异的姿势，宣告大暴君已近在咫尺，能感到它那气息的威慑。那些树木如果不是连着根，显然都要逃走，它们背对着仇敌，眺望着大地，那副披头散发的样子，似乎就要离开，就要四散逃走了。它们弯曲下去，一直弯到地面，被固定在那里而难以动弹，在狂风中只好七扭八歪。还有些近海地带，树木很矮，枝丫横向无限伸展。海滩上，贝壳已经风化，随风扬起粉尘，而树木则受细沙粉尘袭扰，被埋没了。树身的毛吸孔全闭合，缺乏空气，便窒息而死，但是依然保持原来的姿态，立在那里成为石树、树精，凄惨的身影不能消失，被囚禁在死亡中了。

早在望见大海之前，就能听见浪涛轰鸣，猜得出那是多么可怕的人物。起初听来，是远远的喧声，低沉而一致。继而，所有声响都逐渐退让，被那喧声盖过了。不久又会注意到，那是同一个音符庄严地交替，毫无变化地回旋，越来越剧烈，越来越震撼。它不如给我们计时的钟摆的声音那么均匀！然而这里的钟摆，却没有那种机械的单调乏味。这里能让人感到，让人以为感到生命的律动。确实，涨潮的时候，后浪冲上前浪，无边无际，电闪雷鸣，狂涛怒浪席卷而来的贝类和千百种不同的生物，也都发出各种声响，掺进大潮的轰鸣中。而退潮的时候，一种细碎的声响又能让人明白，海水连同沙子，又将忠实的水族收回自己的怀抱。

大海之声，还有别种！它略微一冲动，幽怨和深沉的叹息，就同萧疏海岸的死寂形成鲜明的反差。海岸仿佛凝神，在倾听昨天还以柔波细浪相爱抚的海，今天发出的威胁。过一会儿，海要对岸讲什么呢？我不想推测。我在此处无意谈论海也许要举行的可怕的音乐会，有海浪与岩岸的二重唱，浪涛冲击洞穴发出的低音弦和闷雷声；也无意谈论人们以为听到的令人心惊的呼叫：救命啊！……不，还是等到海严肃起来的日子吧，它那时雄健而不凶残。

※ ※ ※

儿童和无知的人面对这个斯芬克斯，如果说总那么既赞叹又惊愕，恐惧多于快乐，那也不必大惊小怪。就是对我们来说，大海在许多方面，还是一个巨大的谜。

实际上，海域究竟有多大呢？我们顶多知道，海洋比陆地的面积大。地球的表面，大部分是水，小部分才是陆地。

不过海陆相对的比例：很可能水域占五分之四，也有人说占三分之二或四分之三。这事很难确定。陆地在增加，又在减少，始终处于变动状态，某一部分下降，另一部分又上升。一些极地被航海者发现并记录下来，下一次航行却不见了。有的地区岛屿不计其数，巨大的石珊瑚礁、珊瑚礁不断形成，升起来，打乱了地理。

海洋的深度比面积更难以确知。仅做过初步探测的海洋，还为数不多，得出的数据也不大准确。

我们在不可控驭的大海表面大胆做的那些小小尝试，在未知深度的海域里采取的大胆行为，都无损于大海所保持的应有的骄傲，连触动点皮毛都谈不上。其实大海始终那么封闭，那么不可思议。我们推测出来，也已经略微知道一点儿，一个神奇的生命世界，在海中生生不息，在战争与爱中进行各种各样的繁衍。然而，我们刚一进入这种异域，就急急忙忙出来。如果说我们需要海，而海却不需要我们。海洋完全可以不要人类。大自然好像不大在乎这样一类见证。唯有上帝寓居其中。

我们所说流动的、无常的、变幻莫测的这种元素，其实并不变化，完全体现其规律性。不断变化的倒是人。人体（据贝采利乌斯[1]称，五分之四由水构成）明天就会蒸发。人这种瞬间过客，面对大自然永恒的巨大威力，有太多充分的

1　贝采利乌斯（Jones Jakob Berzelius，1779—1848）：生于瑞典，现代化学的奠基人之一。

理由浮想联翩。人要生活在永生的灵魂中，不管这种愿望多么正当，天天目睹死亡，目睹时刻摧折生命的骤变，还是难免黯然神伤。看样子大海战胜了死亡。我们每次靠近海，都仿佛听见它从永恒不变的深底说道："明天你就过去了，而我永远不会。你的尸骨将埋在土中，日久年深便化解消失了，而我仍然雄伟壮丽，不问沧桑，还将是继续均衡的伟大生命，也正是这种伟大生命，时时让我同遥远世界的生命保持和谐。"

这种反差十分强烈地显示出来，对我们似乎有点嘲笑意味，尤其在汹涌澎湃的海岸，浪涛从悬崖夺下石块，再掷向岩壁，每天带走两次，伴随着脚镣铁球拖曳的瘆人声响。凡是年轻人看到这种景象，无不联想起战争的场面，将之想象成一场战斗，头一个反应就是惊慌。接着观察到，惊涛骇浪也有停止的界限，少年于是放下心来，由惧怕转而仇视，认为这个野蛮的家伙在同他过不去，随即也向咆哮的强敌投掷石块。

我于 1831 年 7 月，在勒阿弗尔观察到了这场决斗。我带去一个女孩观海，女孩义愤填膺，觉得有勇气对付浪涛的挑战，便以牙还牙，与之开战。力量悬殊的搏斗，令人发笑：一方是娇弱孩子的小手，另一方则是根本不在乎对手的可怕力量。然而，笑不了多久，就会想到，面对着将我们攫走的那不倦的永恒，可爱的孩子，她的生命多么短促，又多么弱小无力。——这就是我观海的第一瞥，这就是我的遐想，因太过准确的朕兆而黯然。向我启示朕兆的是这场搏斗的两方，我又看见大海，却见不到那孩子。

二

沙滩、石滩和悬崖

到处都能见到大西洋。那大洋到处都显得威严而可怖。它包围的岬角便是这种情景，四面八方都望得见。空阔但有限的海岸，也是这种情景，往往还更可怕，那里海岸逼窄，妨碍并激怒潮水，水流就特别湍急汹涌，往往撞击礁石。虽然有时眼前看不到，但是能感受到，听得见，也能推测出那是茫无涯际的大洋，这样留下的印象也尤为深刻。

我所观望的大西洋景象，是格朗维尔狂风怒浪的海岸，介于诺曼底和布列塔尼的交界处：诺曼底美丽的农村那种丰富而可爱的、有时略显低俗的快乐，到这里便消失了，从格朗维尔起始，从危险的圣米歇尔[1]海岸起始，就进入另一个天地。格朗维尔根植于诺曼底，改头换上布列塔尼的面貌。它的悬崖峭壁，骄傲地抵挡浪涛凶猛的冲击。那巨浪有时从北面英吉利海峡带来洋流的狂怒，有时从西部千里驰骋，带来不断壮大的洪涛，积聚了大西洋的全部力量进行打击。

我喜爱这个独特而略带哀伤色调的小城。小城居民以打

1　圣米歇尔有圣山，是天主教徒朝拜圣地。涨潮时，圣米歇尔山便成为海中孤山。

渔为生，要去最危险的远海。家家都知道，这是靠运气吃饭，人的生死难料。这就给这一带海岸肃穆的特点，增添了一片严肃而和谐的气氛。我经常在这里品味暮晚的惆怅，不是漫步在已经昏暗下来的海滩，就是伫立在岩顶的高城上，眺望夕阳沉落在雾霭苍茫的天际。那个巨大的圆球，往往生硬地画上黑道和红道，沉没时还不停地在天空绘制幻景：那霞光的景色，在别处看往往会赏心悦目。八月份，就已经入秋了。黄昏变得非常短促，太阳刚落，就刮起凉风，暗绿色的海浪快速地奔驰。只能见到寥寥几个女人的身影，都披着白衬里的黑斗篷。返归的羊群，还在约百尺[1]高的岩岸草坪觅食稀疏的荒草，咩咩的哀鸣给海滩增添了几分凄凉。

建在高岩上的城极小，北面峭壁之下便是海岸。那石壁呈黑色，冷峻地同大海对峙，终年受狂风的击打。城中只有简陋的房舍。我由人带进一个制作贝壳画的手艺人家。我登上梯阶，走进一间昏暗的小屋，从狭窄的窗口望见这一凄凉的景象。这跟我在瑞士望见格林德尔瓦尔德冰川时的心情一样：惊心动魄。那次也是走到窗口，完全出乎意料，猛然望见那座冰川，就觉得那是一个尖头的冰雪巨魔，正朝我走来。而格朗维尔这片海，也像一支波涛的敌军，大举进攻。

这家主人并不老，但是身体很虚弱，经常着凉发烧。刚

1 尺，原文为“pied”，可译为“法尺”（325 毫米）或“英尺”（305 毫米），因无法确定原文所指，兹译为“尺”，下同。——编者注

到八月份，他那扇窗户就堵严实了。我观赏他的作品，谈话中发现他有点弱智。家里出了事，他的头脑受了刺激。就在这片海滩上，有一次发生危险，他兄弟惨死。他认为大海就是灾星，觉得对他总是怀着敌意。整个冬天，大海不知疲倦，用冰雪与寒风击打他的窗户，不让他安眠。在漫漫长夜，大海一刻也不间歇，猛烈拍击他屋下的悬崖峭壁。而整个夏季，大海总向他显示难以估量的暴风雨，横跨天空的雷电。遭逢大潮情况就更糟，海水猛涨六十尺，狂涛怒浪飞腾得更高，欺负到他屋前，拍击他的窗户。他甚至不敢确信，大海总到这一步为止，没准儿出于仇恨，还要狠狠捉弄他。他没能另觅更安全的避身之所，也许是他不知不觉中，被什么魔力吸在那里。他还没敢同这可怕的海妖彻底闹翻，对大海还心存几分敬意。他不大提起海，谈论时也往往用手指一指，并不直呼其名，如同冰岛人在海上，不敢说出“乌尔克”，唯恐那海怪听见就来了。那房主望着海滩，说“那真叫我害怕”时，那张惨白的面容，至今还浮现在我眼前。

难道他疯癫了吗？绝不会，他讲话很有条理。我倒觉得他挺出众，也很有趣。他是个神经过敏的人，十分精明，太过精明而让人得不出这种印象。

大海把许多人逼疯了。利文斯顿曾经从非洲带出一个人，那人聪明、勇敢，不怕狮子，但是，他从未见过海，一登上航船，就同时感到双重的惊骇：既看到可怖的大海，又看到船上前所未见的一整套技艺。这对他的头脑冲击太大了。他神经错乱了，别人怎么也没有看住，他找空子逃脱，盲目地投进令他害怕而又吸引他的波涛中。

此外，大海还能牢牢地拴住人。这种人长久地寄身在海上，同海一起生活已经完全习惯，根本离不开大海了。我还在一个小港口见到一些老领航员，他们身体太虚弱，只好辞职了。然而，他们为此痛苦不堪，苦熬日子，结果变得疯疯癫癫。

※ ※ ※

登上圣米歇尔山顶，有人就会指给您看一个平顶屋，人称“疯子”房。再也没有什么地方比这儿更适合于建这种具有魔力的房子了。您不妨想象一下，举目四望，唯见大片平原，仿佛铺了白灰，似沙非沙，那种虚假的柔和构成最危险的陷阱。这地方，说是土地又不是土地，说是海水已不是海水，也不是淡水，尽管地表下面溪水常流。在短时间内，还偶有小船通过，但是极少见。如果潮水退了，再通过就有陷下去的危险。我能这样讲，那是因为我本人险些陷进去。我乘坐的一辆十分轻便的马车，那次只用两分钟，就连同那匹马沉没不见了。我幸免于难也是奇迹，但是步行时也常往下陷，每走一步，都感到可怕的扑哧一声，仿佛深渊的一声呼唤，柔声地邀请我，吸引我，从下面把我抓住。不过，我终于走到了岩石，走到了庞大的修道院、隐修院、堡垒和监狱。那种残酷的壮丽，确实无愧于这一带的景色。此处不便描绘这样一座建筑。在巨大的花岗岩上，高高矗立，还一层一层升高，无穷无尽，犹如一座巴别塔[1]由一个巨人一个世纪接着一个世纪，岩石垒岩石搭建起来的，但总是地牢压着地牢。最底层，正是修士的地牢；上面一层，则是路易十一建造的铁笼；再往上，又是路易十四建造的铁笼；再高一层，便是今天的监狱。整个建筑坐落在旋涡中、大风中、永恒的侵扰中。这是一座没有安宁的陵墓。

这片海滩害人，能说是大海的过错吗？根本不是。也像在别处那样，海水到达这里，涛声轰鸣，无比强大，但是也正大光明。真正错在陆地：陆地静止不动，总显得那么清白，其实很阴险，往海滩下面渗水，形成溪流，一种软软而白白的混合物，完全丧失了坚固性。还尤其错在人，错在人的无知和疏忽大意。在野蛮的悠悠岁月，人还在向往着传说，要创建战胜魔鬼的大天使的朝香圣地，魔鬼却占据了这片被遗弃的平原。大海完全是清白无辜的。咆哮的海非但没有作恶，反而在凶猛的波涛中送来财宝——比尼罗河的淤泥还好的沃土，能使各种农作物丰产，从前将多勒的沼泽地变成美丽宜人的地方，如今则变成花园。海是一位有点粗暴的母亲[2]，但不管怎样，毕竟是母亲。她不仅盛产鱼，还往对面的康卡尔以及别处沙洲上，堆积百万亿计的牡蛎，并且赋予粉碎的牡

1 巴别塔：《圣经·旧约》记载，挪亚的后裔要建一座城和一座通天的高塔。但是耶和华打乱了天下人的语言，使他们彼此言语不通，遂分散到各地。城与塔均未建成。

2 法文中的海 la mer 与母亲 la mère，读音相同。

蛎贝壳以勃勃生机，使其转化为芳草、果实，还给牧场布满鲜花。

一定要真正理解海，不要附和临海土地可能提供的错误见解，也不要附和大海本身可能让我们产生的可怕错觉，只因海洋的各种现象太宏大，殊不知那种表面上的狂怒，往往还能造福。

三

沙滩、石滩和悬崖（续篇）

海岸的沙滩、石滩与悬崖，表现海的三种面貌，而且总是很有成效。这三者说明并阐释海，让海同我们发生关系，让人明白这种宏伟的力量，乍一看十分野蛮，而其实是神圣的，因而也是友好的。

悬崖的长处，就是站在这种高高的石壁脚下，能比别处更为敏感地观赏潮水，不妨说，体认大海的呼吸、脉搏。悬崖对地中海不感兴趣[1]，仅仅标志大西洋。大洋同我一样呼吸，同我内心的律动相一致，同上天的律动相一致。大洋迫使我不停地随他计数并忍受时日，迫使我仰望天空。大洋还提醒我，既注意我本人也关注世界。

我坐在悬崖上，例如坐在昂蒂费角[2]的悬崖上，观望这无边无际的景象。海洋刚才还一片死水，现在就微微漾起粼波，开始颤动了。这是大规模运动的头一个信号。潮水越过瑟堡

1　地中海沿岸地势平坦，没有悬崖峭壁。

2　昂蒂费角，以及这一段出现的地名，均位于法国西北部沿海，属诺曼底地区。

和巴夫勒尔，凶猛地绕过灯塔角，水流沿着卡尔瓦多斯省海岸分道，到勒阿弗尔上涨，现在朝我冲来，奔向埃特尔塔、费冈、迪耶普，灌进运河，逆北方省各水流而上。我必须当心了，看准涨潮的时刻。潮头的高度基本上超不过那些沙丘或小山，潮来时可以就近登上到处皆是的沙丘。然而在这里，在悬崖脚下，就要特别当心：石壁绵延三十多法里，没有几道石阶可以攀登。沿岸石壁凿开隘道，建了几个小码头，间距拉得相当大。

尤其令人感兴趣的是，落潮后能观察到重叠的冲积层。这巨大的史册，记载了地球历史，是多少世纪积累下来，才奉献出来的一本完全打开的时间书。每年吃掉一页。这是一个正在拆毁的世界，海水一直从下面侵蚀，而风雨冰霜还从上面夹攻。浪涛溶解石灰岩，把燧石冲走又送回来，而燧石又不断滚动，最后磨圆而成鹅卵石了。——虽然陆地一侧十分丰饶，可海岸经过这种艰苦的劳作，就变成真正的荒滩了。极少的海生植物，能在鹅卵石永远来回的碾压中幸存下来。软体动物和贝类也都惧怕。鱼类甚至都远远避开。这是多么巨大的反差：一边是特别适于人居的温和的乡野，另一边是极不好客的大海。

此处最宜在悬崖上面观海。峭壁下面的海滩全是鹅卵石，踏上去滚动滑溜，狭窄的海滩简直就无法通行，走上极短一段路，不亚于做一套剧烈的体操。崖顶上面有豪华别墅、美丽的树林、长势喜人的庄稼、小麦、花园，一直延伸到石壁的边缘，站在崖顶极目望去，只见隔开两岸和世上两大王国的英吉利海峡，大小船只往来如梭，不啻一条繁华大街。

※ ※ ※

大地和海洋！还求什么？两者在这里都魅力十足。然而，纯粹爱海的人，作为海的朋友、情人，还是要去别处寻海，到一个景色稍微单调的地方。要同海建立起持续的关系，大片沙滩则更方便，只要沙子不太松软。大片沙滩，可以供人没完没了地漫步，也可以遐思畅想。这些沙滩，在人和海之间，要苦苦倾听多少神秘的倾诉。在这种宽阔而自由的场地，别人会觉得非常无聊，而我却从无怨言。我在这里并不孤单。我走来走去，能感觉得到：伟大的伴侣就在旁边。只要他不太冲动，情绪不那么恶劣，我就大着胆子同他讲话，他倒也欣然回答。在斯海弗宁恩[1]、奥斯坦德[2]、鲁瓦扬[3]和圣乔治的无边无际的海滩，每逢无人的寂静时节，我们俩交谈了多少事情啊！正是在海滩上的一次长时间促膝交心，才建立起了几分亲密的关系。我很珍视这种新的意识，以便理解伟大的语言。

站在阿姆斯特丹的塔楼上眺望，如果须德海[4]呈现土灰

1　斯海弗宁恩：荷兰港口城市。

2　奥斯坦德：比利时港口城市。

3　鲁瓦扬：法国海滨城市。

4　须德海：荷兰境内，又称艾瑟尔湖。

色，掀起熔铅似的水波，站在斯海弗宁恩的沙丘上，如果望见海水高悬，随时都要冲过堤坝，在这时候，人们就觉得大洋一片愁惨。而我，对这场搏斗很感兴趣：一边是我系恋的这片土地，完全可以依赖，体现人的努力、创造和发明；另一边是我同样喜爱的大海，知道海中有丰富生命的宝藏，是世间生物最密集的地方。到了圣让之夜[1]，人们开始下海捕鱼，您将看到从深处浮起另一片海，鲱鱼群的海洋。水域一望无际的平原，也容不下这生命的洪流，这是大自然无限繁殖力的最成功的一种宣示。这就是我预感的海中盛景，而图景中大海深厚的性格，也由天性凸显出来。鲁伊斯达尔[2]的那幅画，晦暗的《防栅》，胜过任何别的画幅，总能把我吸引到卢浮宫。为什么？在雷电照得海水发红的色调中，我丝毫感觉不到北海的寒冷，反而感到生命的骚动、生命的洪波。

※ ※ ※

不过，假如有人问我，大洋哪处海岸给我的印象最深，我就会回答：布列塔尼海岸，特别是结束旧大陆的原始而壮美的花岗岩岬角，那雄踞大西洋并挑战暴风雨的尖角。我在

1　圣让之夜：天主教圣徒节。圣让节是每年十二月二十七日，前夜放烟火，有圣让节烟火之称。

2　鲁伊斯达尔（Jacob van Ruysdael，1628—1682）：荷兰巴洛克画家，荷兰最伟大的风景画家。

任何地方，都不如在那里能更深地感受，大海的最美好的印象，那种崇高的忧伤。这一点我应解释几句。

同是忧伤也各有不同——女人的忧伤，强者的忧伤。过于敏感的心灵为自身而饮泣，但是，毫无私己的心灵，接受自身的命运，总能顺其自然，却感到世间的痛苦，并在忧伤中汲取力量去行动或创造。我们的心灵，多么需要在可以称为英雄伤悲的这种状态中经常磨炼！

将近三十年前，我游览这个地方，当时还不明白它对我的巨大吸引力。其实，正是它那恢宏大气的和谐。在别的地方，也说不清什么缘故，总感到土地和居民之间关系不协调。

非常优秀的诺曼底种族，在乡镇中保持血统纯正，保持红色——斯堪的纳维亚半岛所特有的棕发，同他们偶然占据的土地毫无关系。反之，在布列塔尼，在地球地质最古老的这片土地上，在花岗岩和燧石上，行走着原始种族，赛似花岗岩的人民。那是粗犷的种族，极为高贵的、砾石一般精粹的种族。诺曼底与时俱进，布列塔尼怎么就衰退败落？布列塔尼富于想象，追求精神，但也照样喜欢荒谬、不可为的事和未竟的事业。然而，如果说布列塔尼丧失了许多许多，但是它保留了最为珍稀的一样东西，那就是性格。

若想稍微摆脱乏味的英国方式、自称实证的那种庸俗，总之，想稍微摆脱那么可悲的愚蠢的欢乐，那就去杜瓦讷内湾、庞马尔角[1]，在那岩石上坐一坐吧。假如嫌那里的风太大，也可以去莫尔比昂群岛[2]，乘坐小船游览。大海送来暖波，甚至听不见声响。布列塔尼，在温和的地方，就特别温和。您在那些群岛中，就会说那是死亡的波涛。布列塔尼，在强悍的地方，就强悍到极致。

1831 年，我忧伤不已，忧伤的情绪进入我的历史。那时我还不了解这片大海的真正性格。正是在最僻静的小海湾，在最荒野的岩石间，大海才真正快活，我是说活跃而欢快，显出旺盛的生命力。您会看到，那些岩石裹着一层灰色外衣，凸凹不平，那全是生物。整整一个世界定居在岩石上：等到退潮晾干时，就闭合；等到乳母，即好心的海，送来食物时，小窗户又都纷纷打开。还有小小的岩石打洞工，一群有价值的居民——海胆，也在那里劳作，卡尤先生通过观察对此做了出色的描述。整个这个世界同我们的评价恰恰相反。美丽的诺曼底令它们畏惧，它们害怕并恐惧悬崖的粗糙的卵石，唯恐被碾碎。圣通日地区[3]摇摇欲坠的石灰岩岸，虽有可爱的沙滩，也还是不能让它们放心。它们小心避开，不会在明天就要坍塌的地方安家。反之，它们在布列塔尼的岩石上很高兴，感到身下是永不动摇的地面。

1 杜瓦讷内湾和庞马尔角：位于法国最西端，属布列塔尼地区西部菲尼斯泰尔省。

2 莫尔比昂群岛：属布列塔尼地区西南部莫尔比昂省。

3 圣通日地区：属法国西部海滨夏朗特省。

我们要向它们学习，不相信表象，而相信事实。最诱人的福罗拉[1]掌管的那些迷人的海岸，海中生物都纷纷逃离，这里还有众多，但已成为化石。这能引起地质学家的兴趣：它们以尸骨教育海中生物。坚硬的花岗岩则相反，它下面的海里，鱼类繁衍，它上面另有一番生活景象：有趣的族群，低级的软体动物，非常勤劳，那些可怜的小工人的劳作生活具有很大魅力，体现了大海的品德。

然而却一片寂静。这个无穷无尽的族群无声无息，什么也不对我讲。它们自生自灭，同我毫无关系，对我而言无异于死物。孤独！（一颗女人心说道）巨大而可悲的孤独！……我无以安心……

此言差矣。这里无不友爱。这些小生物不对世界说话，却为世界劳作。它们将话语交给大洋，它们崇高的父亲替它们发言，用它伟大的声音说明它们的生存。

沉默的大地和海中渊默的族群，相互间也有对话，伟大、友善、强有力而严肃的对话——大我同自身协调一致，这种美妙的辩论只能是爱。

1　福罗拉（Flora）：罗马神话中的花神和花园女神。

四

水圈、火圈——河流与大海

大地刚瞥自身一眼，就做出比较，自视胜过天。地质学还十分年轻，就同前辈天文学，科学的骄傲的王后分庭抗礼，发出一声巨吼。“我们的高山，”大地说道，“可不像星辰那样，胡乱投掷到天空。它们形成体系，从中能发现总体结构的各个环节，而在这方面，天上的星体却毫无迹象。”这句大胆而充满激情的话语，作者埃利·德·博蒙[1]，是个既谦和又杰出的人。

毫无疑问，还无人理清银河系表面杂乱无章的秩序（也许范围极大），不过，地球表面最明显的排列，是它内部不可测的运动变化的结果，还留待，还将留待关于黑暗与神秘的最精微的科学去阐述。

从水中脱颖而出高山，专称为大地，其形状布局多处相当对称，但还不足以归纳成一个所谓完整体系。这些突起而干燥的部分，还或多或少要取决于露出水面的状况。正是以海洋作为界限，实际上画出了大陆的形状。任何地理学，也

1　博蒙（Élie de Beaumont，1798—1874）：法国地质学家。

正是应该从海洋开始论述。

再补充一件大事，也是近年才披露的。大地呈现给我们的轮廓，有些似乎很不协调（例如：新大陆为南北向延伸，旧大陆则是东西向），而海洋却相反，显示出极大的和谐，两个半球之间完全对称。匀称规整，恰恰存在于人们认为变化无常的水域。地球上最整齐、最相称的部分，却显得最为自由，遵循流动的规则。这头巨兽的骨骼和脊椎有其独特性，我们还未能搞清楚。不过，它的生命运动促使海水流动，将咸水变成淡水，淡水不久又化为蒸汽，回归咸水，这种令人赞叹的机制，同最高级动物的血液循环机制一样完美，再也没有什么比这更像我们静脉血和动脉血不断变换了。

※ ※ ※

如果不是以山脉，而是以海的盆地划分地区，那么地球表面倒很容易理解了。

西班牙的南部更像摩洛哥，而不是北部的纳瓦拉；普罗旺斯地区更像阿尔及利亚，而不是多菲内地区[1]；塞内冈比亚[2]更像亚马孙河流域，而不是红海；同样，亚马孙河流域更像非洲湿地地区，而不是与它背对的近邻——智利和秘

1 西班牙南部隔地中海，与摩洛哥相望；法国南部的普罗旺斯地区，也是隔地中海，与阿尔及利亚遥相对应。

2 塞内冈比亚：非洲塞内加尔与冈比亚的联合体。

鲁；等等。

大西洋的对称，在下面的水流与上面的风向，还要更加明显。水流与定向的风大力协助，便创造出这些相像地区，可以说是形成了海岸的兄弟关系。

地理上一致的起源、分类的要素，越来越要求助于海洋盆地了，那里水流、季风都忠于职守。建立起两岸关系，并使之相类似。地理上一致的这种观念，人们不大会向山脉去寻求：山脉两麓往往彼此矛盾，在同样海拔高度，两麓的植物区系和居民却截然相反；因朝向不同，这里一年只有夏季，而仅隔两步远的那边，就是永恒的冬天。高山极少赋予当地以一致性，倒是往往造成两重性，造成地方的离弃与不和。

这种天才的见解属于博里·德·圣－万桑。莫里[1]新近的发现，以及他提出的规律，以多种方式证实了这种见解。

※ ※ ※

在两个大陆的两座高山之下，海洋的巨大山谷中，确切说来，只有两个盆地：

1. 大西洋盆地；

2. 印度洋和太平洋大盆地。

辽阔的南大洋环带不确定，既无界限，也无海岸，往北

1 莫里（Matthew Fontaine Maury，1806—1873）：美国海军军官，最早的水文学家、海洋学创始人之一。

连接印度洋、珊瑚海和太平洋，不能称为海盆。

南大洋独自的面积，就超过所有海洋的总和，几乎覆盖了地球的一半表面。面积和深度很可能成正比。近来探测结果，太平洋深 1 万—1.2 万尺，而在南大洋，罗斯和邓海姆发现了 1.4 万、2.7 万，直至 4.6 万尺的深度。还要补充一点，南极洲的冰层，不知比我们北极的冰层大多少。如果说，南半球是水的世界，北半球是土地的世界，这种简括的说法离实际并不太远。

※ ※ ※

有人从欧洲出发，要横渡大西洋，如能顺利离开经常被西风封闭的港口，穿过我们变幻不定的不同海域，不久便能进入大气晴朗的区域，那里有北向和东向的温和信风，能让海上和天空永远保持宁静。这里的一切无不展现笑容，毫无令人不安之处。然而，再往赤道线航行，和风就止息了，空气变得闷热。这就意味进入控制赤道的平静气候的区域，这一气候带永恒不变地隔开我们北半球和南半球的信风。乌云密布，沉重地压下来。倾盆大雨，时时刻刻冲下来。航海的人不禁愁容满面，连声抱怨，然而，如果没有这道阴沉的幕布，那么，太阳何等威力的火箭，就会射到在大西洋明镜上已经发昏的头顶。在地球的另一面，如果没有暴雨频繁袭击印度海和珊瑚海，那里的老火山口又会活跃到什么程度！这片黑压压的乌云，从前令人恐怖，阻挡人航行，殊不知这种突然横亘在海面上的黑夜，恰恰是一种庇佑，给予方便，保护我们顺利通过，到达南半球，很快又见到灿烂的阳光、明净的天空，沐浴在温和的信风中。

赤道的炎热，自然蒸发大量海水，便形成这一乌云带。

一个观察者，如果在另一个星球眺望，就会看到我们地球周围飘浮一个乌云环带，类似我们看到的土星环。假如他要探询这乌云环带的用途，我们就可以回答：它起调解作用，在轮番吸收和施放过程中，保持水蒸气的平衡，推动水流，分布雨量和露水，调解每个区域的温度，交换两个半球的水蒸气，将南半球的东西，借调到我们北半球，制造出江河来。令人赞叹的友爱。南美洲的大森林，呼吸聚积成乌云，就友好地浇灌欧洲的花卉和果实。为我们更新的大气，正是爪哇和锡兰繁盛的花卉所散发的，也正是亚洲千百座岛屿交给乌云大使者的贡品：乌云席卷大地，也向大地倾注生命。

※ ※ ※

太平洋上火山岛数量极多，请您伫立在（我是指思想上）一座火山岛上，向南眺望，目光越过新荷兰，您就会望见南太平洋以循环的波涛围困旧大陆和新大陆的两个尖角。南极洲根本没有土地，探险者发现的小岛屿，或者所谓的极地，刚一标出来，就眼看着消失了，那也许只不过是冰块。水，一望无际，所见唯有水。

我还请您待在同一观察位置上，背对南极洲水圈，可以向东，向北半球眺望，那正是李特尔[1]所称的火圈。更加确切地说，那是由火山连成一只拉开的环，一条放松的铁链：首先是科迪勒拉斯山脉，接着在亚洲高原上，最后则在遍布东大洋的数不胜数的玄武岩岛之间。美洲火山为第一批火山，一连串六十余座巨型的灯塔，绵延上千法里，而且不断喷发，控制着陡峭的海岸和远处的海域。其余火山，从新西兰一直到菲律宾北部，有八十余座还在燃烧，而熄灭的则难以计数。如果目光再往北移（从日本到堪察加半岛），只见五十来座火山口烈焰熊熊，一直照亮阿留申群岛和昏暗的北冰洋海域（莱奥波德·冯·布赫[2]、李特尔、洪堡[3]）。总共三百多座活火山，将东半球围住。

在地球的另一面，当初我们的大西洋也是同样景象，开始公转就熄灭了欧洲大部分火山，也消灭了大西洋岛[4]。洪堡认为，那场大规模的毁灭，历代做了大量论证，应当是确凿无疑的。我也敢补充一句，那块陆地存在很合乎逻辑：只有这样，地球的这一面同另一面才和谐。我们这里耸立着曾经

---

1 李特尔（Carl Ritter，1779—1859）：德国地理学家，与洪堡共同创立了现代地理学。

2 布赫（Léopold von Buch，1774—1853）：德国地质学家和地势学家，对十九世纪地质学的发展产生不可估量的影响。

3 洪堡（Alexander von Humboldt，1769—1859）：德国自然科学家，自然地理学家，现代地质学、气候学、地磁学、生态学的创始人之一。

4 大西洋岛：大西洋中假设存在的岛屿，久已沉没，从柏拉图始，历代不少人记述其传说。

毁掉大西洋岛的火山，还有特内里费活火山，以及奥弗涅、莱茵、赫里福德等地区的死火山。这些火山连在一起，同安的列斯群岛火山和美洲火山遥相呼应。

※ ※ ※

从分布在印度和安的列斯群岛、古巴海、爪哇海的这些活火山和死火山，流出两条热水巨河，成为温暖的北方海域，可以称作地球的两大动脉。两条暖流的侧面或下方，还有相应逆流：来自北方的逆流送去冷水，补充流失的热水，维持海水的平衡。暖流水极咸，冷流则予以调解，大量淡得多的海水回流到赤道，到这巨大的电炉里加热加咸。

暖流起初相当窄，只有二十几法里宽，长时间保持凶猛的气势和强大的同一性，后来才逐渐分散，减温，扩展，宽至上千法里了。莫里认为，从安的列斯群岛出发的暖流，向北朝我们推进，能调换和改变大西洋的四分之一水量。

海洋生命的这些重大特点，都是近年观察到的，其实和大陆本身同样明显。我们的大动脉大西洋，它的姊妹印度洋大动脉，两者以其颜色不同而泾渭分明。两边都同样洁身自好。一股蓝色巨流，从绿水上通过，特别特别蓝，是一种极深的靛青色，因而日本人把流经他们领域的潮流称为：黑河。

可以清楚地看到，我们的潮流从古巴和佛罗里达州之间涌现，从它的锅炉——墨西哥湾沸腾着涌出。又热又咸的水流，在两道绿墙之间非常明显。大洋白费心机，怎么挤压它也无法渗透。我不知道蓝水流内在浓度有多高，分子引力有多大，得以聚而不散，宁可聚拢而形成脊背，也不愿接纳绿水：一道拱梁，比大洋水位高，左右都是斜坡，任何物品投上去，都要滑落冲开。

这股潮流，速度又快又强劲，先是沿着美国东海岸向北奔驰，到达纽芬兰岛[1]大白沙洲的尖角，右翼向东推进，左翼则成为海下暗流，顺势去安慰北极，在那里开创温海（我是指不结冰），也是近年发现的。至于右翼，则扩得极宽，力量减弱，已经疲惫了，终于到达欧洲，在纽芬兰第一次分流后，遇到爱尔兰和英格兰再次分流，气力因而衰竭，融入这片海域，不过还稍微温暖一点挪威，还设法给冰岛带去美洲的树林：须知那可怜的冰雪之岛，如无树林覆盖，在它的火山下就会死去。

※ ※ ※

印度洋暖流和美洲暖流，有这样一个共同点：它们都从赤道，地球的电炉出发，携带着无比强大的创造力和活力。此外，它们都像幽深的子宫，孕育着生物世界，成为生物温暖而舒适的摇篮。而且，它们还是暴风雨的中心和运载工具：大风、龙卷风就乘坐在上面旅行。无限温柔，又无比凶暴，

1　纽芬兰岛：属加拿大，距加拿大东海岸不远。

这不是矛盾吗？不然，这仅仅证明，愤怒只惊扰了外面，很浅的表层，而深处则毫无感觉。那些最弱小的生物——贝类微粒、显微镜下才能看到的水母、动辄就分解的流动生物，恰好借助潮流，在风暴下面安安稳稳地航行。

那些生物极少抵达我们法国海岸，只能到纽芬兰，遇到北极的寒流，就被卷进去杀死了。纽芬兰无非是这些冻死的旅行者的大葬场。最轻微的生物虽然死了，但仍旧悬浮在水中，不过最终还像下雪那样，纷纷沉入大洋深底，从爱尔兰到美洲，海底全是微生贝类铺成的沙洲。

莫里把印度流和美洲流这两条热流，称为“海洋的两条银河”。

※ ※ ※

两条热流温度、颜色、方向都相类似，划出同样的弧线，然而命运却不相同。美洲流首先进入北方敞开的严酷的海洋，大西洋派出北极浮冰大军相对抗，消耗其热量。反之，印度流先是在岛屿之间穿行，到达封闭而防守甚佳的北海。它长时间保持原样，还是带电，富有创造力的热流，在地球上划出一长条生命的宽带。

印度流的中心就是地能的顶点，孕育植物的宝藏、香料，孕育巨兽和鱼类。分出的支流有的向南，引出另一个世界，珊瑚海世界。那里的空间，莫里说，“大如四个大陆”，珊瑚虫兢兢业业，建造数千座岛屿，许多沙洲和暗礁，逐渐将这片海洋切碎。这些暗礁如今很危险，被航海者诅咒，但是它们在升高，天长日久会连起来，形成一个大陆，天晓得在一场大灾大难中，会不会成为人类的避难所呢？

五

海洋的脉搏

正如让·雷诺在《百科全书》出色的条目中所写的，我们的大地并不孤单。它划出的无比复杂的运行弧线，显示出力量，而作用于它的各种影响，也证明了它同天体的伟大人民的关系和交往。

地球同它的头领太阳，以及月亮的等级关系，就尤为明显，而月亮作为它的仆人，对它的影响只能更大。地球上的鲜花都朝太阳盛开，同样，这个花坛也望着太阳，仰太阳的鼻息。地球上更易变化的、流动的部分，还涌动起来，表示感受到了太阳的引力。海水还漫溢出自身，尽量升高，每天两次拱起胸脯，至少向那些星体朋友发出一声叹息。

※ ※ ※

难道地球只受月亮和太阳的控制，感受不到其他星球的引力吗？所有学者都这样讲，所有航海的人都相信是这样。坐地观天，总固守不完全的经验。谬误千里，导致海难。在圣马洛沙滩，估计水深差错十八尺。就因为这种错误，1839年夏扎龙的船险些失事，幸好及时发现并开始计算次波涛，不过，次波涛多极了，还受各种影响，不断改变潮汐。其他一些星球，固然没有太阳和月亮那种支配力，但是对地球上海洋的波动，无疑也起一定作用。

依据什么法则？夏扎龙说："海潮波进入一个港口，要遵循振动弦的法则。"这个字眼儿非同小可，意义重大，引导我们明白星体之间的关系，正如古人所讲，是天体音乐的数学关系。

地球用大潮和局部潮，对姊妹星球讲话。那些星球回答吗？想必会的。它们对地球的冲动有所感应，流动的元素也必然隆起。相互吸引，每个星球都要走出自己的小圈子，这种倾向就会在天体中建立起超凡的对话。只可惜，人的耳朵根本听不见。

※ ※ ※

还有一点值得重视。并不只是在这颗有影响的月球经过时，海洋才受其牵制。海洋也不是那么唯唯诺诺，需要时间感受，再随同振动。海洋还必须呼唤懒惰的海水，战胜其惰性，吸引并拖来最遥远的海水。地球自转速度快得惊人，不断地移动承受引力的各个点。还应当补充一个情况，波涛大军在整体运动中，要碰到各种各样的天然障碍，诸如岛屿、岬角、海峡、极不规则的海岸，还有不可低估的风阻力、不同的潮流，还有陆上河流的争锋：由于积雪的融化和无数种意外情况，那些江河从山上跌落，沿陡坡而流速湍急，斜插着冲进大海，从而改变正在激烈搏斗的潮流运动。大洋并不退让。大江大河的有力冲击，吓不退潮流。冲过来的江河之水，海潮便挡住去路，使之积聚，滚动而涌起高浪，直逼鲁昂，直逼波尔多，其势极为凶猛，就仿佛要把江河之水重新推上山去。

如此众多的障碍，给海潮制造了不规则的表象，令人吃惊而迷惑。最出人意料的，莫过于潮水进入相邻港口的时间矛盾。例如，勒阿弗尔一次海潮的时间，就等于迪耶普的两次（据夏扎龙、博德等）。能计算如此复杂的现象，这是人类天资的光荣。

※ ※ ※

海洋外表运动下面，内里还有别的运动，在某一深度有横穿的水流。在重叠的不同层深，暖流和寒流各自逆向流淌，联袂执行海水循环，交换淡水与咸水，从而维持海洋的“搏动”。暖流“冲击”北极圈，寒流则“冲击”赤道。

这些水流相当分明，不大掺混，从严格意义上，能像讲解脉管那样，比作高级动物的动脉和静脉吗？严格意义上讲当然不行。不过，它们有点类似自然科学家近来在低级生物身上，如软体动物、环节动物身上发现的不大确定的血液循环。这种腔隙循环替代并准备进化为“脉管”循环。血液在做成明确的渠道之前，在流动中就扩散了。

海洋就是这种状态，好似一只巨兽，肌体到这初级阶段就停止发育了。

※ ※ ※

我们还从未深入的海洋，是谁揭示了这种潮流，这种有规律的波动呢？是谁教会我们黑暗深层的水文地理呢？正是在那里生活，或者漂浮经过那里的一些动物、一些植物。

我们将明白鲸、贝类粒子（有孔虫类）、一直被带到冰岛的美洲树林，是如何竞相揭示从安的列斯群岛流向欧洲的暖流，以及到纽芬兰与之汇合，从旁边或下面交错而过的寒流，汇合时冰块融化而形成漫天大雾。

由微小动物组成的红云，被风暴从奥里诺科河[1]刮到欧洲，就说明了由南往西的大气流，将科迪勒拉斯山脉的雨送到我们欧洲。

如无深海水流不断地更换海水，那么海洋一些地方就会堆满盐和垃圾。海洋也因而会像死海那样，既不流出，也不流动，岸边全成盐岸，植物全挂满这种晶体。风只要从死海上刮过，就会变得灼热、干燥，所到之处便带去饥馑和死亡。

※ ※ ※

渔夫、海员对气流和水流，对四季、风、暴雨有过无数

1　奥里诺科河：拉丁美洲的河流。

的观察，但是杂乱分散，都停留在传统中，存留在他们的记忆里，往往随同他们丧失，随同他们死去。航行指南——“气象学”，没有综合起来，似乎没有用处，结果被人否定了。杰出的比奥先生就严厉地清算气象学作用之微薄。这期间，欧洲和美洲两岸一些坚定不移的人，以观察为基础，创建了这门被否认的科学。

最后一位，也是最著名的，美国人莫里，勇敢地做了一件能让政府机构望而却步的事情：清理不知有多少的“航海日志”；船长带回来的这些不成形的材料，往往还残缺不全。这些摘要，全是在事发现场记录的突出的相关情况，能总结出一些规律、一些概括性的东西。在布鲁塞尔召开的世界海员代表大会决定，此后认真描写的观察记录都要存放到同一地点：华盛顿观象台。

这是欧洲向年轻的美洲，向具有耐性和慧心的莫里表示的崇高敬意。莫里这个博学的海洋诗人，不但总结出了规律，还贡献出更大的业绩：他以心灵的力量和对科学的热爱，并且以其研究成果的实效征服了世界。他绘制的地图和处女作，印有十五万册，以美国的名义赠给各国的海员。法国和荷兰的许多杰出人士，如让桑、特里科、朱利安、马尔戈莱、苏尔切尔等等，都成为这位海洋使徒的阐释者，成为极有说服力的传道士。

在这个领域，为什么美国比我们做得更多呢？美国，就是渴望。美国年轻，强烈地渴望与世界建立关系。它在那美丽富饶的大陆，在那么多国家中间，还是感到孤单。它离母亲欧洲十分遥远，望着这人类文明的中心，就像地球仰望太阳，而且一切让它接近那盏大明灯的东西，都会令它激动。连接两岸的海底电报线一旦开通，那里就欢欣鼓舞，热烈庆祝，从那种特别令人感动的场面就能判断出来，只因两个大陆每分钟都能对话，思想就会一致了！

莫里以真正的天才见解，向我们说明了大气和海水的和谐。海洋如此，空气的海洋亦然。大气循环运动，不断调换，同海洋的循环运动是一样的。大气向世界分配热量，制造干旱或者潮湿。潮湿就取自海洋：无边无际的中心大洋，尤其是热带，就是世界大锅炉的巨型沸腾器。反之，大气流经过酷热的沙漠、大陆、冰川（地球真正极地中间带），最后一滴雨都被抽干。赤道加热和极地冷却，水蒸气的浓淡轮番交替，便形成横向的气流和反气流，循环往复。在赤道线，炎热使水蒸气变轻而升空，形成自下而上的气流。水蒸气在分发送走之前，就飘浮在半空，蓄积在那昏黑的层带（我们前面讲过），围住地球形成乌云环。

这就是潮汐脉搏之外，海洋和大气的搏动。潮汐搏动则是外在的，由其他星球施加给我们地球。然而，大气流和海洋流却是大地内在的，是大地本身的生命。

※ ※ ※

依我看，莫里的著作中天才的见解，是说出这样一点："海洋流动循环最表面的动力，炎热，还是不够的。另外还有一种动力，也同样重要，甚至更重要，那就是盐。”

海里的盐十分丰富，如果集中到美洲大陆，就会堆起四千五百尺的高山，将大陆覆盖。

海水的咸度变化不大，根据不同地域、水流，临近赤道或两极而增加或降低。海水含盐浓度降低或者重又增加，从而变轻或者变重，也就多少动起来。含盐量这样不断掺混变化，就推动水流多少加快一些，也就是说“制造了水流”——海内部是“横向”水流——从水的海洋到空气的海洋则是“纵向”水流。

※ ※ ※

一位法国人，拉尔蒂格先生，从莫里的地理学（《海洋年鉴》）中，拣出不少缺陷和不确切的地方。不过，美国作者早有所料，丝毫也不掩饰他如何看待他这门学科的不完整性。他声明有些方面仅仅提出假设。有时，他明显不敢肯定，陷入遐思，表现出不安情绪。他的书实在而坦诚，很容易让人发现两种思想在他内心展开的搏斗：《圣经》的文学性，将海洋当作由上帝一下就创造出来的东西，是上帝手掌下运转的一种机械；另一方面，现代感，大自然感应，认为海洋是活的，有生命力，几乎是一个人，有一颗热爱世界的灵魂，还不停地进行创造。

有意思的是，读者能在这本书中看到，作者沿着难以战胜的斜坡，逐渐靠近了这后一种观点。他首先尽其所能，从机械角度、物理角度（地心引力、温度、含盐浓度等），解释这种观点。但是这还不够。在某些情况下，他加上分子的吸力、磁作用。这还是不够。于是，他就果断地求助于支配生命的生理法则。他赋予海洋以脉搏、动脉，甚至一颗心脏。这种形式难道仅仅是风格，是比喻吗？绝非如此。他具有（这正是他的天赋），他内心具有一种强烈的、无法抑制的感觉，认为海洋有人格。

这就是他的力量的秘密，也正是这一点令人欣喜。在他之前，多少海员在海上拖曳，都把海洋看作一种事物。大家又都跟随他，把海洋视为一个人了，他们在海上都感到，这是他们崇爱的，又想驯服的一个凶暴而可怕的情妇。

他热爱，他爱大海。不过，另一方面，他还时时克制自己，适可而止，唯恐越过他画地为牢的界限。他也像斯威莫尔登[1]、博内[2]，以及许多有一颗宗教心灵的杰出学者那样，害怕过分以自然本身来解释自然，会亵渎上帝。这是不大理智的胆怯。殊不知越是到处指认生命，就越能让人感到那颗伟大的灵魂，万物的令人赞叹的一致性，而万物正是借此而产生，而创造繁衍。如果有人发现，大海一直向往有机的生存状态，成为永恒渴望的最强有力的形式，那又有什么危险

1 斯威莫尔登（Jan Swammerdam，1637—1680）：荷兰博物学家，被认为是在古典显微镜研究中观察最精确的学者，他首先发现并描述红细胞。

2 博内（Charles Bonnet，1720—1793）：瑞士博物学家、哲学家。他发现单性生殖，并且发展了进化的突变理论。

呢？须知当初，正是永恒渴望召唤这个地球，并且通过地球生育。

这片咸海犹如血液，有血液循环，也有脉搏和心脏（莫里如此称呼赤道），在那里交换两种血液。一个存在物拥有这一切，还能肯定它就是一个无生命之物，一个无机体吗？这是一个座钟、一台大蒸汽机，模仿有生命的力量运动起来能以假乱真，难道这是大自然的一种游戏？抑或还应相信，这庞然大物中掺有动物性的成分吗？

莫里（从侧面附带）提出一个巨大的事实，那就是海洋的无限生命力，海中数以兆亿计的生物生生死死，吸收生命的奶汁，掺混海水的泡沫，减少海中的盐分，用来生成贝壳，等等。那些生物的生存过程，吸取了盐分，就使海水变轻，因而能够流动了。像印度洋、珊瑚海，都是动物结构的强大实验室，这种力量在别处虽略微逊色，但显示其无比广阔。

“这些极其细微的生物，”莫里说道，“每一种都在改变大洋的平衡，它们起着补偿作用，维持海洋的和谐。”——这样讲够了吗？难道它们不是海洋的主要动力，制造了巨大的水流，推动这台机器运转吗？谁晓得海中生物的这种大循环，就不是整个物质循环的开端呢？已经动物质化的海洋，就不能永恒地推动可以动物质化的海洋吗？尚未有机化而又但求如此的海洋，将来就不能孕育生命吗？

六

风暴

“海洋时常震荡，目的似乎要确认自己劳作的阶段。这种现象可以视为海洋的痉挛。”（莫里）

莫里主要指出那些仿佛始自海下的突发运动，如果发生在亚洲的海洋里，就跟真正的风暴相差无几了。他指出起因多种多样：一、两大潮流猛烈相撞；二、海面上的雨水突然猛增；三、冰层断裂并快速融化；等等。还有人补充一些假设：雷电作用，海底火山爆发。

不过，海底和大部分海水，很可能相对平静。如若不然，海洋就不能完成母亲和生物乳母的职能。莫里在什么文章里，还称海洋为宏大的哺乳室呢。比陆地的生物更脆弱、更容易夭折的一个生物世界，以海水为奶汁和摇篮。这能让人想到，海洋内部十分温馨，从而相信那种猛烈的震荡只是局部的。

※ ※ ※

从天性来讲，海洋一般是有规律性的，顺从周期性的、一律的大运动。风暴是海洋阵发性的猛烈震荡，由风、雷电，或者某种物质骤然过量蒸发所引起的。这种偶然变故发生在海面上，丝毫也不能表露海洋真正的、神秘的个性。

判断一下人发烧时的体温吧，简直不可思议。再想一想海洋，这些短时的、外在的运动，似乎只影响几百尺深的水层，这不是更加不可思议吗？

深海处，无不保持稳定而完全均衡的生活，沉静而繁衍力旺盛的生活，完全用来生育。这些小小的动荡只是发生在上面，海洋几乎没有觉察。大群大群的孩子（不管别人怎么说），还是生活在平静黑夜的深处，每年顶多浮上水面一次，见见阳光，而风暴也应当热爱它们伟大的奶母，并且视之为和谐的化身。

※ ※ ※

不管怎样，这些意外变故特别关乎人命，因此他不遗余力，密切观察。这对他并非易事。他保持不住冷静的态度。最严肃的描述，也只是表明泛泛的一般特点，缺乏每场风暴所独具的特色，缺乏每场风暴成因的那些无法了解、也不可能理清的千百种意外情况。站在岸边观望的人，处境安全，不用顾虑危险，当然看得更清楚。然而，他能像置身飓风中心而享有可怕的全景的人那样，做出整体的判断吗？

我们这些生活在陆地的人，应当敬重那些航海家，高度重视他们证明的事实，重视他们亲眼目睹和亲身遭遇的事情。然而，有些坐在书斋的学者，怀疑海员对我们讲的情况，例如关于海浪的高度，我觉得他们这种态度太轻率，见解实在差劲。他们还嘲笑那些说浪高达百尺的航海家。一些工程师也认为能够测量风暴，精确地计算浪高——一般超不过20尺。一位杰出的观察家则恰恰相反，他肯定地告诉我们，在岸上安全地点，非常清楚地看见浪涛重叠，要高于巴黎圣母院的钟楼，甚至高于蒙马特尔高地。

显而易见，大家谈论的是不同的事情，因而彼此矛盾。如果谈的是风暴场地、浪涛的基层，如果讲的是成线滚动的长长的排浪，在狂怒中还保持几分规则，那么，工程师的报告是准确的。浪涛起伏，变圆的浪峰和波谷交替变换，冲起来的浪高顶多不过20—25尺。然而，浪涛方向不一，相阻而冲撞，涌起的浪高非同一般。浪涛相撞，上冲的力量无比巨大，跌落下来的重力也令人难以置信，能砸毁、压沉、击碎大船。“海水比什么都沉重。”海员所讲的是这种搏击而冲起的激浪。这种可怖的拱顶，究竟有多高，根本无法计算。

有一天，还不是风暴，但有预兆，大洋激动起来，撒欢似的掀起狂浪，我安安稳稳地坐在约80尺高的美丽岬角上，观赏大洋拉开一公里长的冲锋线，冲击我这岩岸。大洋就像赛马似的催促着长浪，凶猛的浪脊卷扬飞腾。大浪勇猛地拍击，动摇岬角，只听我脚下雷声滚滚。可是，这种节奏猛然打破了。不知怎么从西面来了一道大浪，横插进来，一头撞上从南面正常涌来的巨浪。这一冲撞，突然把太阳都给我遮挡住了。我在如此高的岬角上，劈面而来的不是浪花飞沫，而是黑糊糊的一片恶浪，猛地蹿起，又重重落下，将我裹住，把我浇成落汤鸡。我真希望那些院士先生们，那些工程师先生们都在场：他们不是极为精确地测量过大洋的激浪吗？

※ ※ ※

不应当坐在家里，轻率地质疑那么多人见证的真实性，须知他们坚忍不拔，在惊涛骇浪中磨炼出来，看见死亡乃是家常便饭，怎么会出于可笑的虚荣心，去夸大他们经历的危险呢？！同样，也不应当拿着那些普通航海者从容记述的文字，去反对大胆的发现者往往激动描绘的景象：他们率先察看、测定并描绘礁岩与暗礁，而且靠近它们以便仔细观察，研究其危险。反之，普通的航海者走的则是熟悉的大航路，普通海员在海上行驶，也都极力避开那种危险区域。库克[1]们、佩龙们、杜尔维尔们以及其他研究者，在海上实实在在冒着极大的危险，前往当时鲜有人至的珊瑚海、澳大利亚海等，不得不直接面对不断变化的沙洲、狭路相逢并在海中激烈搏斗的水流。

“即使没有风暴，船径直顺着风向行驶，一个浪头从侧面打来，船体就会剧烈横摇，吊钟会自动敲响。如果横摇太剧烈，持续时间又长，难以控制，船就会出问题，乃至解体并毁掉。”

1　库克（James Cook，1728—1779）：英国海军上校和航海家，太平洋和南极海洋的探险家。他在探索新地、航海、测绘海图和航海卫生方面都卓有成就。经他测绘而改变的世界地图比历史上任何人都多。

“在亚速尔群岛，”杜尔维尔还说道，“浪涛高达八十尺、一百尺。我从未见过浪涛如此凶猛的大海。幸而只是浪尖打到我们船上，如果整个大浪压下来，我们的船只势必沉没。……在这场可怕的战斗中，这条船停在原地不动，不知该听从谁的指挥。在甲板上的海员，有时就没入水中。可怖的混沌状态，在黑夜里持续了四个多小时……好像有一个世纪，头发都熬白了！……这就是在南半球的风暴，极其可怕，甚至陆地上的动物有了预感，都会惊恐万状，事先就躲进洞里。”

※ ※ ※

这些描述，不管如何准确、如何有趣，我也不能在此抄录了，更不能大胆去想象，去整理我没有见到的事物。我只是略谈两句我观察到的风暴。我相信，我至少抓住了大西洋和地中海风暴的不同特点。

我在距热那亚两法里远的内尔维，最美丽又最避风的海滨，逗留了长达半年之久，也只经历了一场小风暴。这场任性的风暴持续时间很短，但是在短时间里就肆虐，显得特别疯狂。我在窗口看不清楚，就干脆出门，沿着高楼之间弯弯曲曲的小街巷，冒险走向海边，不是去海滩，那里根本没有，而是上黑色火山岩岸的一处突出部分。小径极窄，不少地段不足三尺宽，时而上坡，时而下坡，往往俯临大海，高达三十尺，有时四十尺，乃至六十尺。在突岩上也看不太远，旋风不断，拉成了幕布，看不见什么东西，视线极其有限，所见也极为可怖。这一带岩岸陡峭，崎岖不平，棱角分明，有许多突出的尖角和锋棱、意外的硬皱和凹陷，逼使风暴腾挪蹿跳，做出难以想象的努力，仿佛在遭受各种酷刑。风暴尖厉地呼啸，吐着白沫，对着将它无情击碎的熔岩的凶残，似乎不住地狞笑。这是毫无理智、荒唐的喧闹，嘈杂而破碎；这是胡劈乱打的雷声、尖厉的呼哨，就像蒸汽机发出来的，让人不得不捂住耳朵。这种景象把所有感官都搅麻木了，我头昏眼花，还想尽量振作起来，紧紧靠住凹进去的石壁，以免被狂风卷起，这样我才把这种烦嚣弄得更清楚一点。猛烈而短促的波浪，在这奇特的海岸，进行一场生死搏斗：残酷的岩角处处点中风暴，断然地切割并撕裂浪涛。突岩下方，各处都淹没在雷声大作的深渊里。

炫目的浪涛飞雪抽打着黝黑的熔岩，形成恶魔般的反差，既伤眼睛，又伤耳朵。

大海给我总体的感觉，作起怪来，还不如大地那么恐怖。在大洋上情况则相反。

七

1859 年 10 月的风暴

我看得最清楚的风暴，还是 1859 年 10 月 24 日至 25 日，在西海岸肆虐的那场风暴，而且到 10 月 28 日星期五又变本加厉，卷土重来，一直持续到 29 日、30 日和 31 日，总共六天六夜，不知疲倦，毫不松懈，期间只有短暂的间歇。我们整个西海岸一片狼藉，尽是遇难船只的残骸。风暴的前后，气压剧烈变化，电报线路不是被摧毁，就是被严重损坏，通讯中断了。风暴的前两年，气温很高。这场风暴之后，天气变得寒冷而多雨。1860 年整年，直到我写这段文字的日子，持续大涝，总刮西南风，似乎要将大西洋和南大洋的雨量全下到我们这里。

※ ※ ※

我是在一个温馨而静谧的地方，观察这场风暴的，而当地十分恬静的特点，也绝难让人料到风暴的来临。这个圣乔治小港口，坐落在吉伦特河入海口，离鲁瓦扬不远。我在圣乔治已经待了五个月，生活特别安静，得以凝神思索，叩问内心，寻求一个问题的答案。那个问题十分微妙又十分重要，

1859年我一直在探讨。这地点、这部书都来参与，使我的回忆非常惬意。这部书我能在别处写出来吗？我不知道。可以肯定的是，当地乡野的芬芳，朴实无华的温馨，欧石楠释放的爽神的苦涩味道，荒原上和沙丘上的野花香草，都对本书贡献很大，都会永远留在书中。

当地居民同自然环境非常契合，毫无低俗之气，也无半点粗野之风。农夫都老实厚道，民风淳朴。海员担任领港之职，是新教派的一个小族群，逃脱了宗教的迫害。这儿具有可谓原始初民的一种诚实（这村镇还没有发明门锁），没有一点喧闹。海员身上有一种罕见的谦虚，接人待物的那种谨慎和有分寸，就是在最高阶层人士身上也不是总能见到。我在当地很受待见，也很受欢迎，但还是有工作所必需的清静。我对这些人和他们所冒的危险，也是格外关注。我虽然不同他们谈话，每天目送他们勇敢地去做事，总要祝愿他们平安。我担心天气，观察航道时，心里经常考虑，大海长时间风平浪静，会不会来个大反复呢。

这个危险之地丝毫也不凄凉。每天早晨，我站在窗口，都望见被曙光微微染成粉红色的白帆以及大批等待出港的商船。在这个地段，吉伦特河水面宽不下三法里，一副美洲大河的壮丽气派，又有波尔多的那种欢快。鲁瓦扬是个休闲娱乐的胜地，游客来自加斯科涅地区的各个地方。这里的小海湾和圣乔治的小海湾，有天然赏心悦目的景观：鼠海豚冒险捕食，游进河中，一直来到沐浴的游人之间，它们嬉戏撒欢，蹿出水面五六尺高。它们似乎完全了解，这地方无人捕鱼，这里是个大战场，时刻都要准备引导并救助商船，谁也不会临海垂涎鼠海豚油。

水中有这种欢快的景象，两岸秀丽而又和谐一致。梅多克丰美的葡萄园，俯瞰圣通日丰收的庄稼和多样的农作物。天空没有那种一成不变的晴朗，不像地中海区域那种有时颇显单调的晴空。这里天空变幻无常。海水和淡水熏蒸起云气，形成彩虹，再投映到明镜的水面，点染出淡绿、粉红和青紫的奇异色调。波谲云诡，妙构无穷，又瞬息万变，令人不胜留恋，只见云天闪现怪异的建筑、设计大胆的拱廊、雄伟的大桥，有时还闪现凯旋门、大洋之门。

鲁瓦扬和圣乔治的两片半圆形海滩，沙子特别细，最挑剔的人走在上面也会感到极为舒服，在沙丘青翠、幼松喜人的清香中，延长散步时间也无疲倦之感。隔开两片海滩的美丽岬角，以及里侧的荒原，甚至更远处，都送来有益健康的芳香。笼罩沙丘的有几分医药效用的芳泽，正是不凋花植物[1]微甜的气味，似乎饱含着全部阳光和沙子的灼热。荒原上苦涩植物[2]鲜花盛开，芳菲的魅力沁人心脾，能够让人心旷神怡。那是百里香和欧百里香，那是发情的牛至，那是我们父辈为其特效而祝福的鼠尾草。辛辣的薄荷，尤其是野生香石竹，飘逸着极致的幽香，类似东方[3]的香料。

1　不凋花植物，指蜡菊、灰毛菊等。

2　苦涩植物，指欧石楠等。

3　东方：法国文学作品，尤其十九世纪以前的作品中，东方主要指西亚一带，今称中东、近东。

我觉得在这里的荒原上，鸟儿的鸣唱比在别处更悦耳。我再也没有遇到一只云雀，像我七月聆听的那只，在瓦利埃尔岬角上空鸣啭。那云雀携带鲜花的信息飞升，全身披着大洋落日的金色霞光。它的歌声从极高的空中飘落（它可能在上千尺的高空），虽然十分高亢，听来还是那么谦和而温柔。它那乡野而崇高的歌，显然是唱给鸟窝，唱给普通的田野，唱给望着它的那些小云雀，就好像用和谐之声阐释这灿烂的太阳、这片光辉，而它盘旋在光辉中，也并不目无下尘，只是鼓励小云雀说："飞上来吧，我的孩子们！"

歌声、芳香温和的空气和被河水冲淡的美丽的海，这一切组成了一种乐趣无穷的和谐，而且又不张扬。我看这里的月亮非常皎洁，光芒并不耀眼，这里星星很清晰，但又不大煌煌闪烁。完全人性化的可心气候，本可以令人情意缠绵，只是不知掺杂了什么成分，促使人思考并远离幻想，将人拉回到理性思维！

※ ※ ※

是何缘故？难道是因为流沙，不断变动的沙丘，饱含化石并纷纷坠落的石灰岩，警示人宇宙万物变幻不定吗？难道是新教所受的迫害，丝毫也没有从记忆中抹去，还在默默地回忆吗？还有，而且作用还要大，航道的庄严氛围、频频发生的海难，又濒临一片可怕的大海，就让内心变得肃穆起来。

在这庄严的地点，发生一件大秘事，一个协定，一桩婚姻，而且比任何国王婚姻都远为重要。诚然，夫妇本不相配，是基于利益关系的婚姻。西南之水夫人，这位可爱而至尊的吉伦特河，由塔恩河与多尔多浬河簇拥着，又由她那些暴躁的兄弟，比利牛斯山脉的激流推动，投进她那伟岸的丈夫，年迈大洋的怀抱。然而，大洋在此处，比在任何地方都更冷酷、更可恶。先是夏朗德[1]凄凉的泥坝，接着是绵延五十法里的沙岸，将大洋拖住，他的情绪就很糟，满腔怒火既然不能撒向巴约和圣让－德吕兹[2]，就冲击可怜的吉伦特。吉伦特河出海，不像塞纳河那样受多方保护，而是迎面径直跌进无边无际的大洋中，往往受到阻遏，被逼得后退，左冲右突，有时还隐蔽起来，进入圣通日的沼泽，一直到梅多克的葡萄园下面，将河水的精神、朴实而清冷的品质传给这里的葡萄酒。

现在想象一下，那些水手有的相当大胆，挺身投入这场大战斗，登上小艇，面对各种打击，去接那些不敢冒险入港、在河口等候的胆怯的商船。这就是领港员的生活，很平凡，但是若会讲述，又会是多么不同凡响。

掌管海难的这位老国王，积聚了多少沉没的财富的这个老古董，绝不会感激这些来同他争夺猎物的冒失者，这也是不难理解的。他很狡猾，又很阴险，虽说有时随他们做去，

1　夏朗德：位于大西洋海岸，吉伦特河口北侧，与河口南侧的吉伦特省毗邻。

2　巴约和圣让－德吕兹：法国大西洋海岸南端城市，属大西洋比利牛斯省。

但是经常伤着他们，报复一下，淹死一名领港员，比打沉两艘货船还高兴。

不过有一段时间，谁也没提起有伤亡事故。1859 年夏季非常炎热，这一海域没有发生什么灾难，只是六月份撞坏了一只小船。然而，一种我说不清的什么骚动，预示会有灾难降临。九月来了，接着便到了十月份。游客中的上流人士，只想看大海的笑容，已经纷纷离开。我因为书尚未写完，便留下来，还有一层原因：这种过渡的季节有奇特的吸引力。

大家注意到风变了，有些怪异，不是常见的，例如，刮起燥热的东风，从始终静谧的方向传来暴风雨的气息。夜晚有时很热（九月份比八月份温度还高），令人失眠，烦躁不安，心跳得厉害，无来由就冲动起来，情绪变化无常。

有一天，我们坐在小松树林里，这里小树被风吹打，不过也多少受沙丘的保护。我们听见一个童声，特别清亮而尖厉，纤细并极富阳刚的音色。然而，那是个小女孩，年龄很小，一脸严肃，她随母亲经过这里，竭尽全力唱着一首老歌。我们请她母女坐下，让她从头至尾唱一遍。

这首乡村小曲出色地表达了当地的两种精神。圣通日省是农业区，人们喜爱家园。这不同于巴斯克人，他们有冒险精神。不过，这地方人尽管定居，却与海打起交道，投身容易出事的行业。为什么？请看传说的解释：

一位国王的美丽女儿，像《奥德赛》中的瑙西卡[1]那样，在海边洗衣服嬉戏，戒指失落到水中。海岸的儿子跳下海寻找，结果淹死了。公主泪如泉涌，最后化为海岸的迷迭香，味儿特别苦，香气却特别馥郁。

这首溺水身亡的歌谣，在这样危象的天气，在风雨欲来沙沙作响的树林中唱起来，令我心动，使我神迷，也更加强了我内心的预感。

※ ※ ※

我每次去鲁瓦扬，在短短几小时的路程内，很可能遇到暴风雨，却没有躲避的地方。暴风雨一来，铺天盖地压向我，压向我穿越的圣乔治葡萄园以及我首先攀登的岬角荒原。我走在鲁瓦扬的半圆形人海滩上，风雨就更加疯狂。即使进入十月份，荒原上还是一片野花香，有时我倒觉得比哪个季节都更沁人心脾。海滩还很平静，清风拂面，我感到柔和而温暖。就是大海也显得那么温柔，来舔我的双脚，这种轻抚未免可疑，我不会受其迷惑，足以觉察出风和海正在酝酿什么。

一连几天夜晚都十分晴好，这天夜里忽然狂风大作，这

1　瑙西卡（Nausicaa）：希腊神话传说中人物，淮阿喀亚的公主。荷马史诗《奥德赛》中讲述，奥德修斯在特洛伊战争结束后归国途中，船沉落水，被冲到岸边昏迷过去，瑙西卡和女伴用歌声将他唤醒，带他去见父王。国王听奥德修斯讲了经历，便派船和水手帮他回国。

正是序幕。大风又陆续刮了好几场，尤其26日这天。不过，到了夜晚，我还没有怀疑会有什么大灾难降临。当地的海员都出海了。秋分时节，天气危机四伏，长时间变幻不定，起初大家还有点思想准备，以为会变天，可是事情拖下来，职责和行业不能撂下，于是他们不顾天气，冒着突来暴风雨的危险出海。这情景给我留下极深的印象。我心中不禁思忖：“又要有人遇难了。”

这种担心再现实不过了。

尽管风急浪高，还是有一条领港小艇驶出，要去搭救在航道遇险的商船，不料一个不幸者被抛出小艇，而小艇自身难保，绝不可能再将那人打捞上来。他留下三个孩子和一个怀孕的妻子。令人特别惋惜的是，他是个出色的男人，基于海员们常有的高尚的爱心，刚好娶了一个丧失劳动能力的姑娘：她因为意外断了几根手指。这下子可就惨了：她既残废，又怀了孕，现在又成了寡妇。

有人为她募捐，我赶去鲁瓦扬，也捐了一点钱。我遇见的一名领港员，怀着极大的悲痛讲起这次事故：“我们干的这行就是这样，海上气候恶劣时，我们更得出海。”海事警务官手上拿着花名册，上面登记了在世和死去的海员，他比谁都更了解这些家庭的命运，他那神情看来既伤悲，又惴惴不安。大家都明显感到，这仅仅是开端。

回程我又走在海滩上，这段路相当长，我便从容地观察，研究一块乌云带，估计有八九法里的范围，将要往四面八方延展。圣通日在我左侧，似乎垂头丧气而又无可奈何地等待。

梅多克在我右面，隔着河流，也笼罩在阴沉的寂静中。一大片乌云，来自西边大洋上，在我身后升起。不过，在我前面，从波尔多刮来的大地的歪风，还在同那片乌云对抗。大风冲下来，就好像顺势推涌吉伦特这条激荡的大河，可望推开大洋拉起的阴森的幕布。

我正自犹豫，还回头眺望，观察科尔杜昂岛[1]，恍若看见那礁石披上一层奇幻的惨白色。那灯塔好似幽灵，在那里呼号："灾难啊！灾难！"

※ ※ ※

我更好地估计了一下天气形势，清楚地看到陆地的风不仅败下阵来，而且还充当了敌营的帮凶。它贴着吉伦特河面劲吹，冲破并扫荡了下面的所有障碍，为大洋方向的高空刮来的乌云铲平了下方的道路，它好像成为一条滑道，乌云从上面滑行起飞就快多了。不大工夫，陆地方面一切抵抗都结束了，风完全止息，一切都沉浸到灰烬的灰蒙蒙的色调中：障碍全已扫平，上面的狂风便控制了大地。

我走到圣乔治附近的瓦利埃乐葡萄园，只见许多人还在田里，要赶完那些急活，想必他们考虑到恐怕要有一段时间下不了田了。头一阵雨浇下来，大家只好先回屋避一避。

1　科尔杜昂岛：吉伦特河出海口的一个小岛，建有灯塔。

狂风暴雨我见过不少，有关暴风雨的描述，我也读了不下千种，什么情况都在我的意料之中。然而，这场暴风雨却一点迹象也没有，无法料到会持续这么久，会一直这么猛烈，会这么一个劲儿而毫不停歇。只要风雨大一点儿，或者小一点儿，停歇片刻，甚或更加猛烈，总之有点变化，人的心灵和感官也好从中找到一点能让人放松、转移注意力的东西，稍微满足一点强烈的求变的渴望。然而这里，五天五夜，连续不断，总是同样的狂风暴雨，既不增加也不减少，在肆虐中毫无变化，根本就没有电闪雷鸣，没有乌云翻滚，没有撕裂大海。整个天宇，一下子就被一顶巨大的灰色帐篷罩住，人就像紧紧裹住这块暗淡的土灰色的殓尸布，一点光亮也见不着，眼前成了一片熔铅和石膏般的海洋，一种疯狂的单调，愁惨得让人无法忍受。这片海洋只有一个音符，如同沸腾的大锅炉，一直在呼啸。任何描述恐怖的诗篇，也不如这篇散文这样渲染。永远，永远一个声调：呜！呜！呜！或者呼！呼！呼！

我们就住在海滩，这种场景见得多了，往往置身其中，海水有时就冲到离我们二十步的地点，每个浪头打来，都震动我们的屋宇。我们的窗户都受到（幸而稍偏一点儿）西南狂风的袭击，而狂风携来的不止是激流，而是大洪水：海水涌起化为雨。从第一天开始，就不得不急急忙忙费好大劲关上窗板，如果在大白天想看东西，还必须点起蜡烛。朝向田野的敞亮的房间，对嘈杂声和震动也十分敏感。我还坚持工作，抱着一种好奇心，看看这种粗野的自然力，究竟能不能压制、阻遏一颗自由的灵魂。我保持思想活跃与自主，一边写作一边自我观察。然而，时间一长，疲倦和缺乏睡眠就大大伤害我身上的能力，而一位作家最精妙的东西，我认为就是节奏感。文思不畅，我的这根琴弦，首要的一根，意外地断了。

响彻天地的吼叫仅有的变化，就是夹杂着猛烈袭击我们的狂风发出的怪异的声音。这座房舍成为狂风的障碍，成为它千方百计要拔掉的钉子。有时，狂风突然直接打门；有时，又像一只有力的手猛摇窗板，势要把它给刮掉；有时，声音凄厉——这是风钻进烟囱，因为进不来而哀号——还威胁着让人开门，最后怒不可遏，拼命要掀掉房顶。不过，所有这些声响，都被呜呜的巨吼遮盖住了。这场暴风雨，范围如此广泛，如此凶猛，又如此可怖！我们感到风成为配角。然而，风的威力在于携雨渗透。我们的房舍（我差点写成我们的船只）进水了。阁楼有几处穿破，雨水如注灌了进来。

出了更严重的情况！飓风肆虐，丧心病狂地拔下一扇窗板的合叶：这样，窗板虽然关着，但是不停地震动，摇晃，必须固定住，将合叶紧紧捆在还牢固的半扇窗板上，为此又得冒险打开窗户。我打开窗户的时候，尽管有窗板遮挡，还是感到落入龙卷风里，震耳欲聋的风吼，如同可怕的大炮响声，就好像大炮不停地在我耳边轰鸣。我从窗板缝隙望见，一种东西在显示不可估算的力量，那就是浪涛，彼此冲突互相撞击，往往拱起来而落不下去。阵风从下面，就像刮羽毛似的，将这庞然大物沉重的浪涛掀起来，驱赶着它落荒而逃。

假如我们的窗板被刮飞，窗户洞开，风推浪涌冲进屋里来，如同龙卷风横扫田野那样凶猛，汹涌的浪涛直扑过来，势不可挡，那我们会落到何等地步啊？……

我们在陆地上遭遇海难，这种机遇实在奇异。我们的房子靠海特别近，房顶很可能被掀掉，或许掀掉整个一层。村子里一些人有这种担心，他们还对我们讲了每天夜里都想到我们的处境，劝我们离开。可是我们总估计，这次暴风雨持续时间再长，也总有个完的时候，于是我们每次都回答："明天再说吧。"

陆地传来的尽是海难的消息。就离我们不远的地方，十月三十日，一艘从南方海域驶来的船，载着三十名旅客，就在这条航道失事了。那只船躲过了岩石和暗礁，到了平常妇女洗海水浴的细沙小海滩对面，就被一阵旋风卷起来，当然托起很高，又重重地跌落，摔得特别惨重，船体一下子就散架解体了，像一具僵尸躺在那里。船上的人怎么样了？下落不明。据估计，也许他们早已从甲板上被一扫而光了。

这个悲惨事件能让人联想到的只能是灾难。然而，海洋仿佛意犹未尽。所有人都到了极限，而大海却不然。我看见那些领港员冒着危险，躲在避西南风的一堵墙后面，忧心忡忡地观察，并且连连摇头。他们还算万幸，这段时间，任何船只都不敢进港，要求救援。否则的话，他们就得去营救，准备献出自己的生命。

我也观望大海，毫不厌倦，我观海却满怀仇恨。我没有身处真正的危险境地，对这场灾难就尤为憎恶和哀伤。大海是丑陋的，一副狰狞相，丝毫也不符合诗人描绘的那种虚假的美景。然而，我越感到自己气馁，大海却越得活跃，形成了奇特的反差。所有这些浪涛，由如此疯狂的运动激发起来，无不意气风发，有了一颗神奇的灵魂。在大海狂怒中，波浪也都有各自的愤怒。总体一致（千真万确，尽管存在矛盾），芸芸众生都着了魔。是我看走了眼，还是头脑疲惫产生的错觉？抑或果真如此吧？浪涛给我的感觉是“众生”恶相，是一群刁民，但并不是人，而是唁唁狂吠的狗，亿万条恶犬，更确切地说，疯狗……我说什么？疯狗，恶犬？这还不确切，应当是无以名之的可憎的怪物，无眼无耳，只有吐白沫的大口。

妖怪，你们要干什么？各处我都听到发生了海难，你们还不满足吗？你们还要什么呢？——“要你死！要全世界都死光了，要大地毁灭，重新回到混沌状态！”

八

灯塔

拉芒什海峡[1]非常专横，北方大洋的潮水都要灌进它的海峡中。布列塔尼海域十分险恶，崎岖的火山岩岸激起猛烈的浪涛。而加斯科涅海湾，从科尔杜昂岛至比亚里茨[2]，则是矛盾的海域，有谜团一般的搏斗。大海往南，突然变得深不可测，成为吸纳海水的深渊。一位有创意的博物学家，将它比作巨大的漏斗，能陡然吸水。逃脱那里巨大吸力的潮流，能涌起极高的浪涛，法国的海域哪里也比不上。

西北的涌浪，是这台机器的发动机。涌浪若是再靠北一些，就可能冲进海湾，冲毁圣让－德吕兹；涌浪若是再偏西一点，那就会让吉伦特河水倒灌；涌浪还给倒霉的科尔杜昂岛戴一顶滔天的浪花帽。

对这位可敬的人物，大海的殉道者，人们认识得还不够。我认为在所有灯塔中，科尔杜昂灯塔是欧洲的老大。只有一座灯塔可以同它比比老资格，那就是著名的热那亚灯塔。不

1　拉芒什海峡，又称英吉利海峡。

2　比亚里茨：法国西南部比利牛斯一大西洋省海滨城市，坐落在加斯科涅海湾。

过，两者相比差别很大。热那亚灯塔建在一座堡垒上，基础是岿然不动的岩石，牢固而安稳，可以笑对四面八方的暴风雨。科尔杜昂灯塔则建在礁岩上，常年在水中沉浮。设计确实非常大胆，建在浪涛中，建在汹涌的浪涛中，建在大河湍流与大海潮水永远相搏的战场。

这座灯塔时刻受冲击，不是挨风鞭的抽打，就是挨激浪手掌的大耳光，像炮击似的发生雷鸣。这种攻击常年不断。灯塔没有一直建到吉伦特河上，然而这条大河受大陆劲风的推动，又有比利牛斯山脉的湍流相助，有时就冲到灯塔下，攻击这个入海通道的守门官，就好像大洋挡住去路要由它负责似的。

其实这片海域，唯有它这一处指路明灯。由北风推动，错过科尔杜昂灯塔的航海者，就有理由担心了，他还可能错过阿卡雄湾[1]。这片海域极其可怕，也极其黑暗。夜晚，毫无指路信号，也毫无辨识的航标。

我们在这片海滩居住了六个月，平时观赏的，几乎可以说，我们经常打交道的，就是科尔杜昂灯塔了。我们深深感到大海的守卫者，海峡的日夜守望者这一岗位，已经成为一个人。他挺立在辽阔的西天，显示出上百种不同的风貌。有时，他在一片光辉中，在太阳照耀下英姿勃发；有时，那淡淡的身影，朦朦胧胧，飘浮在雾气中，表示不出一点好兆头。

1　阿卡雄湾：位于吉伦特省西南部。

到了夜晚，他突然点亮红灯，射出火红的目光，就像一个勤勤恳恳的视察员，尽职尽责，一丝不苟地监视水域。不管海上出现什么情况，大家总是责怪他。他照亮了暴风雨，经常使人免遭危险，可是有人却把暴风雨这笔账算到他头上。无知者这样对待天才的现象太常见了，总是指控天才揭示了灾祸。我们这些世人并不公正。灯塔如果迟迟未点亮，如果天气变坏，我们就指责他，怒斥他："喂！科尔杜昂，科尔杜昂，你这个白色幽灵，你怎么就善于给我们带来暴风雨？"

※ ※ ※

然而我相信，在十月的暴风雨中，正是这座灯塔救了我们那三十人。航船摔碎了，但是他们幸免于难。

如能看到自己乘坐的船遇险，在明亮的天光中搁浅，能看清地点、境况，还可能有自救办法，那就很不错了。"上帝啊，死也要让我们死在白天啊！"

那只船被狂潮从远海席卷而来，临近海岸时已是夜晚，它不驶入吉伦特河口，也就只有千分之一的生机。右侧是明亮的格拉夫角，告诉它要避开梅多克；左侧有圣帕莱小灯塔，让它看到圣通日那边大科特危险的礁岩。在照亮中心礁石的这些固定的白灯之间，科尔杜昂灯塔明亮的红灯，每分钟都指示航道。

那只船竭尽全力，总算进入河口，但仅此而已。狂风、大浪和急流，在圣帕莱一齐攻击它。不过，三盏灯的救护队将这情景映照出来：三十个人看见他们到了什么地方，正要跌向沙滩，如能及时离开船，他们就可能保住命。他们准备跳下去，把命交给飓风，交给大风的震怒。的确，狂风对待他们，恰恰像对待浪涛那样，席卷上岸就不准返回。他们受碰撞，受剐蹭，不知跌落在什么地方，但是不管怎样，他们跌落下来还都活着。

※ ※ ※

谁能说得清，灯塔救了多少人、多少船只？在可怕的茫茫黑夜，连最勇敢的人都六神无主，而灯塔射出的光芒，不仅指明了航路，还鼓舞士气，防止思想迷茫。在生死关头，能对自己这样讲，就是极大的精神支持："挺住！再争取一下！……别看狂风、大海都与你作对，可你并不孤独，全人类都在守护着你。"

古人沿海岸航行，总是不断地观望岸边，他们更渴望有灯塔指引。据传，伊特鲁里亚人[1]已经开始在圣石上保持夜间的火光。当初的灯塔，就是一座祭坛，一所神庙，一根石柱，一座塔楼。凯尔特人[2]也造起过那种灯塔：巨大的蛮石如今犹

---

1 伊特鲁里亚人：公元前八世纪末，出现在意大利托斯卡纳地区的民族。

2 凯尔特人：早在公元前 2000 年，出现在现今德国境内，公元前 1000 年入侵到法国高卢和西班牙等地，与当地种族同化。凯尔特语属印欧语系。

存，置于最显眼的地点，在海上远远就能望见火光。罗马帝国沿着整个地中海岸，每个岬角都点了灯火。

只因北方海盗制造了极大的恐怖、黑暗的中世纪战战兢兢的生活，那些灯火都熄灭了，不能为海盗提供登陆之便。大海成为令人恐惧的对象。任何船只都是敌情，一旦搁浅，又成为战利品。掠夺失事船只的财物，也是封建领主的一笔收入：这就是所谓贵族的“难船权”[1]。大家都知道，那个莱昂[2]伯爵就是靠暗礁发财的，他就讲：“这里的岩石，比人们赞赏的王冠上的宝石还珍贵。”

如今，渔民在岸边燃起篝火，在海上望得见，就可能无意间导致海难。就是灯塔也容易误认，同样造成航船失事。把一处灯塔错当毗邻的另一座灯塔，往往铸成大错。

经过几次大规模战争之后，正是法国率先更新照明技术，更能保证人身安全，海岸安装了菲涅耳[3]灯（一盏强光灯的亮度抵得上四千盏灯，十二海里远都望得见），灯塔射出强光带，相互交错辉映，因而黑暗就从我们的海面消失了。

观察星斗航行的海员，又多了落下来的一天星斗，同样

---

1 难船权：法国封建领主有权占有领地海域失事船只上的财物，尤其在布列塔尼沿岸。

2 莱昂：位于布列塔尼地区西北端，有一岬角，航道多礁石，十分险恶。

3 菲涅耳（Auqustin-Jean Fresnel，1788—1827）：法国物理学家，光学先驱者。他研究出的复合透镜（光学上称菲涅耳透镜）代替平镜，用于灯塔探照灯，亮度大大增加。

有行星、恒星和卫星，这些人造星的色调与特点，又与天上的星星不同，光亮的颜色、强度和持续的时间，都千变万化。有的只发出平静的光，在宁静夜晚这就足够了；另一些灯塔的光亮四周转动，火一样的目光射向四面八方。这些灯塔犹如神奇的怪兽，灼灼的目光照亮大海，就像火焰那样闪烁不定，从熊熊燃烧，逐渐暗淡，终至熄灭。在暴风雨的黑夜，这些灯光跳动不已，似乎也参加了海洋的翻腾，而且毫不吃惊，以火光应对天上的电闪雷鸣。

※ ※ ※

必须想到这个时期（1826），直到 1830 年，海洋仍然一片漆黑。欧洲的灯塔屈指可数。非洲除了好望角，根本没有灯塔。亚洲也仅仅在孟买、加尔各答、马德拉斯建了灯塔。而无比辽阔的南美洲海岸，连一座灯塔也没有建。不过此后，各国都跟上来，模仿法国。渐渐地，灯塔就多起来。

写到这里，我真想能同你们一道，一夜之间就周游我们的大洋，从敦刻尔克到比亚里茨，巡视一遍我们那些雄伟的灯塔。不过，航程也太长了。

加来有四座灯塔，放射的光芒颜色不同，从杜夫尔就能望见，那是向英国，向途经英国的海员与乘客致意问候。塞纳河口的美丽海湾，在埃沃角和巴夫勒尔之间，点亮了友好的灯塔，向美洲敞开勒阿弗尔港，将美洲来客直接迎进家门，迎进法兰西的内地[1]。

而且，法兰西还迎出海去，热情地照亮布列塔尼的所有岬角，以便接待那些航船。无论在布雷斯特的前沿、圣马蒂厄角、庞马尔角，还是在桑岛，无不有灯塔放光，各不相同，每分或每秒闪亮，无不对航海者说："当心！看清楚这块岩石……避开这个暗礁……绕过去……好了！现在你进港了。"

※ ※ ※

应当指出，所有这些灯塔，都竖立在危险地点，往往建在岩礁上，在暴风雨之中，因而向建筑术提出了绝对牢固的问题。有好多灯塔高耸入云。大家侈谈的中世纪的建筑术，敢于建造这么高的建筑物，无不借助外部的支撑：墙垛、拱扶垛，而建到塔尖，就再也信不过石头，只好求助于不太艺术的铁扣钉，将石头连接固定。瞧瞧斯特拉斯堡大教堂的箭顶，很容易就能看出这一点。我们的建筑师鄙视这些办法。埃欧灯塔，近来由雷诺先生建在特雷吉耶的危险的埃佩岩礁上，高大的塔身从海中竖起来，简洁到了极致，根本就不用拱扶垛。它的基础凿成剪刀状，深深嵌入岩石中。在六十尺宽的基础上，建起直径八十尺的高塔。那些巨大的花岗岩石料彼此镶嵌在一起。此外，基础部分也都用方形楔块（同样

1　内地：指巴黎地区。沿塞纳河溯流而上，货船能行驶到巴黎。

是花岗岩），上下左右连成一体。所有部位都打凿得极为精确，水泥几乎失去作用。一层一层砌上去，所有石块都死死咬住相邻的石块，灯塔完全成为一块大岩石，是岩礁延伸出来的。浪涛就无处下手了，只能拍击，发狂，最后滑走。浪涛拍击发出震天的雷鸣，取得的唯一效果，就是使灯塔震颤而略微倾斜。但是这也无须惊慌，最古老、最坚固的塔楼，也同样会出现这种摆动。

※ ※ ※

如今我还看到的那些阴森的棱堡，从前建造它们是用以对抗大海，对付柏柏尔人[1]，现代文明则相反，建造起和平的、殷勤好客的灯塔来。雄伟壮丽的建筑，用艺术的眼光来欣赏就会显得很卓越，而且总能打动人心。灯塔放射各种颜色的光芒，白晃晃、金灿灿，是人类的上帝在大地安排的救命星空。天上一颗星也没有露出来，海员还能看到地上的星斗，又望见他那颗星，那颗博爱之星，于是又恢复勇气。

※ ※ ※

人们爱到灯塔旁边闲坐，坐在海员生活的真正家园，坐

1 柏柏尔人：旧时指北非各国阿拉伯人。

在这些友好的灯火下面。它们当中某一个，还不是最年长的，就因为已经救了许多人而备受尊敬。多少回忆同它们紧密相连，围绕它们也形成各种传说：美好而又真实的传说。两代人的岁月就足以让它们变老，并得到时间的祝圣。母亲常对家中的年轻人说："这座灯塔救了你们的祖先一命，没有它，世上也不会有你们。"

它们接待多少守望夫归的不安女人的拜访！傍晚，甚至夜间，您会发现望夫归的女人坐在那里等待，请求在上方燃烧的救命灯光将出海的人带回来，平安带回港。

建在这些神圣岩石上的古老灯塔，就是供奉人的救护神的祭坛。在茫茫黑夜中，流着泪祈祷的女人，望灯塔就看到祭坛和保护神了。

第二卷　海的创世

一

繁殖力

在圣让之夜（6月24日至25日），午夜过五分钟，大规模捕鲱鱼的行动就在北方海域开场了。一片磷光在水波中起伏跳动。“那就是鲱鱼的闪光”，这是约定俗成的信号，所有渔船都心领神会。一个鲜活的世界，受温暖、渴望和光明的吸引，刚刚从深水浮上海面。月光，淡淡而柔和，很讨这个胆怯的族群的欢心。月光就是让鱼群放心的信号灯，似乎鼓励它们来过它们盛大的爱情节。它们游上来，大家一同游上来，哪一条鲱鱼也不甘落后。合群，就是这种鱼类的法则：我们看到它们向来是成群出没。它们过着群居生活，埋藏在黑暗的深海里，到了春天，它们就成群结队，来领略一下整个世间的幸福，见见天日，享乐一下便死去。它们紧紧挨着，拥挤在一起，总感到相互贴得还不够近；它们游动，就像整块沙洲。佛兰德斯人就说：“看上去真像我们的沙丘开始漂动。”在苏格兰、荷兰和挪威之间，仿佛一座巨大的岛升起来了，就要出现一个大陆了。东侧脱离开一支，进入松德，挤满了波罗的海的入口。在一些狭窄的通道，都没法划桨了：海水变得凝固了。数以百万、千万、亿万，谁敢贸然猜测鲱鱼群究竟有多少数量呢？有人讲，从前在勒阿弗尔附近，一天早晨，一个渔民的网里有八十万尾。在苏格兰的一个港口，一个夜晚就装了 1.1 万桶。

它们好似一种盲目而命定之物，无论遭遇多大损伤也不气馁。人、鱼，都扑向了它们，它们还照样前进，一直在游动。这也无须奇怪：它们是在游动中相爱。越是捕杀，它们越繁衍，在行进中数量倍增。鱼群扩大变厚，在共同的吸引中漂浮，完全投入幸福的伟大事业。一切受水波和电波的驱动。在鱼群中随便捞一下，就能捞上有生育能力的鲱鱼，有的已经育卵，另一些也要受孕。这个世界没有固定的结合，随遇而乐，游中做爱。一路上，它们产下的鱼卵汇成洪流。

鲱鱼卵游动的生育潮流之盛大，令人难以置信，深达两三寻[1]，将水面都覆盖了。那景象实在壮观，日出时一望无际，数法里的海面一片雪白，浮游着鲱鱼的精子。

油腻腻、黏糊糊的水流厚厚的，正是生命在生命的酵母中发育。长宽都绵延数百法里，就好像奶火山突然爆发，喷出大量的奶，将大海淹没了。

※ ※ ※

水面上布满生命，这种难以形容的强大繁殖力，如果没有遭受各种毁灭力量的贪婪联盟的猛烈打击，那么大海就不

1　寻：水深单位，1 法寻约合 1.62 米，而 1 英寻则合 1.83 米。

堪重负了。想一想每条鲱鱼都能产四万、五万，乃至七万枚卵！假如没有大量死亡加以遏制，平均每条鲱鱼以五万倍递增，那么用不了几代，它们就会填满大洋，使海洋凝固，或者腐烂，从而消除其他生物种类，把地球变成荒漠。在这种情况下，生命绝对需要协助，需要它的姊妹——死亡——不可或缺的救助。生命和死亡相互展开搏斗，一场无穷无尽的较量，却能导致和谐，营造尘世的安全。

世界范围内捕杀天生为口中餐的族类，有的猎手负责歼毁，防止鱼群失散，并向海岸驱赶，这些猎手便是海中巨兽。鲸类并不鄙视这种猎物，它们追随鲱鱼群，潜入这种沙洲，窜进厚厚实实的活沙洲，张开巨口，成吨地吞进无数猎物，而猎物的数量仍不减，只是逃向了海岸。临近海岸，又展开一种别样的、更大规模的歼击。最小的鱼类吞掉鲱鱼苗和鱼子，大量吞食鱼精，吃掉未来。就现时而言，大自然还造出一个贪食族类，眼睛分两侧，基本看不见东西，一个胃差不多就是整个身体，能痛快地吃掉送到嘴边的鲱鱼，这便是饕餮的鳕鱼科（如鲭鱼、鳕鱼等）。鲭鱼饱食、餍食鲱鱼，变得肥大；鳕鱼饱食、餍食鲭鱼，也变得肥大。如此一来，大海的危险，繁殖力过盛，又周而复始，愈演愈烈了。鳕鱼又远非鲱鱼可比：一条鳕鱼甚至可以产九百万枚卵！一条五十斤的鳕鱼，孕育的卵重达十四斤，是它体重的三分之一！还要补充一点，这种鱼生育能力惊人，一年十二个月，有九个月是发情期，正是这种鱼可能将世界置于危险境地。救命啊！放出船只，装备渔网浮子。仅仅英国就派出了两三万水手。

美洲又派出了多少，法国、荷兰、全世界又派出了多少呢？仅仅鳕鱼这一种鱼，就创建了多少殖民地、多少商行和城镇。捕捉鳕鱼是一门工艺。这门工艺也有一种语言，一整套渔夫捕捞鳕鱼的专用的术语。

可是，人能做什么呢？大自然深知，我们人类微不足道的努力，我们的渔网、我们的渔场，根本达不到大自然的目的，鳕鱼会战胜人类。大自然根本信不过人类，要唤起有效得多的毁灭力量。从河流深处到海洋，来了最活跃、最坚决的食客——鲟鱼。鲟鱼游到江河，安静地做爱，离开时大大消瘦，就变得特别凶，回去参加海上盛宴，胃口也大得出奇。饥饿的鲟鱼，碰到吃了大量鲭鱼而肥胖的鳕鱼，就觉得肉特别鲜嫩。鲟鱼在那里集中找到精食——丰盛的鳕鱼肉，真是其乐无穷。这种以鳕鱼为食的勇敢鱼类，繁殖力虽不如鳕鱼，但还是很强，每条能产十五万枚卵。一条一千四百斤的鲟鱼，雄的有一百斤鱼精，雌的有四百五十斤鱼卵。危险重又出现。鲱鱼以其旺盛的繁殖力威胁世界，鳕鱼也造成同样威胁，鲟鱼还是威胁。

大自然必须发明一种绝杀：食量惊人而生育力极低、消化力极强而后代无以为继的一个种类。救世而可怕的怪物，能切断循环繁殖的不可遏制的洪流，也就是发挥巨大的吸收能力，不管什么种类，遇到什么就吞食什么，不管死的还是活的。大自然“出色的食客”，公认的食客：鲨鱼。

然而，这些可怕的毁灭者却注定要失败。它们吞食不管有多么疯狂，却极少生育。鲟鱼，如人所见，繁殖力不如鳕鱼，而鲨鱼同任何鱼相比，就等于不生育，不像它们那样遍海产卵汇成洪流。鲨鱼是胎生动物，小鲨鱼，这个封建的继承者，是在腹中孕育，一生下来就武装到牙齿，十分凶猛。

※ ※ ※

海洋可以笑对它创造出来的毁灭者，自信富有繁殖力的幽幽深处，还能产生更多的来。海洋的主要丰产地，这些饕餮者根本攻不进去，能够挑战它们的全部疯狂。我指的是生命粒子、微生物的无限世界，那是海洋腹部繁衍生命的真正渊薮。

有人说，没有阳光的地方就没有生命，然而在深深的海底，却栖息着海星。水流中大量生长着纤毛虫和纤虫。无数的软体动物，在海中拖着自己的贝壳。青铜色的蟹、放射形的海葵、雪白的宝贝[1]、金黄的圆口类、涡螺，所有这些软体动物，无不活着，都在活动。那里还大量繁衍发光的微小动物，它们有时被吸引到水面，形成长带、火蛇、闪闪发光的花环。大海的深处，有的地方也会偶尔照亮。大海本身也有某种闪光，是人们在活鱼和死鱼身上观察到的，不知道什么微光。大海有自己的光明，有自己的信号灯，自己的天空、

1 宝贝：海中一种软体动物。

月亮和星辰。

在我们的盐场，人人都能看到海的繁殖力。圈在里面的海水，留下紫色沉积物，那全是纤毛虫。所有航海者都讲述，在某一段颇长的航程中，他们纯粹穿行在充满生命的水中。弗雷西奈（Freycinet）看到六千万平方米的海面上，覆盖着一片鲜红色，那无非是一种动植物，极其微小，一平方米容纳四千万。在孟加拉湾，1854 年，金迈船长在一片白色的海面航行了三十海里，海面的景象犹如一片雪原。天空没有云彩，但是灰蒙蒙的，同明亮的大海形成明显的反差。从近处看，白色的海水是一种明胶，再用放大镜观察，看出是一群微生物，蠢蠢蠕动而产生奇特的光效果。

佩龙（Péron）也讲述，他航行二十法里的一段路程，穿过土灰色的海面。放到显微镜下观察，海水浮着的一层全是卵，不知是什么鱼类产的，漫无边际，覆盖住了海面。

在格陵兰岛荒凉的海岸，人们以为自然生物灭绝了，可是海中却有大量生物栖息。有人航行在深褐色的海域，那是微生水母染成的颜色，长达二百海里，宽也有十五海里。这种海水每尺见方，容纳十一万多微生水母（据施莱登[1]语）。

这种海水富有营养，饱含各种脂肪微粒，正适于生性息

---

1 施莱登（Matthias Jacob Schleiden，1801—1881）：德国最早接受达尔文进化论的植物学家之一，与 T. 施万共同创立细胞理论。1838 年著《植物发生论》，说明植物体各部分均由细胞和细胞衍生物所组成。这一条生物学法则，可与化学上的原子理论相提并论。

惰的鱼。那种鱼懒懒地张张嘴呼吸，就像怀在共同母体内的胎儿那样，吸收了营养。鱼知道在吞食吗？略有所感。微生物食品如同奶一般吸进去。这个世界的大造化：饥饿仅仅留给大地，而海洋里早有防范，不知饥荒为何物。不用花费一点气力，也根本不必寻找食物。生活这样漂浮着，应像一场梦。生物的力量派作何用呢？毫无用场，完全留给爱了。

※ ※ ※

这是真正的事业：海洋大世界的工作，就是爱和繁殖。爱充满了孕育之夜。爱潜入深海，在无限小的生物身上表现得尤为丰实。然而，何者才是真正的微粒呢？您认为掌握了最小的、不可分的了，却发现它仍在爱，还能分裂出另一个生物。在生命的最低级阶段，其他器官一概没有，而您却能发现，这生命已经具备传宗接代的完整形态了。

这便是海洋。海洋似乎是地球的伟大雌性，不知疲倦的欲望，持续不断的孕育、分娩，永远也不会终结。

二

奶之海

海水，即使最纯洁的，从远海汲取，远离一切杂质，也还是略显白色，稍有点黏稠，倒在手上，从指间流下去十分缓慢。用化学分析解释不了这种特点。海水中含的一种有机质，用化学方法一接触就会破坏，摧毁其特性，粗暴地将其拉回到一般物质中。

海生植物、动物都包裹着这种物质，而这种物质的黏液在它们周身起加固作用，产生明胶的效果，有时固定，有时颤动。这样，它们就好像穿着半透明的衣衫。海洋世界比什么都更能让我们产生奇思异想。那里的反光很特别，往往呈现奇妙的彩虹，例如鱼鳞、软体动物的贝壳的反光。软体动物的全部豪华，都体现在它们有珠光的贝壳上。

也正是这一特点，最能吸引第一次见到鱼的孩子。我很小的时候，就碰到了这种情况，还完全记得它给我留下的鲜明印象。这家伙亮晶晶的、滑溜溜的，全身披着银鳞，让我惊喜到了难以形容的程度。我试着抓住它，可是很难做到，觉得它跟水一样，一下子就从我的小手里溜掉。在我看来，鱼和它游的水是同样的东西。在我模糊的意识里，鱼不是别的东西，正是水，是有机体的动物水。

很久之后，我虽长大成人了，但一看到海滩上有什么东西闪闪发亮，几乎还是那么惊讶。透过海的透明体，我能看出石子儿、沙粒。海水像玻璃一样无色，稍微有点稠，一搅就颤动，在我看来，海水还像古人，还像雷奥米尔[1]所说的那种感觉。雷奥米尔就干脆把这些生物称为“明胶化的水”。

这种印象，如果再看到海面刚形成的白色泛黄的长带，就会强烈得多了。在那长带中，海水开始懒懒地生成结实的墨角藻、昆布。这些生物在变成褐色的同时，也加固了表层和外皮。不过，它们还只是初步生成，还处于黏稠状态，有一定弹性，好似固化了的水流，越有柔性，黏度也就越强。

这些低级生物，不管植物还是动物，对于它们的繁殖和复杂的结构，我们今天所知甚多，就不能再拿古人和雷奥米尔的看法来解释了。然而，这并不妨碍我们再回到博里·德·圣万桑首先提出的问题：“海洋的黏液是什么？是水普遍具有的黏性吗？难道不是生命的普遍元素吗？”

※ ※ ※

我的头脑萦绕着这些想法，便去拜访一位杰出的化学家。他讲究实际，又有坚忍不拔的精神，是个既谨慎又大胆的创

1 雷奥米尔（R. A. F. de Réaumur，1683—1757）：法国物理学家、博物学家，于1722年创立金属学。他也对自然科学感兴趣，研究软体动物、贝壳动物和昆虫。

新者。我开门见山就问他：

“先生，海水中含有的这种带黏性、发白的物质，依您看究竟是什么呢？”

“不是别的，正是生命。”

这句话太简单，也太绝对，他随即又补充说道：

“我是说，一种半有机并且完全可以成为有机的物质。在某些海域，这种物质仅仅是密集的纤毛虫；在另一些海域，则可能是即将化为纤毛虫的物质。——不过，这项研究有待开展，严格来说，现在还没有开始呢。”（1860年5月17日）

我告别这位化学家，又径直去拜访一位著名的生理学家，他的见解对我同样具有权威性。我向他提出同样的问题。他的回答很长，也很精彩，大意如下：

> 我们认识水的结构，并不比认识血的结构多什么。海水中的黏液，看得最准确的，还应认为这既是一种终结，也是一种开端。这是死亡将无数残渣让给生命所导致的后果吗？当然是了，这是一条法则，然而事实上，在这海洋世界，吸纳得很快，大多数生物还未拖到死亡状态，活着就被吞噬了，而大地则相反，毁灭的过程缓慢得多。海洋是非常纯净的场所，战争与死亡提供营养，又不留下任何废弃物。
>
> 然而生命，即使未到最后解体的时候，也还是不断蜕变，排除一切多余的成分。在陆地动物，我们人身上，表皮就不断脱落。这种蜕变，可以称为日常的局部死亡，

能使海洋世界充满丰富的胶质，正是孕育中的生命应时之需。生命找到了这种普遍排除大量油脂的、还活着的生物残体，还有生命的液体物，这些都处于悬浮状态，还没有来得及死亡，而且不待回归无机体，就迅速进入新的生物体内。在所有的假设中，这恐怕是最接近真实的一种。离开这种假设，那就要陷进极端困难的境地。

※ ※ ※

如今这些领先的、极为严肃的人物的见解，同将近三十年前乔弗鲁瓦·圣－伊莱尔[1]的主张，也绝非水火不相容。当年，乔弗鲁瓦·圣－伊莱尔认为，自然万物从普遍存在的“黏液”中汲取生命，他说道：

“这是可转化为动物的物质，是有机体的初级形态。无论动物还是植物，在生命的初级阶段，不管多么弱小，也无不吸纳并制造这种黏液物质。它们因为极其孱弱，也就大量增长。”

最后这句话，为海洋生命开拓了一种深刻见解。海洋的大部分孩子，似乎都是胶质状态的胎儿，它们吸纳并制造黏性物质。这种物质充斥海水，赋予海水一种无限大的子宫那

1　圣－伊莱尔（Geoffroy Saint-Hilaire，1772—1844）：法国博物学家，动物学教授，他的研究着重说明动物在演变中有机组织的一致性。

种多产的温馨，不断生出新的孩子，如同游在温暖的奶水中。

※ ※ ※

让我们观赏这神圣的事业，汲取一滴海水，我们就从水滴里看到，重又开始原初的创造。今天，上帝不会以这种方式行事，明天也不会以别种方式行事。我这滴海水，我毫不怀疑，在它变化中，会向我讲述这个世界。我们就等着观察吧。

谁能预见，能猜测出这滴海水的历史？——植物—动物、动物—植物，哪一种要首先生出来呢？

这滴海水，会成为纤毛虫、单子，并且在蠕动和震颤中，很快就变成弧菌吗？然后再一级一级往上进化，真蛸、珊瑚或珍珠，经过上万年，也许达到昆虫的等级吧？

这滴海水，将要达到的境界，会是一根植物丝吗？那纤细的绒毛，甚至不会被人视为一种生物，但是已经不亚于一位年幼女神初生的发丝，敏感的爱的发丝，说得精辟些：维纳斯的秀发！

这绝非寓言，而是自然史。这滴海水，在自然两界（植物界和动物界）中越变越稠，而自然两界的这根发丝，正是生命的长子。

※ ※ ※

您往一眼水泉深处瞧，开头什么也没有看到，继而，您就看出有些水珠略微浑浊。再用放大镜观察，这浑浊是小小云朵，或为明胶状，或为絮团状。进而放到显微镜下观察，云朵就变得纷繁了，好似一团菌丝体，细头发丝，恐怕等于女人最细的头发的千分之一。这就是生命要组织起来，怯生生的初步尝试。这称为刚毛藻，在淡水中普遍存在，也存在于静止的咸水中。刚毛藻开始了两个系列的原始植物，即海洋的和海水撤离成为陆地的植物。离开水之后，便进化为种类数不胜数的真菌家族，而在水中的，则有刚毛藻、藻类和其他类似植物家族。

这是生命必不可少的最初元素，在似乎不可能有生命的地方，人们已经发现了这种元素。在含铁和饱含铁质的发暗的水中，在温度很高的温泉水中，您都能发现这种轻微的黏性物质以及类似的微生物。它们仿佛聚成不稳定的水滴，不断游弋蠕动。怎么给它们分类都无所谓：康多尔[1]尊称它们为动物，然而，杜雅尔丹[2]则将它们贬到植物的最低级。无所谓，它们但求活着，但求通过它们低微的生存，开启长长的生物链，让其他生物有可能出现。这些微生物，不断从母体水中汲取生命的胶质，并从底层调解营养，提供给其他生物。

---

1 康多尔（A. P. de Candolle，1778—1841）：瑞士植物学家，著有《植物学的基础理论》。

2 杜雅尔丹（Félix Dujardin，1801—1860）：法国博物学家，他的著作描述了细胞质。

※ ※ ※

这根本不像化石最初生物的样板，不像动物和复杂植物的印记：那些动物（三叶虫）已经有高级器官，例如眼睛；那些高大的植物，也有强健的组织。在进化的前些阶段，为这些生物做准备的那些简单得多的生物，因为躯体柔软而不牢固，完全有可能没有留下任何痕迹。那么，最坚硬的贝类都被撞破而解体了，这些微生物怎么能存活下来，没有消失呢？有人在南方海中见到，长着尖利牙齿的鱼啃噬珊瑚，就像绵羊啃吃树木一样。生命柔软的雏形，有了生命的胶性物，还未长结实，就是消失几百万次，大自然也未必能创造出它那粗壮的三叶虫，它那不可摧毁的蕨类来。

我们应当恢复这些微生物（刚毛藻、微生藻类、介乎动物和植物两界之间的漂浮生物、尚未成形的粒了，而这些粒子时而将植物性嫁给动物性，又时而将动物性嫁给植物性）的权利，恢复它们的长子权，而且从各方面看来，这种权利也应该归属它们。

正是在这些微生物的基础上，并由它们供养，才开始进化庞大的、奇妙的海洋植物区系。

海洋植物区系从这一点开始，我不禁要对它表达我由衷的赞赏。

我祝福它出于三种理由。

海洋植物无论大小，都有三种可喜的特点：

首先，这些植物无害，没有一种能致命。海洋里绝无有植物。所有海洋植物，都是健康而有益的，都是生命的恩惠。

这些无害的植物，但求供养动物界。有许多种（例如昆布），含有糖分。有许多种（例如紫色美丽的苔藓，人称科西嘉苔藓），所含的苦味是有益的。所有植物都集中了富有营养的黏胶，尤其是好多种黏汁，如中国那里吃的燕窝，就是金丝燕的唾液，还有铁线蕨，是胸部疼痛的良药。今天药方需开碘片治疗的所有病症，以前英国就用海藻类食疗。

海洋植物第三个突出特点，就是爱的细胞最多。看看它们婚嫁的变异，就会相信这一点。爱是生命要超越自身的存在而做的努力，能表现出超常的力量。这一点通过黄萤和别的小动物就能理解：它们激情迸发，直至燃烧起来。这在杂交的植物的身上，体现得也同样很明显：在神圣的时刻，海藻就冲出植物性生命，僭越了更高级生命，竭力成为动物。

※ ※ ※

这些奇迹是从哪里开始的呢？动物性的雏形是在哪里形成的呢？有机组织的原始舞台该是什么呢？

从前众说纷纭，莫衷一是。今天在这些事情上，欧洲知识界达成某种一致了。我可以从许多公认的权威书中找到答案，但我还是喜欢引用一部《回忆录》来回答。这部《回忆录》受到科学院的褒奖，因而也具有那样高的权威性。

在水温高达 80—90 摄氏度的热水中，还能发现生命。这就是说，地球冷却下来，降到这种温度，就可能有生命了。

水已经部分吸收了死亡元素，碳酸气。这样就可以呼吸了。

当初，在太平洋一带，所有的海都大同小异，水不怎么深，布满低矮的小岛。这些小岛都是旧火山，已经熄灭了。旅行者只看到了显露出来的火山峰，还是由珊瑚虫不断加高了的。然而海底，在火山之间，对于最初创造生物的尝试来说，应当是生命的贮藏所。

民间传说历来认为，火山是地下宝藏的守卫，有时就让隐藏在深处的黄金喷射出来。虚构的诗歌，却道出真相。火山区域本身就是地球的瑰宝，具有繁殖力的强大性能。在火山区，贫瘠的土地变得肥沃。从熔岩尘埃和始终温暖的火山灰，生命就能进化繁衍起来。

大家知道，维苏威火山坡多么富饶，长长的根须一直探到海里的埃特纳火山谷，又有多么富饶。[1] 大家也知道，在喜马拉雅山脚下，克什米尔各地那美丽的火山圆谷，成为人间天堂。在南半球的海岛，每走一步都重复这种情况。

在条件最不利的环境，只要靠近火山和伴随火山的暖流，动物性生命在最荒凉的地点也能延续。就在气候严酷的南极，离埃里伯斯火山不远，詹姆斯·罗斯在冰封的海下发现长有上千枝杈的活珊瑚。

1　维苏威火山、埃特纳火山均在意大利境内。

※ ※ ※

在世界幼年时期，无数火山在海底十分活跃，远比今天猛烈。火山形成的缝隙、中间带的谷地，就允许海中黏胶质多处聚集，产生电流。毫无疑问，胶体便在那里生成，逐渐成形稳固了，还不断进化并发酵，显示其年轻的旺盛精力。

酵母促使有机物相互吸引。海中分散产生的有创造力的元素，相互组合起来，我本想说相互婚配。基本的生命出现，但很快就化解而死亡。另外一些，吸收了它们的残骸壮大起来，生存下来。这种预备的生物，缓慢而耐心的创造者，从那时就开始在水中生生不息，如今在我们眼下还继续这种生息。

海洋喂养所有生物，分配给每种生物更适宜的成分。每种生物都以各自的方式分解海水，吸收有益成分，有一些（如珊瑚虫、石珊瑚、贝类）吸收水中的钙质，而另一些（的黎波里的背囊类动物、粗糙的木贼等）则集中积存二氧化硅。它们的残骸、它们的构建，给火的女儿，黑乎乎裸露的原生岩石披上新装。当初，这些岩石由火焰从地球核心抢夺出来，在灼热中抛向各处，自然不生不育。

石英、玄武石、斑石、半玻璃化的石头，得益于我们这些微小的创造者，披上了带点人性的外衣，即创造者们从母乳（我这样称呼海中的黏胶质）里提取柔和而有繁殖力的物质。这些物质经由它们加工，置放，就使得大地可以居住了。在这样更为有利的环境中，原始生物种类才得以完成改善和进化。

这种活动，首先是在火山岛之间进行。群岛之间的深谷迂回曲折，好似宁静的迷宫，波涛只有小心翼翼才能进去，对新生儿来说便是温暖的摇篮。

然而，盛开的鲜花在深海才完全绽放，例如在印度湾。在那里，海洋真是一位大艺术家，赋予陆地以令人赞叹的形状，犹如天赐，特别适于创造爱。由于海浪百般地爱抚，海岸变得浑圆，有了母亲的轮廓，我是要说，女人乳房的那种显见的温存：庇护、温暖和睡眠，孩子觉得十分温馨的东西。

三

粒子

有一天，一名渔夫将他的网底给了我，有三只快死的海物：一只海胆，一只海星，另一只海星类，即美丽的真蛇尾。真蛇尾还能动弹，但是它那细弱的肢体很快就断掉。我给它们倒了些海水，就去干别的事，丢下了两天。回来再一看，全都死了，已无法辨认：这场景又周而复始。

水面上形成厚厚一层胶膜。我用针挑起一小点，放到显微镜下，便看见这样情景：

一团旋涡似的微生动物，短粗而有力，十分活跃，来回游动，似乎为有了生命而陶醉，我敢说，它们因为出生而狂喜，以一种奇特的狂欢庆祝生日。

第二层蠕动着蛇状和针状微生物，主要不是游动，而是震颤，向前弹射（或者称为弧菌）。

这样乱哄哄的运动看累了，目光很快又注意到，它们并不都在活动。有些弧菌还处于僵硬状态，并不震颤。还有一些相互扭缠在一起，聚为葡萄串状、蜂群状，尚未解体，似乎等待解脱的时机。

在尚未活动的微生物的这种生命蜕变中，矮粗菌（les kolpodes）毫无秩序，都在“发威”，横冲直撞，乱翻乱滚，似乎在大吃大喝，越吃越肥胖，生活得自由自在。

应当指出，这样大的场面，只是在用针尖挑起的一点胶膜中展开。而这片胶质的海洋，十分迅速就浮到盛海水的小盆的水面上，能提供多少类似的场景！时间利用得多么充分！海中小动物，要死去或者已经死掉，它们逃离的生命立刻创造了一个生命世界。我失去三只动物，却又获得数百万只，而这些又特别年轻、特别活跃，动作极猛，胃口极大，名副其实地显示出一种生活的疯狂。

※ ※ ※

这个无限世界，与我们的世界息息相关，在我们周围，我们身上无处不在，但是直到那时，还几乎鲜为人知。斯瓦默丹和其他一些人，从前就隐约看到这一点，只可惜刚走出一步就停止了。很久之后，到了1830年，魔术师埃伦贝格[1]才提起这个世界，揭示它并为其分类。他研究这些肉眼看不见的生物的相貌、它们的组织、它们的习性，观察它们吃食、消化、游动、捕猎、战斗。但是他还不清楚它们怎么繁殖。它们是怎么相爱的呢？它们交配吗？如此低级的生物，大自然有必要花费精力安排一种复杂的繁殖吗？抑或它们会自生，就像某种植物霉菌那样吧？老百姓则说“像蘑菇那样”。

1　埃伦贝格（Christian Gottfried Ehrenberg，1795—1876）：德国生物学家、显微镜学家、科学探险者、微观古生物学创始人之一。

这是个大问题，许多学者都微微一笑，摇摇头。他们都有十足的把握，手中掌握世界的秘密，总能确定生命的法则！大自然应当遵循。一百年前有人对雷奥米尔说，吐丝的母蚕无需雄性，可以自行繁殖。他就否认，说道："什么也不会无中生有。"这一事实，屡遭否定，又屡屡证明，现在终于完全让人接受了。不仅是家蚕，而且蜜蜂、某种蝴蝶，以及其他一些动物，都是这样繁殖的。

※ ※ ※

无论哪个国家，无论智者还是平民百姓，历来都这样讲："死而生。"人们尤其猜测，微生物就是立刻从死亡的遗骸中生出来的。甚至哈维[1]，提出繁殖法则的第一人，也不敢否认这种古老的观念，他在说"一切来自卵"的同时，还补充一句："或者来自前面生命分解出来的元素。"

这恰恰是在普歇[2]先生试验的基础上，刚刚重新诞生而产生轰动的理论。他确认从纤毛虫和其他生物的残骸中，能形成可繁殖的胶质凝固物，"多育的膜"，从膜中生出来的虽不是新的生物，但也是随后能诞生新生物的胚原基、卵子。

1　哈维（William Harvey，1578—1657）：英国医师，生理学家、胚胎学家，实验生理学创始人之一。他首次阐明了血液循环原理，1651 年发表的《论动物的生殖》，支持亚里士多德的胚胎学。

2　普歇（Félix Archimède Pouchet，1800—1872）：法国博物学家，生命自然发生说的主要支持者。

我们处于产生奇迹的时代，必须顺应潮流，这无须大惊小怪。

从前如果有人胆敢主张某些动物不服从既定的法则，居然要用爪子呼吸，那他准会遭人耻笑。米尔恩－爱德华兹[1]的出色研究成果，已然证明了这一点。据说，居维叶[2]和布兰维尔[3]也同样观察到，一些动物没有专门的循环器官，就用肠子替代。然而，这些博物学大家觉得这事太重大了，都没敢讲出来。今天，还是这位米尔恩－爱德华兹，以及德·卡特尔法日等人，确立了这一事实。

※ ※ ※

这些粒子一旦诞生，不管人们怎么看，总要提供一个无限的、丰富多彩的世界。在那个世界里，生命的所有形式都已经很像样了。这些粒子如果彼此相识，就一定会相信它们构成了完美的和谐世界，没有什么缺憾了。

它们并不是分散的创造出来的另类，显然是一个领域，不同种类组成生命工程的大分工。诸如真蛸和珊瑚虫，它们

1 米尔恩－爱德华兹（Milne-Edwards，1800—1885）：法国博物学家、生理学家。

2 居维叶（Georges Guvier，1769—1832）：法国动物学家，创建了比较解剖学和古生物学。

3 布兰维尔（H. M. Ducrotay Blainville，1777—1850）：法国博物学家，居维叶的学生，捍卫老师的观点。

都是集体生物，还受束缚，受一种共同生命的奴役。它们是小小的软体动物，但是已经披上了薄薄的贝壳。它们中间有灵活的小鱼，活跃的虫子，高傲的甲壳动物，微型的未来螃蟹，而且都像现在的螃蟹武装到牙齿，好战的粒子猎杀无防卫力量的粒子。

这一切丰富多彩到了惊人的程度，足令肉眼可见的贫乏世界自愧不如。且不说为亚平宁山脉做出贡献、增高中科迪勒拉山脉的根足虫类，单讲有孔虫类，这种原生贝类族群极其庞大，计算有两千余种（据夏尔·德·奥尔比尼[1]）。人们发现它们经历了地球的各个时期。在地球发生的三十次危机中，有孔虫类在所有地层都有化石标本，形状小有变化，但始终保持同一种类，始终亲历见证地球的生命。南极寒流由南美洲岬角分成两岸，今天还不偏不倚，分别往拉普拉达[2]和智利各送去四十种。不过，它们自生自造和组构的大工场，还是发自安的列斯海的暖流。北半球潮流将它们杀死。父爱的大潮流又将它们的尸骸运至纽芬兰岛，而我们的大洋底部，全铺满了它们的尸骸。

※ ※ ※

所谓粒子的著名父亲，我是指它们的教父埃伦贝格，这

1 夏尔·德·奥尔比尼（Charles d'Orbigny，1806—1876）：法国植物学家、地质学家，著有《自然史通用词典》。

2 拉普拉达：阿根廷城市与海湾名。

位教父给它们洗礼，支持它们，将它们引进科学，结果遭到别人的指责，说他偏爱那些微小的动物，夸大了它们的价值。他盛赞它们结构复杂，已经很高级了，溢美之言比比皆是，甚至赋予它们一百二十个胃。可见的世界不免恼火，反应十分猛烈，由杜雅尔丹出面，干脆将它们贬到最简单的生物行列。在他看来，这些所谓的器官不过是表象。然而，他也不能否认它们的强大吸收力，只好同意它们有一种天赋，能根据吞下食物的大小，随时造出合适的胃来。这种观点，丝毫也没有说服倾向于埃伦贝格的普歇先生。

※ ※ ※

它们身上不容置疑而又令人赞叹的，就是活动的能量。

从表面上看来，好多种都有早熟的个性。它们不会长久依附珊瑚虫共同生活，那是它们的顶头上司。真正的珊瑚虫所过的是懒散的日子。这些微生物，许多一跳出来，就是独立个体，也就是说能独来独往，无拘无束，如同世上的自由公民，要往哪边走全由他们自主决定。

高级生物世界中那些不同方式的行走、移动，凡是能想像得出来的，纤毛虫事先就做得到，甚而犹有过之。一颗强大的星体，一颗太阳飞速地旋转，就像带着它的行星那样拖住它所遇到的弱者；一颗彗星披着长发，运行不大规则，穿越太空，或者一路抛散一些模糊的物体；灵活的游蛇顺水或在地上游动，画出极美妙的曲线；摇曳的小舟，能够及时转弯绕行，以便漂流得更远；还有我们的树懒，小心翼翼地缓慢爬行，什么都抓一抓，什么都靠一靠，所有这些形形色色的行踪动态，纤毛虫都能表现出来。而且，依靠多么奇妙的简单方法。某种纤毛虫，全身不过是一根细线，但能向前弹射，好似有弹性的螺旋钻。另外一种纤毛虫，划动的桨和舵，无非是一根弯曲的小尾巴，或者振动的纤毛。可爱的钟虫宛若花冠，一同栖息在一座岛（一株小植物，一只小蟹）上，继而脱离它们微小的柄，都特立独行了。

※ ※ ※

远比运动的器官惊人的是，可以称为表情、神态、情绪和性格的独特征象。有些微生物十分敏感，另一些特别活跃，也很怪异，这一些好战，那一些似乎无故瞎忙，胡乱折腾。有时，就像在安安静静待着的一群人当中，忽然闯进一个愣头青，又聋又瞎，撞翻或者撞开一切。

无比神奇的喜剧！它们仿佛在相互配合，排练一出戏，等将来到我们的世界登台演出，到我们大动物高贵而严肃的世界来演出。

纤毛虫也有头儿，分为两类首领，我们就尊称为雄伟巨头：活跃的最高典型，力量的最高典型。后者虽然动作缓慢，但是全副武装，十分可怕。

您从房顶采下一块苔藓，放进水中浸泡数日，再用显微镜观察。一只强大的动物，可以说是纤毛虫的大象、鲸，活动中显示出年轻生命的活力和优美，这并不是那些大家伙总能具备的。致敬！这是粒子之王，一种轮虫，这样称呼它的原因，就是它的头两侧，有两个轮子。这种移动器官就像汽轮船，也许还是狩猎武器，有助于抓到小猎物。

其他一切都溃逃，都避让，只有一个敢与之对抗，无所畏惧，相信自己的武器。这是个怪物，已经拥有高级感官。它有一对大红眼睛。动作不大灵便，然而却是一只真正的熊足虫，它看得见，也有武器，爪子很有力，指甲锐利，需要时既可用来抓牢稳定，当然也能用来战斗。

※ ※ ※

大自然创造的强有力开端，用料极其节俭，几乎不用什么，就以如此宏伟的方式开始造物！开场就显出高超的手法！这些原生动物（个头儿无所谓），有巨大的吸收和活动能力，远远超过动物系列中高级得多的大动物。

牡蛎，固定在岩石上，蛞蝓用肚腹爬行，它们对轮虫来说，就像在我眼中的阿尔卑斯山脉、中科迪德勒拉山脉，根本不成比例，不可能目测，除非通过计算和思考。

可是，这些高山一般的动物又如何，还有轮虫所展示的那种敏捷与活力吗？我们动物系列越往高级攀升，越衰退得厉害！……我的那些原生动物太活跃了，变幻不定令人目眩，而这些庞然大物，全是瘫痪的家伙。

假如轮虫能想象出无穷大的集体生物，例如我们在自然博物馆看到的华美的、巨大的星状海绵，那又该是什么情景呢？那就像人想象周长九千法里的地球。因而我深信，在这种对比中，原生动物非但不会感到惭愧，反而要十分自豪，还会说：“我才伟大呢。”

※ ※ ※

轮虫啊，轮虫！千万不要鄙视任何种类。

我明显地感到你的长处和优势。——然而谁晓得，你嘲笑的这种受禁锢的生命就不是一种进化呢？你这样莽撞的自由，令人目眩的躁动，难道是事物的终极目的吗？有了起点，为了向更高级的命运发展，大自然宁愿接受一种静止不动的魔力。它进入黑暗的坟墓，在这阴惨的共同体中，每种元素都不算什么。大自然在这里学会掌控个体的不安情绪，集中精华助长高级生命。

大自然在那里沉睡一段时间，就像传说的“树林中的睡美人”。然而，不管是睡眠、禁锢，还是中魔，这种状态都不是死亡。海绵这种粗糙的物质，粘连了燧石，仍然活着。不动弹，不呼吸，没有循环系统，也没有任何感觉器官，但是它活着。怎么知道的呢？

它每年生育两次。它自有表达爱的方式，甚至比许多别的动物感情更丰富。一到日子，小海绵球便从母体分离出来，长有弱小的鳍，可以自由活动，但很快又固定下来，化为纤细的针海绵，随后也渐渐长大。

就是这样，表面上没有感官，也没有任何器官，在神秘莫解的一团谜中，在生命的可疑门槛，生殖却揭示了生命，开启了可见的世界，即我们的进化之路。什么还没有，但是就在这乌有之中，已经显露了母性。如同埃及的神灵，伊希斯[1]、奥赛里斯[2]，他们出生之前就开始生育了，在这里，先有爱神，后有生命。

---

1 伊希斯（Isis）：古埃及主要女神之一，为众王之母，主管众生之事，也是丧仪中的主神，能治病，起死回生。

2 奥赛里斯（Osiris）：古埃及主神之一，他统治已故之人，能使万物自阴间复生，如使植物萌芽，使尼罗河泛滥等。

四

血之花

在地心，在赤道的暖流中，以及海底火山上，海孕育的生命过于丰富，似乎难以平衡这些创造物了。海超越了植物性生命，她生下的孩子，一下子就要跳到动物性生命。

然而，这些动物，却打扮得花枝招展，那种华丽的装束全是奇花异草。您会看到鲜花、芳草和树木一望无际。看形貌和颜色，您判断那全是植物。可是，这些芳草有动作，这些树木会发怒，这些鲜花能战栗，初步有了感觉，要表露意愿。

搔首弄姿，极有风韵，如影随形，尤为曼妙！在动物和植物的临界，精神，以奇妙的仙境的漂浮形象出现，证明它开始苏醒了。这是震旦纪，这是拂晓。它以鲜艳的颜色、珠光或珐琅质的色彩，开始讲述黑夜的梦和来临的白昼的思想。

思想！我们敢用这个词吗？不敢，这是梦境，还在做梦，但是会逐渐清晰，犹如早晨的清梦。

※ ※ ※

在非洲北部，或者在另一端，好望角一带，在植物占统治地位的温带区域，已经出现了生命的竞争对手。它们也像植物一样生长，开花，但是很快就赶上并超过植物。

大奇观开场了，范围越来越大，向赤道推进。

奇特的灌木，绰约多姿，有柳珊瑚、虹色珊瑚，伸展它们丰茂的扇形。珊瑚在波涛下面变红。

在七彩虹的绚烂的花坛旁边，开始长出石头植物，石珊瑚枝杈纷繁（能说是它们的手掌和指头吗？），盛开淡粉色的花，如同满树的桃花、苹果花。距赤道七百法里，以及越过赤道七百法里，都在继续这种梦幻般的奇观。

有些物体还十分暧昧，例如小花冠，是矿物界、植物界和动物界争夺的对象。它们从属于动物，也从属于矿物，最终还是被植物夺了去。也许生命从岩石状态懵懵懂懂醒来，虽然尚未脱离这个艰难的起点，但似乎要告诉我们——这些地位极高而又极为自豪的人——三界原为兄弟关系，卑微的矿物也有权升级并获取生命，而这正是大自然由衷的渴望。

※ ※ ※

“我们大地的草场和森林，如果同海洋的草场和森林相比较，就显得荒凉空旷多了。”达尔文如是说。的确，凡是航行在透明的印度洋上的人，看到海底呈现的幻景，都会惊叹不已。那些植物和动物，以其形形色色的自然标志，构成了光怪陆离的景象，尤其令人叹为观止。明胶状软绵绵的植物，肢体形状似茎非茎，似叶非叶，装出胖乎乎的样子，那种弯腰曲背的优美姿态，仿佛要给人以错觉，让人以为它们是动物。真正的动物却似乎千方百计要成为植物，装扮成草木，极力模仿另一界的生物。有一些很挺实，几乎像树木那样永生。另一些则像花朵，刚刚绽开就凋谢了。海葵就是这样，开出淡粉色的雏菊，或者蓝眼睛的紫菀。可是，它的花冠一旦产下一个女儿，一个新生的海葵，您就会眼看着它融化而消失了。

海生洞螈、海鸡冠，更是变化无常，呈现各种形状和各种颜色。它们扮演植物，扮演果实，舒展为扇形，变成一道树篱，或者蜷曲为圆圆的秀美花篮。然而，这一切都是短促的，瞬息之间，生命战战兢兢，稍有波动就化为乌有，什么也不留下，一眨眼就完全返回共同的母体中。在这些轻盈的形体中，您还会发现一种就像含羞草，长有触角，一触碰就缩成一团，宛若对夜凉特别敏感的花朵。

您站在高高的珊瑚岩礁边上，俯身看见海底铺了海星和笙珊瑚的绿毯，海绵蜷成雪团，脑珊瑚装饰着迷宫，山峦谷地一片色彩斑斓，闪着橙黄色光的绿茸茸石竹，在它们石灰岩的枝头，轻轻摇晃着大批金黄的雄蕊，钓上它们的小食物。

在这海底世界的上方，仿佛为了遮太阳似的，依依摇曳着柳枝、长藤，或者摆动着棕榈叶，那正是数尺高的雄伟的柳珊瑚，以及伊希斯灌木所形成一片森林。长长的羽状枝丫，蜷曲成螺旋，看着就像葡萄须，用熠熠反光的纤细枝条，将一棵一棵树木连成一气。

这景象很迷人，也乱人心性。这是一种诱惑，犹如一场梦。水，奇妙幻境的仙女，又给这些色彩增添一副色调流丽的棱镜，一种美妙的动感，一种瞬息万变，一种迟疑不定，一种疑神疑鬼。

我看到了吗？没有，那并不是……那是个物体还是一个影像？……其实不错，那正是生物！我看到的是一个真实的世界，一个在海底居住并嬉戏的世界。软体动物信赖那里，拖曳着它们闪着珠光的贝壳。螃蟹信赖那里，它们四处打猎。还有怪异的鱼，懒洋洋地游动，它们身子极短，大腹便便，全身披着金色和上百种颜色。酱紫色的、紫红色的海葵，像蛇一般在精美的海星附近游来游去，而在阳光下，真蛇尾不断地伸缩展卷它那优美的胳臂。

在这种魔幻的境界中，挺拔如乔木的石珊瑚，颜色不大鲜明，却显得更为庄严。石珊瑚之美表现在形貌上。

尤其美在整体上，美在共同城池的高雅景观：个体是渺小的，而共和国则宏伟壮丽。在这里，美的强大基础，正是芦荟和仙人掌。在别处，那又是鹿头、鹿角。再换个地方，便是雪松伸展粗壮的枝杈，而这种树首先是横向伸出胳臂，但又一直长高。

这些形体，从前繁花满枝，生机盎然，如今鲜花早已败落，但是这种肃穆的状态，也许对思想更具有吸引力。我爱看冬季的树木，细枝已脱尽茂叶的华装，告诉我们它们原本的样子，尽显它们隐蔽的个性。这些石珊瑚便是如此。它们从绘画变成雕刻，现在这样赤裸，可以说更加抽象，仿佛要让我们明白，这些小族群的秘密，而它们正是这些小族群的丰碑。好多石珊瑚的神态，似乎在用奇特的符号向我们诉说。

它们相互交织，萦回缠绕在一起。显然是要告诉我们什么事情。谁能来解读呢？用什么话语来翻译呢？

我们能感到，这里面至今还有一种思想，不容易提取出来。我们回到这里，在这里逗留，尽量认读，以为看懂了。继而，这一闪光又消失了，我们只好连连拍额头。

呈现在冰冷的几何图形中的蜂房，不知减少了多少含义！蜂房只是生命的一个产物。然而这里，这可是生命本身。这珊瑚石不仅仅是这一族群的基地和庇护所，还是先前的一个族群，是原生的一代，渐渐被在上面新生的族群所取代，便采用这种恒久的姿态。因此，当初的各式运动、原始城池的形貌，还是那么显而易见，令人心惊，一种不容置辩的真实，犹如赫库兰尼姆或庞贝城[1]某处鲜活的细节。不过这里，全部变化都是渐进的，没有猛烈的突变，也没有遭受大灾大难。这里十分恬静，有一种温馨的特别魅力。

哪个雕刻家都会赞赏这样美妙的艺术形式。出于同样的动机，这种艺术却找到无穷变化，足能改变和更新我们的装饰艺术。

然而，还有值得关注的地方。繁茂的石珊瑚乔木林，展现了这些勤劳部族的能动性。这些巧妙的迷宫似乎在寻找一条线，这富有深意的游戏则象征植物生命和一切生命，这正

1　赫库兰尼姆和庞贝城：两座意大利古城，分别位于那不勒斯东南二十三公里和八公里。公元七十九年，维苏威火山爆发，熔岩和火山灰将这两座城市以及邻近的斯塔比奥埋没焚毁。1748 年开始发掘，1860 年开始研究发现的古迹。

是一种思想、一种受禁锢的自由所做的努力，小心翼翼地探索希望的光明——年轻的灵魂加入共同生活时可爱的闪念，但还是轻轻地、不焦不躁地、温文尔雅地寻求解放。

我家里有两株这样的小树，同一种类，但是有所不同，在植物中无与伦比。一株纯白色，毫无瑕疵，好似没有光泽的大理石，完全是个多情种，每根枝又分枝杈，挂满花蕾、芽苞、小花，从来就不会讲“够了”。另一株，没有那么白，但更加密集，每根枝都包含一个世界。两株珊瑚树都令人赞叹，既相像又不同，体现出纯洁与博爱。啊！这颗童稚而可爱的灵魂，制造了这种梦幻，谁能告诉我它的秘密！我们感到它还在徘徊，这颗受禁锢的自由灵魂，喜爱这种禁锢状态，既向往自由，又不想完全如愿。

※ ※ ※

这些美妙的造物，艺术本可以大加利用，但是迄今为止艺术并没有抓住其美妙之处。大自然的美丽雕像，立在巴黎植物园门口，她的周围本应簇拥着这些造物。我们要表现大自然，就应当将她完全置于无比辉煌灿烂的仙境中，因为这两者从来就形影不离。必须毫无保留，用大自然的所有天赋，给她建造山一样高的雄伟的宝座。她的第一批儿女，脑珊瑚，很幸运埋在下面，连同它们洁白的繁枝、盘曲状和星状的形体，全充当基础。在上面，它们的妹妹，以其波浪似的形体和发丝，铺了一张温馨的活床，深情地爱抚并轻柔地拥抱神圣的母亲，伴随她永远生育的春梦。

在描绘大自然的这些情事方面，绘画也并不比雕刻更为成功。绘画出的有生命的鲜花，就好像自身开放的花朵，说到底，这是些千变万化的颜色。而彩雕只是提供色调的极贫乏的概念。不管怎么努力，这些艺术作品的色调总是很平板，很苍白，始终不能再现那种柔情蜜意，那种灵动曼妙，那种脉脉温情。釉彩，如果像帕利西[1]那样尝试使用，在作品上也总是显得生硬而冰冷，适于绘制爬行动物，以及鱼鳞，可是对于这些甚至连皮肤都没有的软体小动物，釉彩就未免太光亮了。海葵裸露在外的许多小肺，真蛸漂浮的云雾状的轻网，水母下面波动的敏感的发丝，这些都不仅柔妙，而且令人怜爱。它们形态各异，既纤巧又朦胧，还显得温暖，就仿佛一股气息变得可见了。您会看到一只虹类原生动物眨着眼睛。对它们而言，这是严肃的事情，这是它们的血液。它们柔弱的生命所显示的色调、反光，这些光彩变幻不定，或鲜明，或苍白，轮番吸气并呼气……要当心，不要扼杀默默漂浮的小灵魂：须知它能告诉您一切，能在这种悸动的色彩中，向您呈现它自身的秘密。

1 帕利西（Bernard Palissy，1510—1589）：法国制陶师和作家，主要从事用釉彩制作粗陶器，曾探索过中国白釉的生产奥秘，著有《黏土的艺术》。

※ ※ ※

色彩存活不久，大部分融化而消逝了。就连石珊瑚，也仅仅留下它们的基础，让人以为是无机物，而其实，那不过是凝聚的强化的生命。

妇女在这方面比我们男人敏感，轻易不会看错：她们隐约感到，这样一棵珊瑚树，一定是个活物，从而就自然有一种偏爱。科学再怎么证明这不过是一块石头，后来又证明这不过是一棵树，都无济于事，她们就是觉得是别的什么东西。

“夫人，您喜爱这棵色调不正的红树，为什么要超过所有宝石呢？”

“先生，这种色调适合我。红宝石让人显得苍白。这珊瑚红，没有光泽，不那么鲜艳，更能衬出白色肌肤。”

她说得有道理。这两件东西相近似。在珊瑚中，就像在嘴唇上和面颊上那样，是铁显示的颜色（沃格尔）。铁使嘴唇发红，使面颊粉红。

“可是，夫人，这些亮晶晶的宝石无比光滑呀。”

“对，不过，这个更柔和，像肌肤一样柔和，还保留着暖和气儿。我戴上两分钟，就成为我的肌肤，成为我本身了。我同它也就不再分开了。”

“夫人，还有更漂亮的红宝石。”

“博士，就给我这件吧，我喜欢。为什么呢？我也说不清楚……要不然，如果非要一个理由的话，说这样一条也可以，我真正的东方名字，就叫‘血之花’。”

五

世界的创建者

我们的自然博物馆，里面的陈列厅太狭窄，但是不失为一座魔幻宫殿。拉马克[1]和乔弗鲁瓦（Geoffroy）所讲的变化之神，在博物馆中似乎无处不在。在底层的黝黯的展厅里，石珊瑚在默默地建造世界，而这世界在它们上面越建越高，越来越富有生命力。上面则是海洋的居民，已经进化为高级动物，组织机能健全了，准备到陆地上去生活。顶端则为哺乳动物。在这一切之上，鸟儿——神圣的族类张开翅膀，似乎还在歌唱。

观众不大看石珊瑚，他们很快就从地球的这些前辈面前走过。它们这里很阴冷。观众都往上走，趋向光明，趋向那么多光彩夺目的事物。螺钿珠光、蝴蝶翅膀、鸟儿羽毛，这

1　拉马克（Jean Baptiste Lamarch，1744—1829）：法国生物学家，进化论者，他认为所有生物均由原始的小体进化而来。他首先使用“生物学”一词（1802），发表三卷《法国植物志》（1778）。他修改了林奈混乱的低等动物分类体系，1801年发表《无脊椎动物的系统》，后又发表《无脊椎动物自然史》。1809年发表《动物哲学》，提出动物器官用进废退、环境影响遗传两条定律。达尔文的《物种起源》发表后，拉马克的理论成为争论焦点。晚年双目失明，贫病而终。

些才让观众迷恋。我却久久停留在底层，往往独自一人，待在黝黯的小展厅。

我喜爱大教堂的这间地下室[1]。我在这里更容易感受神圣的灵魂、我们的主宰现时的精神、超凡的努力，以及从这里起程的旅行者不朽的胆量。不管它们的尸骨丢在什么地方，它们都因为付出了生命，提供了珍宝而留在博物馆中。

※ ※ ※

且说十月一日那天，我逗留晚了一些，颇为费力地阅读石珊瑚的标签。靠近门口有一块牌子，我看到上面写着“拉马克”的名字。

我心里感到一阵温暖，油然而生一种虔敬。

伟大的名字，但早已作古！就好像在圣德尼的墓地，看到克洛维[2]的名字。他的那些继承者的荣耀，他们的王国，他们的辩论，就使这个把我们从一个世纪带进另一个世纪的人变得模糊，推向久远了。然而正是他，自然博物馆这位盲荷马，出于天才的本能，创立、组织、命名了“无脊椎动物”，这是当时人们还不大了解的门类。

1　天主教堂的地下室，一般都是墓室。

2　克洛维一世（Clovis I，465—511）：法兰克国王，建立法兰克王国，并成为全高卢国王，也是第一个信奉天主教的蛮族国王。死后，王国由他四个儿子瓜分。

一个门类？不然，这是个世界，是半组织的、尚无脊椎的软体生命的渊薮。而脊椎，正是动物骨骼的集中化，正是个性的主要支柱。无脊椎动物尤其引起人的兴趣，只因它们显然是整个动物世界的开端。卑微的族类，一直被人忽视！雷奥米尔将鳄鱼划入昆虫类。深负盛名的布封伯爵[1]，甚至不屑于了解这些小动物族群的名称。他为大自然建造的雄伟的凡尔赛宫，也将小动物族群排除在外。这些默默无闻的伟大族群，填满了一切，准备了一切，却处于混乱状态，被科学流放，要一直等到拉马克出面。而被允许进入科学殿堂的种类同它们相比，那才是小巫见大巫。如果从数量上来判断，可以说被忽略和排斥的，被拒之门外的，正是大自然本身。

※ ※ ※

生物变化的天才刚刚被植物学与化学所解放。拉马克在植物学领域度过一生，别人却把他拉来，强迫他教授动物学，这真是既大胆又硕果累累的一件事。这位热忱的天才，生来就是为了植物的变化创造奇迹的，他深信生命的统一性，将动物和大动物，将地球从人们坚持的僵化状态中拉出来。他从形式到形式，建立起精神的流通。他已经半失明，还摸索着，坚忍不拔地触及上千种明眼人还不敢接近的事物。至少，

1　布封（Georges Buffon，1707—1788）：法国博物学家、作家，著有《自然史》四十卷。

他投入了火一般的热情。乔弗鲁瓦、居维叶和布兰维尔都感到，这些事物是温暖的，都有生命。“一切都是活的，或者当初是活的，”拉马克说道，“一切都是生命，现时的或过去的生命。”他这种远大努力是革命性的，反对物质无活力的观点，甚至进而要取消无机物。任何物体都不会完全死亡。已经活过的事物，可能进入睡眠状态，生命潜伏起来，等待着再生。谁真正死去了呢？绝对没有。

这句话不啻一阵大风，吹得十九世纪满帆航行。不论轻率与否，反正把我们吹到从前不敢想象的地方。我们开始调查研究，叩问每件事物，历史的或自然史的：“你是谁？”“我是生命。”在科学的目光下，死亡逃之夭夭。精神战无不胜，迫使死亡节节后退。

※ ※ ※

在这些复活的事物中，我首先看到我这些石珊瑚。此前的死石头，粗糙的石灰岩，忽然有了生命的意义。拉马克将它们收进博物馆中，进行讲解，大家才窥见它们活动的秘密和它们无比巨大的创造。大家从它们身上得知，世界是怎么创造出来的。大家开始猜想，如果说大地创造动物，那么动物也创造大地，这两者都履行了创造对方的职能。

动物性无处不在。动物充满各处，遍布各处。甚至在这些矿石里，也能发现动物的遗骸或足迹，例如，经过极具毁灭性的烈火熔炼的大理石、方解石。在认知现时中每走一步，都会发现动物生活的一段深厚过去。自从有了显微镜，能观察到纤毛虫的那天起，人们就看到纤毛虫造起高山，也看到纤毛虫铺满海底。硅藻土的坚硬燧石，正是原生动物的聚合体，海绵也是一种有生命的燧石。我们的石灰岩也无不是动物。巴黎是由纤毛虫建造起来的。德国的一部分，就坐落在一片如今已经填平的珊瑚海上。纤毛虫、珊瑚虫、甲壳动物，都是石灰质、白垩。它们不断地从海中吸收石灰质。然而，鱼吞食珊瑚虫，把珊瑚虫变成白垩，将白垩还给海水。珊瑚海在生育、隆起和运动中，在它不断升高或降低的构建中，在筑造、坍毁、再筑造的过程中，就成为巨大的石灰岩工场，在两种生命之间轮回：今天活跃的生命，可待明天活跃的生命。

※ ※ ※

福尔斯特[1]看到，非常清楚地看到（有人错误地否定），那些圆形的岛屿是由珊瑚虫加高的火山口。做任何相反的假设，都无法解释为什么形状如此一致。每座岛屿都呈小环状，

1 福尔斯特（Georg Forster，1754—1794）：德国探险家和科学家。他与父亲应邀陪同库克船长，第二次环游地球航行（1772—1775）。他记述旅程的《环球旅行记》（1777）是一部集旅行、科学和文学为一体的作品，确立了他在德国是最先进的思想和完美的文体家的地位。他的其他著作还为关于中国南海的科学知识做出了贡献。

直径约一百步，非常低矮，外围被波浪打平，但是里面却围住一个平静的小盆地。盆地里稀疏长着三四种植物，形成一顶绿冠。盆地里的绿水美极了。环带白细沙（珊瑚虫解体的残骸），同大洋的深蓝色形成鲜明的对照。我们的工人在咸水的深处劳作。它们因种类或性格不同，有的更大胆则建造岩礁，而胆小和善的就建造平静的海岸。

岛屿世界颇为单调。请等一等。风、潮流，在致力给这个世界添彩。只需一场像样的风暴临岛，就会让这个岛屿富起来。这是风暴的一种绝妙的功能。风暴越大，越猛烈，旋风卷起所有东西，也就越能让海岛富饶。一场龙卷风经过一座岛屿，由龙卷风引起的湍流，挟裹着河泥、残骸、死的和活的植物，甚至拔掉的整片树林，黑乎乎的浪涛泥沙俱下，闯进大海，浪涛推涌，很快将这些礼物分赠给附近的岛屿。

生命的一个伟大使者，最容易运送的一种，就是坚硬的椰子。椰子不仅能旅行，生命力也极强，就是被冲到岩礁上，只要有点白沙，它也能随遇而安，而别的植物则不行。即使碰到任何草木都不喜爱的咸水，椰子也能当做淡水饮用，在那里生活，在那里扎根、发芽、生长，长成一棵树，一棵强壮的椰子树。一棵树，就意味着淡水，残骸就变为土壤。这就能邀请别的树木来落户，不久就会看到棕榈树了。树木拦截下来的水蒸气化作溪流，溪水在岛子中央流淌，在白色环带里保持一块领地，而咸水居民珊瑚虫也不进犯。

※ ※ ※

现在已经了解，珊瑚虫的工程进展神速。在里约热内卢，小船仅仅停泊四十天，就让筒螅类动物占据，完全覆盖住看不见了。在澳大利亚附近一个海峡，从前有二十六座小岛，现在公认的就有一百五十座了。英国海军宣称岛屿数量还要多，再过二十年，四十法里长的海域就无法航行了。

澳大利亚东面岩礁绵延三百六十法里（有一百二十七法里不间断）。新喀里多尼亚[1]的岩礁，延伸一百四十五法里。太平洋中的群岛，宽有一百五十法里，长达四百法里。单单马尔代夫列岛[2]，首尾几乎五百英里长。还应补充一句，法兰西岛[3]的沙洲、红海浅滩，都在不断地升高。

帝汶岛及其周围，呈现出一个动物爆满为患的世界。只要一抬脚，就能踩着活物。岩石形状怪异，五光十色，见了令人惊奇，让人目眩。您会看到在数法里范围的海域，在水里不深处（也许才一尺深），那些活物在静静地劳作，积极地坚持它们的创造本业。

头一位聪明的观察家，就是库克船长的旅伴福尔斯特，他发现珊瑚虫都在忙碌，看到它们在宏伟的协作中，悄悄地

1　新喀里多尼亚：位于太平洋，隶属英国。

2　马尔代夫列岛：印度洋中群岛，位于印度半岛西南，1965 年独立，摆脱英国托管，1968 年成立马尔代夫共和国。

3　法兰西岛：巴黎附近地区，原为大革命前的地名。法兰西岛是法兰西王国的发祥地，是政治权力的中心。

建造数以千计的岛屿，建造列岛，逐渐地连成一片大陆。

这种场面就在他的眼皮底下进行，犹如世界初创时的情景。地心火从深海拱起一个圆顶，一个圆锥体。圆顶裂开，喷出岩浆，过一段时间便形成圆形的火山口。火山的力量最终要耗尽，温暖的火山口逐渐覆盖了有生命的胶冻，这归功于原生动物和珊瑚虫：它们不断排出黏液，加高火山口圆谷，直到临近海面，不会高出水面，因为它们会被晒干，但是也不会太低，因为它们瞄准了阳光。虽然说它们没有专门接收阳光的器官，但是阳光能照透它们。赤道烈日的光线穿过它们透明的小躯体，对它们似乎产生一种不可抗拒的磁性吸引力。当海水落潮时，它们暴露出来，但还是照样张开，畅饮灿烂的阳光。

※ ※ ※

杜蒙·杜尔维尔[1]经常沿着那小岛海岸航行，他说道："靠近前看到这谷地如此宁静，看到四周水下不深处，突出的岩礁上布满十分安全的珊瑚，而自己却完全暴露在风暴之中，

---

1 杜尔维尔（Dumont d'Urville，1790—1842）：法国航海家。1820年在地中海东部进行测量时，为法国争得了在爱琴海米罗斯岛出土的著名维纳斯雕像的所有权。1822年参加环球旅行。1827年航行南太平洋，至1829年3月返回法国，大规模修订南海海图。1837年从土伦出发去南极洲考察，发现了茹安维尔岛和路易菲利普地。1841年底返回法国。1842年，在一次火车事故中，他与妻儿一起遇难。

这简直是一种奇特的酷刑。”这个可爱的世界就是一座岩礁。您碰一碰，它就会粉身碎骨。海水透明，您看到一百英寻绝壁的深渊。您不要以为下了锚就保平安无事了。任何缆索都要磨损，很快就会被割断。长夜漫漫，身在船上极度不安，南大洋的涌浪，将您推上这些锋利的刀山。

※ ※ ※

然而，对于这种指控，礁石无辜的制造者也不乏反驳的理由。它们说道：“给我们时间吧。这些边缘会渐渐磨得圆滑，变得好客了。容我们去做吧。礁石与邻近的礁石连起来，就能消除这种可怕的旋涡。我们给你们创建一个备用的世界，以防你们的世界毁掉。假如你们遭到灭顶之灾，你们也许会感激我们的，假如真像有人所讲的，每过一万年，海水就要从地球一极灌到另一极。到那时，你们会在不幸中感到万幸，能找到我们南大洋这些岛屿，我们所建造的避难所。”

“应当承认，”它们又说道，“即使有些船只不幸失事，对我们在这里的工程也是有用的，既有益又伟大。我们临地建造起来的世界，有几点还能引以为自豪。且不说这个世界绚烂的色彩有多美，足以抹杀大地的颜色，且不说我们所喜爱的弧线、圆环有多优雅，那么多阻挡你们的难解的问题，在我们这里似乎都找到了解决办法。工作分配，在大的规划中保持迷人的多样性。一种几何的秩序，却像一种新生的自由那样高雅，在你们人类那里，什么地方能找到这些呢？”

我们不停地劳动，为了减少海水中的盐分，制造巨大的潮流，而海水流动就有了生命，创造有益于健康的环境。我们是大海的精灵，推动海洋运动。

大海也的确没有忘恩负义，及时提供给我们营养。当然，温暖的阳光爱抚我们，把我们装饰得五光十色，这也是不容置疑的。我们是上帝的宠儿，是上帝得意的工人。上帝委派我们建造大千世界。这个地球上的所有后生，无不需要我们。我们的朋友，高大的椰子树，在我们岛上开创大地的生命，但是只有向我们要求粉尘，以便吸收营养水分，才可能成功。植物生命，说到底，就是我们慷慨的遗赠，一种馈赠，一种施舍。植物生命有了我们的丰富营养，才能再供养高级生物。

然而，为什么要有别种动物呢？我们就是一个完整的、和谐的世界，就足够了。生物圈可以在我们这里封口了。上帝通过我们给他的岛山与加冕。他在从前火山的基础上，又造了一座生命的火山——这块乐土生机勃勃。上帝有了想要的东西，现在就要去休息了。

还不够，还不够。有一种创造力要超越你们的种类，这是你们不应害怕的事。这一竞争对手不是暴风雨，来了暴风雨你们敢于面对；也不是淡水，你们就在淡水旁边建造；甚至不是土壤，尽管土壤逐渐侵占并覆盖了你们的建筑。这另外一股力量，究竟在哪里？在你们自身。不是所有珊瑚虫都安分守己。在你们的共和国中，有的就不安分，说这种植物性的生活再完美，也算不上生活。它梦想另外一种生活：独自去航行，去见识陌生的事物、广阔的天地，借助偶然的海难，产生某种潜藏在你们身上而要在它身上显露的东西：

这便是灵魂。

六

海的女儿

1858 年头几个月，我是在宜人的耶尔小城度过的。小城远远观望大海，以及守护海岸的岛屿和半岛。大海，在这样距离观赏，也许比在海边就近看更有吸引力。通向海边的几条小径邀人前往，可以沿路从一座座花园之间，茉莉和百里香树篱之间穿行，也可以登上一小段坡道，穿过橄榄树林和月桂与松树混杂的小树林。走在树林里也无妨，不时能从缝隙中瞥见大海。这地方称为美丽海岸（Coste-Belle），也不无道理。在这样一个温和的冬季，每逢天清气朗，我们在海边常能遇见一位十分感人的女病人。那是一位年轻的外国公主，从五百古里远道而来，只为延长一点她那衰竭的生命。她的短暂生命艰难而可悲，刚刚尝到幸福，又眼看自己不久于人世。她的生活伴侣，打算与她共生死的男子深情地拥着她，搀扶着她缓步而行。如果祝愿和祈祷能延年益寿的话，她准能活下来；所有人，尤其穷人，都会祝愿她病情好转。幸而春天到了，已接近尾声。四月天万物复苏，我们又看见淡淡的林木下两个身影，仿佛维吉尔笔下的爱丽舍[1]乐园。

※ ※ ※

我们满心装着这种意象，走到了海湾。退去的海水留在乱石中间的潟湖里，有一些行动特别迟缓而跟不上退潮的小动物。那儿有几只贝类，完全缩进壳里，停在没水处受罪。它们中间还伏着完全展开的伞形活物，没有外壳，毫无护体，人称“美杜莎”[2]，相当不准确。如此迷人的生物，为什么有这种可怕的名称？我始终没有停止关注海边太常见到的这些遇难者。这只水母个头儿很小，只有巴掌这么大，但是特别美丽，色彩十分轻柔。整个儿呈乳白色，仿佛一顶柔嫩的丁香花冠消失在云彩里。风把它吹翻过来。它的丁香花冠发丝漂浮在上面，而娇弱的伞状体（即它的躯体）则翻到下面，接触到岩石了。可怜的躯体受伤了，伤得很重，纤细的发丝撕裂破损，这可是它呼吸、捕食，甚至做爱的器官。整个躯体完全倒置，承受普罗旺斯直射的阳光：太阳刚升起来就火辣辣的，时而再有蜜史脱拉风[3]助威，就更加灼热难耐了。如同

1　爱丽舍（Elysée）：希腊神话中的福地、乐园，是受神恩宠的英雄死后所去的地方。

2　美杜莎（Medusa）：希腊神话中人物，原是美女，因触怒雅典娜，头发变成毒蛇，相貌奇丑无比，谁只要看她一眼，就会化为石头。

3　蜜史脱拉风（le mistral）：法国南方和地中海一带常刮的干燥寒冷的强风。

两支箭穿透这个透明的生灵。她生活在海中，接触爱抚的海水，就没有长出护甲似的硬皮，类似我们陆地上的动物，只能活生生的承受一切。

这只水母所在的潟湖干涸了，旁边别的泻湖还积满水，与海相通。只隔一步就能得救。然而，它只能靠波动的发丝来移动，这一步距离对它就是不可逾越的。在这种阳光直射下，可以相信它很快就会解体，被地面吸收而化为乌有。

没有什么生命比海的这些女儿更短暂，转瞬即逝的了；而且还飘忽不定，宛若人称“维纳斯腰带”的天蓝色飘带，刚一出水，就会融解而消失。这只水母，略微稳定一点儿，死掉还要费点劲。

它已经死去，还是处于垂死状态？我不轻易相信死，认为它还活着。不管怎样，把它拾起来，扔进旁边的潟湖里，也不过是举手之劳。如果实话实说，我的手接触它，还真有点反感。这个美妙的创造物，显然不会伤人，又呈现轻柔的虹色，颤巍巍好似肉冻，滑溜溜容易失落。我不管这些，将手探到下面，小心翼翼托起这个一动不动的躯体，只见它的发丝又全垂下来，恢复游动时的自然姿态。我就让它保持这种状态放进旁边水里。它沉下去，毫无生命的迹象。

我在海边散步，过了十分钟，又去瞧瞧我那只水母。它在风中有点波动。确确实实，它蠕动了，重又漂浮起来，身下的游须向后倾斜，缓慢地离开岩石，姿势特别优美。它游得速度不快，但是总归往前进。不大工夫，我就看它游得挺远了。

※ ※ ※

难保过不了多久，它又会倾覆倒置了。游动的能力弱得不能再弱，而险象也大得不能再大了。水母非常惧怕岸边，多少坚硬的东西能伤着它们，可是在大海上，又时刻面临被风掀翻的危险。一旦翻转过去，游须朝上，它们就只能随波浪漂浮，成为鱼的猎物、鸟儿叼起嬉戏的玩物。

我在吉伦特海湾[1]度过整整一个季节，看见水母的悲惨命运；被潮水从航道冲上来，数百只被抛到岸边晒干。这些水母躯体硕大，全身白色，刚抛上岸时很美，犹如多枝水晶大吊灯，由辉映的阳光装饰了许多宝石。唉！两天之后，差异多大啊！幸好沉入流沙中，掩埋起来。

水母是所有海洋动物的食物，而它们自己的食物却极少，即漂浮在海面上的粒子，刚进化而尚未成形的有机生命。它们先麻痹粒子，可以说实施麻醉，再吮吸进去，不让粒子遭受痛苦。它们既没有牙齿，也没有攻击的武器，毫无防卫力量。它们受到攻击时，只有几种（不是所有水母种类，福布斯[2]如是说）能排出一种像荨麻似的略微刺激的液体。不过，

1　吉伦特海湾（la Gironde）：法国西部濒临大西洋的港湾，位于吉伦特省和海滨夏朗德省交界处，是加龙河和多尔多涅河交汇入海口。海湾长达 75 公里，连接波尔多港。

2　福布斯（Edward Forbes，1815—1854）：英国博物学家，生物地理学领域的先驱者，他考察并研究地质变化与动植物分布的关系，大半生从事软体动物和海星的研究，著有《大不列颠软体动物生活史》等。

那种刺激特别微弱，狄克马尔（Dickemare）甚至不怕抹在眼睛上，结果没有受到伤害。

※ ※ ※

这样一种创造物没有什么保障，随时可能丧命。但是，水母已经比较高级了，有了感官，从它们挛缩的现象来判断，显然有疼痛感。水母跟珊瑚虫不同，分割就会受到伤害。如果切成两段，珊瑚虫会变成两只，而水母却要死掉。水母也同珊瑚虫一样是胶质，似乎刚形成胚胎就早产了，从共同母亲的腹中排出来，脱离了能确保珊瑚虫安全的那种结实的基质和群体，过早抛入冒险的生活。

※ ※ ※

冒失的水母，怎么就出行了呢？既没有风帆，也没有桨和舵，怎么就离开了港湾？哪里是水母的起点？

埃利斯（Ellis）于1750年观察到，一只珊瑚虫上面出现一只小水母。如今，也有好几位观察者看到，而且确认无疑，从群体出来时，还是珊瑚虫的形状。简而言之，水母就是解脱出来的珊瑚虫。

有什么可大惊小怪的呢？明智的福布斯先生说得非常好，他是经过大量研究的。这无非意味动物在这种发展阶段，仍然遵循植物的法则。从群体生物的树上，长出个体，果实脱离母体，又将长出另一棵树。一棵梨树，就如同一种植物的珊瑚树，一个梨子（自由个体），能生长为一棵梨树。

福布斯还说，一棵植物的枝子要大量发叶时，就停止生长，开始收紧，变成一个性爱的器官，我要说的是一朵花，同样，珊瑚树紧缩它的一些珊瑚，使之变成收缩的胃，生出胎盘、卵，破卵壳而出的活动的花，便是年少而优美的水母。（《自然史年鉴》，第14期，第387页。）

※ ※ ※

这一点本来就可以推测出来，看看这种未定型的优美，这种解除武装的柔弱就够了：它无所畏惧，没有装备就登船起航，过分信赖了生命。这是新灵魂头一遭令人感动的出逃，它离开共同生命的保障，还毫无防卫能力，就试图自立，为自己行动并受苦受难：自由天性的柔弱雏形，自由的胚胎。

自立，自成一个小小的完整世界，为了全体的伟大尝试！普遍的诱惑！可歌可泣的荒唐之举，要努力促进整个世界的进步。然而，在这种最初的尝试中，水母显得多么不具备条件！水母被创造出来，好像就是为了倾覆。

这种水母（la méduse）大头沉，下面不稳，与同族的僧帽水母（la phyalie）形体正相反。僧帽水母只有一个小球漂在水面上，是一个不会沉下去的气囊，长长的触手则拖在水下，触手长极了，有二十尺或者更多，确保安稳，扫荡海水，将鱼击得麻木，攫而食之。僧帽水母轻盈而无忧无虑，鼓着略带蓝色或紫色的珠光气球，用它那天蓝色凶险的大触手排出难以觉察的毒汁，足以毙敌之命。

帆水母（les Vélles）就不那么可怕了，但是同样不会沉没。它们的形体像筏子，小小的肌体已经结实一点儿，还会掌握方向，转动斜帆借助风力。花斑水母（les porpites）完全像一朵花，一朵雏菊，则以身轻见长，死后还漂在海面上。还有许多生物也一样，形体怪异，几乎轻如空气，诸如金铃花环，或者玫瑰花蕾花环（physsophore，stéphanomie）等、维纳斯天蓝色腰带。这一切都在游动，漂流，势不可挡，只怕碰到陆地，在外海，在大洋中航行，波涛再怎么汹涌，也总会安然无恙。花斑水母和帆水母丝毫也不惧怕大洋，它们总能漂游在水面上，还要用力才能潜下去，一旦遇到恶劣天气，就躲进深水里了。

可怜的小水母则不然，既怕海岸，又怕暴风雨。它可以随意变重而沉下去；然而，深水对它是禁区。它只能生活在水面上，在强烈的阳光下，险象环生。它看得见，听得到，还有灵敏的触觉，感知不幸也过分灵敏了。它不能掌握方向。它的器官更为复杂，反而成为负担，很容易使它丧失平衡。

因此，我们不免认为它后悔了，悔不该尝试如此危险的自由，怀恋起低级状态、共同生活的安全。珊瑚骨（le polypier）生出水母，水母生成珊瑚骨。它又回到群体。不过，这种枯燥的生活太无聊了，到了下一代，它又解脱出来，重又闯荡，进行徒劳的航行。奇特的交替，永恒的漂流。四处漫游时，它梦想休息。呆滞不动时，它又梦想运动。

※ ※ ※

这种怪异的变形，轮番提高又降低尚未定形的生物，使之在两种极为不同的生命之间轮回。这大概就是小水母低级种类的现象：它们还未能毅然决然，跨入不可逆转的解放的历程。至于其他种类的水母，我们不难相信，它们美妙的多样性标志生命内部的进化、发展的程度，标志新自由的嬉戏、逍遥和微笑。这些漂浮的盘状或伞形体，好似轻便的水晶灯，由太阳点亮；而新自由这个令人赞叹的艺术家，就是在如此简单的材质上展示技术，创造出无穷的美丽多样的生物，微小的奇妙造物汇成了滔滔洪流。

所有这些美物，都竞相漂浮在绿色镜子上，它们泛着欢快轻柔的色彩，展现出千娇百媚的姿态，显示不可自知的幼稚，给科学增添多大麻烦，为了给它们起名字，不得不求助于历史上的王后和神话中的女神。这一种，便是婀娜多姿的贝勒奈西[1]，美发拖在后面，在波涛中形成一道波浪。那一种，就是小俄里提（Orithye），埃俄罗斯[2]的妻子：她在丈夫的风中，巡展她那纯白色的瓮，整体看来还不太安稳，仅仅靠乱蓬蓬的长发稳定一点儿，而长发又往往在身下纠缠。那边，

1　贝勒奈西（Berenice）：埃及王后，从贝勒奈西一世（约公元前317—约前275）至贝勒奈西四世（？一前55），先后共有四位埃及王后名叫贝勒奈西。

2　埃俄罗斯（Eole；Aeolus）：希腊神话中的风神，他有六儿六女，代表十二种风，都装在牛皮口袋里，根据情况放出哪种风。

则是泪流满面的狄俄涅[1]，晶莹的眼泪似乎盛满了洁白的酒杯，漫溢出水晶细流。这种情景，我在瑞士也见过：懒洋洋的小瀑布，过于迂回曲折，似乎已经困倦而萎靡不振了。

※ ※ ※

在暴风雨之夜，海洋展示的明亮壮观的奇景中，水母起了特殊的作用。水母同许多别的生物一样，潜入负电的磷质里，无不浸透了磷光，它们再以自己的方式释放出来，还附上独特的魅力。

海上夜晚，如果看不到磷光，该有多么黑暗啊！海洋的黑暗，多么广阔，又多么可怖啊！陆地上，就没有那么黑暗，凭着触碰的不同物体、揣测的形状，彼此就能认出来；物体能给人方位标。然而，浩瀚大海之夜，无边无际的黑暗！什么也没有，什么也看不见！……无数可能的危险，不可预知！

甚至在岸边，只要面对大海，就能感到这一切。当空气带电，望见远方出现一条淡淡火焰的飘带，那真是莫大的快感。那是什么呀！在家中死鱼身上就见过，例如鲱鱼。不过，鱼活着的时候，成群游弋，留在后面粘稠的长带，还会更加明亮。那种亮光根本不是死亡所特有的。——莫非是炎热产

1 狄俄涅（Dione）：希腊神话中的女巨人，是天神和地神的女儿，与主神宙斯生美神阿佛洛狄忒。在特洛伊战争中，阿佛洛狄忒为狄俄墨得斯所伤。狄俄涅心疼女儿，故曰流泪。

生的一种效应？不对，我们在两极也发现了，在南极海面和西伯利亚海中都发现了。我们这里的海洋，所有海洋都有这种现象。

这是在暴风雨的天气，半有生命的海水所释放的普通电，是温和而无害的雷电，海里所有生物全是导体。它们吸进并呼出电，死了便大量释放出来。海洋提供电，再收回去。沿着海岸和海峡，海水冲击摩擦和旋涡逆流，使得电流强力运行。每种生物依据本性，都或多或少吸纳，夺取。这里，无边无际的水面上，全是平静的纤毛虫，形成一片乳白色海洋，发出柔和的白光，不久之后活跃起来，就转成燃烧的磷黄色。还有这里，发光的芋螺（des cônes）在自转，或者呈红球形滚动。一个巨大的火盘形成（pyrosome，火体虫属），起初淡黄色，一时间染上绿色，继而发起怒火，迸发出红色、橘黄色，然后就暗淡下来，呈现天蓝色。这种变化有其规律性，表明一种自然的功能：一种生物挛缩和膨胀，吹出火来。

这工夫，天际有许多舞动的火蛇，其长无比（有时长达100—120 公里）。生源体（Les biphores）和 les salpas，都是透明的微生物，它们穿越海洋和磷层，就演出这种火龙的喜剧。令人称奇的协作，上演这种疯狂的舞蹈，然后就分散。分散出来的自由成员又生出小的自由体，小的自由体再同样生出会跳舞的共和体，在海上扩展这种火的狂欢舞会。

更为平静的庞大舰队，在波涛上携着光亮巡游。帆水母在黑夜中点亮它们的小舟。Les béroés 将像火焰一样胜利飘扬。在这方面，最神奇的还是我们的水母。这也如同饱含火焰的 les salpas 舞蛇那样，纯粹是一种物理效应吗？还是像另一些人提出的见解，视为一种憧憬的行为呢？或许像许多生物那样一时任性嬉戏，徒然放出来的电火花吧？不对，高尚而美丽的水母（宛若戴着花冠的大洋，宛若迷人的狄俄涅），似乎在表达严肃的思想。它们身下明亮的发丝，好似幽幽的长明灯，放射出绿宝石的和其他色彩的神秘光亮，时而浓艳，时而浅淡，显露一种情感，说不清是何等神秘性。仿佛深海的神灵在思索其秘密。仿佛降世的灵魂，或者有朝一日应当存在的灵魂。再不然，莫非是一种永远也不可能达到目的的命运的忧思梦想？抑或是在世间唯一能安慰我们的对爱的幸福的呼唤？

众所周知，在我们大地，在我们的萤火虫身上，这种萤火正是爱恋的信号、表白，自暴身份，示意退隐又自曝形迹。水母也有这种意识吗？不得而知。有一点可以肯定：它们一同释放自身的火焰和生命。它们身上生殖力旺盛的体液，在这里显示繁殖的功效，每次闪亮就释放，并相应减少。

假如要残忍地取乐，将它们置于炎热的环境，激化这种魔幻的景象，那么，它们就会如痴如狂，大放光芒，变得极其美丽，极其美丽！……以致场景终结。火焰、爱和生命，全都一同逃逸，一同消耗殆尽。

七

海胆

杰出的利文斯敦博士[1]深入非洲穷苦部落；那些部落的人面对奴隶贩子和狮子，都没有自卫能力，尤其妇女，看见他用欧洲各种护身艺术品武装起来，就不无道理地把他当作保护神，对他讲出这样感人的话："让我们睡安稳觉吧！"

这是所有世人以各自的语言，向大自然讲的一句话。所有人都渴望并梦想安全。看到他们为确保安全所做出的巧妙的努力，就不会怀疑这一点了。这些努力创造了艺术。人无论发明哪种艺术，无不发现动物早在人之前就创造出来了：动物的创造是受安全本能的启发，而这种本能极强，极其恒定。

它们遭罪，它们担惊受怕，它们要生活。千万不要以为，还处于进化低级阶段，处于胚胎状态的生命，感觉就不灵敏。但凡胚胎，最先生成的是神经系统，即感受力和疼痛感。疼

1 利文斯顿（David Living-stone，1813—1873）：英国传教士。他到非洲南部、中部和东部旅行探险并进行传教活动长达 30 年，到过白人从未去过的许多地方，有许多发现，著有《南非考察和传教旅行》《赞比西河及其支流探险记》。他在地理、技术、医学和社会方面的发现至今仍有教益。他不仅是欧洲在非洲建立帝国的先驱，也是非洲民族主义的先驱。

痛就是刺激，逐渐激发预见性，而受逼迫的生物，就不得不想方设法规避。这其中也有乐趣，这种现象，即使在人们以为最冷漠的动物身上，我们就已经看到了。恰巧有人记录，蜗牛经过艰难寻爱，终于遇见所爱对象的那种快感。两只蜗牛以动人的优美姿态，波动着天鹅一般的长颈，彼此热烈地爱抚。这是谁说的？正是那位严肃的、十分精确的布兰维尔。（《软体动物》，第 181 页。）

然而，唉！这要以多大痛苦为代价啊！没有贝壳的软体动物，拖着肚腹艰难而缓慢地爬行，谁没有见过而不感到伤心呢？胎儿的这种形象，虽然不堪入目，但是无比准确：它是被一种残忍的命运揪出母体，抛到地上，赤条条而毫无自卫能力。可怜的动物只能尽量长厚皮肤，缓冲一点凹凸不平的地面，一路爬行能光滑些。可是无济于事，所有障碍、撞击、石块尖角，它还得一件一件遭遇。但愿它越来越皮实，受得了这一切。不过，它碰到尖硬的东西，躯体就扭曲，挛缩，做出十分敏感的动作。

※ ※ ※

除开这一切，和谐的伟大灵魂便是爱了，体现世界的统一性。她在爱，通过交替的欢乐和痛苦，培育所有生灵，迫使它们上进。

但是，为求上进，为了进入更高阶段，它们就必须竭尽自身所蕴含的或大或小的磨难，创造的激情和艺术的本能。

它们甚至还必须将它们的类型夸张到极致，通过对比来感受需要一种相反类型。生物就是这样进化的，在相反的优质之间摇摆，期待不同的优质轮番显露出来，融合到生命里。

让我们将这些神圣的事物翻译成人熟悉的语言，这种语言虽然配不上这些事物的伟大性，但是能让人理解：

大自然早就喜欢创造并分解水母，促使这种初生自由的美妙胎儿无限多样化，不料有一天早晨，她拍拍脑门，自言自语："我是一时心血来潮啊。这种创造物很可爱。然而我却忽略了，没有确保这种可怜的创造物的生命。它们能够幸存下去，要完全靠无限多的数量，超常的繁衍力。现在，我要创造出一种更为谨慎、更有保障的生物。必要时，胆子小一些。最主要的，我要让它们活下去。"

※ ※ ※

这些胆怯的动物一出现，就投入达到极限的谨慎之中。它们逃避太阳，自我封闭起来。它们为了避免接触坚硬、干燥、锋利的石头，就采取普遍使用的办法：蜕皮术。它们蜕掉的明胶质的皮，就成为一个外壳，一个管道，随着它们的道路而延长。笨到家的办法，这些矿工，凿船贝[1]（les tarets），脱离阳光，也脱离新鲜空气，只能大量消耗自身的养分。每

1 凿船贝：也称船蛆，属贝类。

进一步，代价都很巨大，付出建造一幢完整房舍的费用。这样一种为生存而耗尽自身的生物，只能赖活着，不可能进化。

另一种办法也不见得高明：退潮时暂时埋藏在沙子里，等再涨潮又钻出来，这就是你们所见的竹蛏[1]（les solens）之所为。这种不确定的苟且生活，每天变化两次，时刻处于不安的状态。

※ ※ ※

在非常低级的动物身上，开始出现一种还很模糊的东西，但是久而久之却能改变世界。普通的海星有五条辐射线，是带些刺的吻管，支撑着身体，可以随意前进后退，颇似一幢构件链接活动的屋架。一种非常低调的动物，胆怯而又严肃，似乎充分利用了这种粗糙的雏形。我想，它会对大自然这样讲：

> 我生来胸无大志，并不要求软体动物先生们的那些出色的天赋。我不会发什么珠光灵气，不贪图耀眼的光彩、出众的奢华。我更不渴望您那些冒失鬼水母的优美：它们火红长发飘动的娇媚，足以引来攻击，往往招致覆没之难。母亲啊！我只求一件事：生存……一体存在，

1　竹蛏：属贝类，与凿船贝同为低级贝类。

不长累赘的肢体，自身紧凑，健壮，圆圆的，因为，圆形不容易被抓住，总之，集中的形体。

我本能就不大爱旅行。随着潮涨潮落，时而滚动滚动也就够了。我紧紧着附在岩石上，从而就能解决您未来的宠儿，人类必定徒然寻求的安全保障的问题：绝对排斥敌人，同时接受朋友，尤其水、空气和阳光。我知道，这也要付出劳动，要持续不断地努力。我全身披满活动的刺，就会让别的动物避开。我的皮刺倒竖，独自像一头熊（un ours），后来人就称我为海胆（l’oursin）。

这种谨慎的动物，要比珊瑚虫高级多少。珊瑚虫投进了它们纯粹用自身的分泌物建成的石头中，没有真正劳作，但也同样毫无安全可言！海胆又多么高出那些更为高级的动物，我是指大量的软体动物：软体动物虽然多些感官，但是脊椎的雏形还没有定准，不会坚持不懈地劳作，也未因劳作而生出灵巧的工具！

然而，海胆这个可怜的滚球，看似一个带皮刺的毛栗子，令人称奇的是，它是一个又是多个，它固定又活动，它同时是它自己，又由两千四百个能随意拆卸的部件组成。

瞧一瞧它是如何创造的。

这是在布列塔尼海的一个逼窄的小海湾。这里不像西印度群岛，那里的海胆有由软软的珊瑚虫和海藻铺成的柔软的床，用不着靠技艺来制造。这里则不同，海胆面临艰难险阻，犹如《奥德赛》中的尤利西斯[1]：他被抛进大海，又被浪涛冲回来，用出了血的指甲紧紧抠住岩石。每次涨潮，每次落潮，对于小尤利西斯都是一场大风暴。不过，它有坚强的意志、强烈的渴望，能牢牢吻住岩石；而且，这种持之以恒的吻促生了一种吸盘，形成真空，同岩石结为一体。

不仅如此，它的刺也搔来搔去，想要抓住，一根分出小杈，变成三脚叉，名副其实的安全锚，如果吸盘吸不牢粗糙的石面，三脚叉也能起辅助作用。

它一旦钳住，有力地吸住岩石，感到坐稳了，越来越明白它若能将岩石的凸面凿成凹状，那就最有利了，于是，它就凿出够它容身的小洞，给自己造了一个小窝。要知道，谁都不可能永远年轻，不会保持同样的力量。出色的海胆夜以继日，坚持不懈地要锚定，如果有一天这种奋力能留下点什么东西，那该是多么惬意的事情！

可见，凿坑就是它的生活。它是由配件组成的，通过五根皮刺行动，始终一同生长，粘结起来，成为一把能挖掘的利镐。

这把五齿镐都包着最坚硬的珐琅质，使用者虽然很结实，

1 《奥德赛》：相传是古希腊诗人荷马吟唱而流传下来的两部史诗之一，另一部是《伊利亚特》。《奥德赛》，又译《奥德修记》，凡 24 卷，共 12110 行诗，主要写特洛伊战争结束后第十年，希腊英雄尤利西斯，又译奥德修斯，在海上漂流，经历千难万险，回到故国伊塔克，杀死觊觎他的王权和财产的贵族，与忠贞等候他归来的妻子团圆。

却是由 40 个部件构成的一副精巧的屋架。这些部件就像从鞘里抽出来，插回去，动作非常精准；正因为具有这种弹性，它们才避免猛烈的撞击。此外，即使发生意外伤害，它们也能自我修复。

这位劳动英雄，很少会认错石头，它总是在岩石上，花岗岩上雕刻。这块岩石越坚硬，它在上面就越感到踏实。况且，坚硬又奈它何？时间丝毫不成问题，亿万斯年都属于它。哪怕它耗尽生命，用坏工具，明天就死掉，另一个便来落脚，在同一位置继续打凿。它们都特立独行；一生并不交往，相互间倒也存在同胞情谊，但要通过死亡来体现：前者死了，又出现年轻的，它找到进行一半的工程，乐得继承，以缅怀在前面开创的优秀劳动者。

不要以为总是击打，一味击打。它是讲技巧的。一旦击碎粘合岩石为一体的胶结质，使岩石裸露，它就用小钳子啃凹凸不平处，啃断燧石的根。这项工程要有极大耐性，须停工相当长时间，等待水在裸露部位也起了分解作用。这样，就能从第一层进展到第二层，从这种缓慢而可靠的办法，将工程进行到底。

不过，这种千篇一律的生活，同工人生活一样，也会产生危机。海水从一些海岸退走。夏天，有的岩石灼热得难以忍受。必须有两处房屋：一处消夏，一处过冬。

这样一种动物搬家，真是个大事件，它没有腿脚，全身都是皮刺。凯尤（Caillaud）先生观察过，当时非常赞赏。细弱而活动的小棒在摆动，前进并后退，绝非毫无感觉，尽管它也稍微保证一点安全，周身分泌出一点软软的明胶，无疑就像铺上垫子。既然有此必要，那就得闯出去，它要在自己的尖刺儿上立稳，就好像拄着同样多的拐杖，滚动着它的第欧根尼的酒桶[1]，尽量抵达港口。

到了地方，它重又蜷缩成一团，用自己的皮刺壳裹起来，躲进它几乎总能找见已经开始建造的小巢，深居不出，独自享受难得的安全。任凭外面有成千的敌人在游荡，任凭狂涛怒吼：那一切不过是为它取乐。即使海浪拍击，震动岩石，它也知道无需担心，那是它那善良的乳母弄出的声响。它在摇篮里，打起盹来，对乳母说："晚安。"

1 第欧根尼（Diogène，约公元前 404—约前 320）：希腊哲学家，强调禁欲主义的自我满足的犬儒学派代表人物。传说他住在酒桶里，过着乞讨的穷困生活，但并不主张人人都如此，而自己的行为旨在说明，即使穷困，人不必潦倒，仍可过上幸福和独立的生活。作者也许以第欧根尼的特立独行来比喻海胆。

八

贝、螺、珍珠

海胆提出了防守型天才的极限。它的铠甲，也可以说，它的堡垒，是一个完整的体系，不可能被什么超越了：这座堡垒组成的部件能够活动，很坚韧，同时又很敏锐，随意伸缩，意外损伤还能修复；这座堡垒建造在岩石上，固若金汤；而且，凿洞筑巢的岩石与整个岩岸连成一体，这样的堡垒，敌人什么时候也不可能炸毁。什么贝壳也不能与之媲美，更不用说人类技艺的成果了。

海胆是圆形和轮辐状生物的终结。它身上体现了它们的杰作，它们的最高发展阶段。圆形少于变化，是一种绝对的形状。海胆这种圆球，十分简单，又十分复杂，达到了完美，终结了第一世界。

未来世界的美，将是双重形状的和谐，两者之间的均衡，两者变动的优雅。从软体动物一直到人类，此后任何动物都由结合的两半部分组成。每个动物都是结合体（l'union），优于统一体（l'unité）。

海胆这个杰作甚至超越了目的：自卫的这种奇迹制造了一个囚徒，它不仅仅自我封闭，而且埋葬起来，自掘了坟墓。它这种孤立的完美，就是将它囚禁起来，与世隔绝，断绝能促使进步的任何联系。

要通过有规律的提高重新获得进步，就必须降到很低的阶段，从基本胚胎开始，而胚胎起初的运动，只是内部成分的运动。新生命是地球的奴隶，它在卵中，也像地球一样旋转，划出两个圈，即它的自转和公转。

即使破卵而出，长大成年，它仍然保持胚胎状；它的名称便是软蛋（mou），或者软体动物（mollusque）。它处于模糊不清的初态，却将代表高级生命的进步。它将成为高级生命的胎、幼虫或者蛹，如同昆虫的蛹：蛹中蜷缩并隐藏着有翅昆虫的各个器官，到时候就会破壳飞走了。

※ ※ ※

我为如此柔弱的生命担心。珊瑚虫不这么软，所冒风险就小一些。一个生命所有部位都均等，受伤，肢解，也不能使它毙命；它仍然活着，甚而仿佛忘记了被毁掉的部位。软体动物躯体集中，就特别容易受伤害。好一扇开向死亡的门！

水母的运动具有不确定性，时常偶然倒还能够得救，而软体动物就很少有这种机会，至少在开始阶段是如此。赋予软体动物的全部保障，就是能以它的蜕皮和分泌的胶冻，筑起两面墙，用以替代海胆的铠甲，也替代它着附的岩石。两个裂瓣构成一幢房屋。房屋又轻又单薄。漂浮的软体动物，房屋则是透明的。愿意固定的软体动物，黏液则拉成线，粘住、形成一条锚定的缆绳，称作它们的足丝（les by ssus）。

这种足丝的确类似蚕丝，是一种刚拉出来完全是凝胶质的成分。巨大的砗磲（la tridacne），俗称教堂的圣水缸，由这条缆绳系得十分牢固，石珊瑚错以为是一个小岛，就在上面建筑，将其包围，最终使其窒息而死。

消极的生活，固定不动的生活。除了太阳和天光周期性来访，就没有别的什么事件；除了吸收送上来的食物，分泌建房的胶冻，也没有别的什么行动，胶冻建房，也将逐渐解决；余下的问题总是从同一方向射来的光线的引力，集中了视觉。这便促生眼睛。总是固定在同一部位用力分泌，也促生了附属器官；这个器官眼下是缆绳，以后就变成足，一块不成形的东西，没有关节，可以备一切用场。在漂浮的软体动物身上就长成鮨，在爱钻沙中隐藏的软体动物身上则长成椎体，最后，在爬行的软体动物身上生出脚，一只逐渐能伸缩的脚，有助于爬行了。还有一些要尝试着像拉弓那样，将足绷紧，以便笨拙地跳动。

可怜的生物群，暴露在危险的环境，受所有族群的追逐，受海浪冲击，被岩石擦伤。没有为自身建成房屋者，便要为它们单薄的帐篷找一张活床。它们向珊瑚虫寻求避难，便隐没在漂浮的八放珊瑚（les alcyons）柔软的群体中。生珍珠的鸟头蚌（l'avicule），要到海绵的裂缝中寻求点安宁。一种容易断裂的软体动物江珧（la Pinne），只敢栖于生在淤泥的草上。另一种软体动物海笋（la pholade），却要栖身在岩石中，重又操起海胆的技艺，可是低劣多少倍！它没有可能让石匠都羡慕的凿子，而是用一把小锉，为了给它的薄壳开出一个避难所，最后连自己的外壳也磨损了。

只有极少数除外，软体动物是非常胆怯的，它们知道自己是大家的美食。芋螺（le cône）敏锐地感到天敌在窥伺它，因而不敢出壳，并因为怕死而死在壳中。涡螺（la volute），还有俗称宝贝的一种螺（la porcelaine），都缓慢地拖着它们美丽的房屋，而且尽可能将其隐藏起来。冠螺（le casque）要想移动它的宫殿，怎奈只有巴儿狗的一条短腿，就几乎放弃行走了。

有怎样的生活，便有怎样的居室。在任何别的种类里，不会有更为趋同的居民和巢穴了。软体动物的建筑，是它自身分泌的物质，是它肌肤的延续，形状和色彩一致。在这座建筑下面，建筑师本身就是活石头。

对于深居简出者来说，建筑艺术非常简单。惰性十足的牡蛎，只等海水来喂食，只求一个带铰链的好房子，当这位隐士要用餐时，房门能打开一条缝儿，当它害怕自身成为贪婪的邻居的美餐时，房门就砰地关上。

可是，对于软体的漫游者来说，事情就复杂多了。它会这样自言自语："我长了一只脚，这是个行走的肢体，因此，我应该行走。"不过，那亲爱的房屋，它不能随意丢掉再拾起来。一路上，房屋对它是必不可少的，自己会受到攻击，至少要掩护它躯体的最柔弱部分：它赖以呼吸的这棵支气管树，还能通过小根须汲取营养，维系并修补它的躯体。脑袋就不怎么重要了，有些软体动物掉了脑袋还活着；然而，内脏如果不是总置于保护壳下，一旦受伤，它就丧命了。

因此，它非常谨慎，披着铠甲，去讨它那小小可怜的生活。度过白天，夜晚它睡在房门敞开的小屋里安全吗？会不会有冒失的家伙往里边偷窥呢？天晓得，也许牙齿还会探进来！……隐士这样思忖，便在这方面运用它的全部技艺，可是，它没有任何工具，只有这只脚，什么事都派上用场。为了堵上房门，久而久之，从这只脚上就长出一个附属体，相当结实，就用来堵门：入口一堵住，它就算关门闭户了。

※ ※ ※

然而，困难始终存在，与生俱来的矛盾仍未解决：既要保证安全，又必须同外界联系。它不能像海胆那样与世隔绝。唯独它的教育者，空气和阳光，才能巩固它这过分柔软的躯体，帮助它长出器官。它必须获得感官：听觉、嗅觉，这些是不长眼睛的动物的向导。它也必须获得视觉。它尤其要呼吸。

这种大机能十分迫切！当这种机能简单易行时，谁也不会去多想。然而，呼吸的机能如果停止片刻，那会引起多大混乱！如果我们的肺堵塞，哪怕喉咙一夜不通畅，我们无以安寝，就会闹翻天，根本受不了，甚至甘冒巨大的风险，往往将所有窗户敞开。众所周知，这种折磨，哮喘病患者更是不堪忍受，他们不能使用天生的器官，就创造出一种辅助的呼吸方式。——要空气！要空气！否则就得死！

天性如此这般受催迫，就会表现出惊人的创造力。这些关在自己的房屋里感到窒息的可怜动物，如果说找到了千百种器官，千百种活门得以舒缓一点儿，也不必大惊小怪。这一种呼吸是通过长在脚周围的小薄片，那一种呼吸是通过一种梳状体，还有一种呼吸是通过盘状物或者甲壳；其余一些则通过拉长的毛吸管，或者侧面生出的美丽的羽饰，或者背上长出一株小树，枝杈颤抖，摆来摆去，那是在呼吸。

这些极为敏感的器官，特别害怕受伤害，便摆出了千姿百态，仿佛要取悦，打动别的动物，仿佛恳求手下留情。它们天真的喜剧在扮演整个大自然，显示各种形状和各种色彩。这些软体动物，海洋的小孩子，绚烂多彩，如在梦幻中那样天真可爱，成为海洋的装饰，永生永世为母亲欢庆。大海再怎么严肃，也不得不露出笑脸。

※ ※ ※

除此之外，战战兢兢的生活充满了忧伤。我们没法儿不相信，海洋仙女，美中之美，不是在受苦受罪。鲍鱼（l'haliotide）忍受着严格的隐居。它也有足，可以爬行，然而就是不敢。“谁阻止你呢？”“我害怕……螃蟹在窥伺我，等我稍微一张开，它就闯进来。我头上一大群凶猛的鱼在游荡。还有人类，我的残忍的欣赏者，他们因为我们美而惩罚我们，追逐到印度海，一直追捕到北极水域，如今在加利福尼亚，人们一船一船装我们。”

不幸的鲍鱼不敢出来，找到一个妙法让空气和水进去。它的房屋开设一些微小的窗户，通向它的小肺。不过，实在饿得不行，它也得冒点险。傍晚时分，它爬一小圈儿，吃点植物，这是它的唯一食粮。

顺便指出一点，这些令人赞叹的贝类，不仅有鲍鱼，还有黑白两色的寡妇贝（la veuve），还有放射金色珠光的金嘴贝（bouche-d'or），都是可怜的草食动物，饮食简单到极点。——这是活的例证，驳斥了今天还有人所持的观点，他们认为美丽的贝是死亡的女儿，是嗜血、杀戮，是基质骤然积聚的生物。

这些贝类几乎不需要什么就能生存。它们的营养，主要是它们汲取的阳光：它们用渗透进去的阳光，把房间内部涂成五颜六色。它们的营养，也靠孤独的爱，它们将这种爱藏化隐居中。每只贝都是雌雄同体，包容一对相爱的情侣。这些贝类外观粗糙，里面却光彩夺目，犹如东方[1]的宫殿，从外面只能看见阴森森的高墙，宫内则金碧辉煌，美不胜收。婚礼就在贝壳里举行，一小片内海珠光辉映，化为无数面镜子，赋予这间封闭的屋宇一种魔幻的色彩，仿佛神秘而朦胧的仙境。

这是一种极大的欣慰，即使没有太阳，至少拥有一轮明月、一座色调温柔的乐园，不变中时刻在变换色彩，给这种静止不动的生活增添一点任何生命都需要的变化。

在矿坑里做工的孩子，面对参观者不要食物，也不要金

1 欧洲传统上所说的东方，是指波斯（今伊朗）、土耳其等伊斯兰国家。

钱，而是要“能照明的东西”。我们这里讲的孩子，鲍鱼，情况也是如此。它们虽然没有视觉，但是每天都能感到阳光又来了，于是纷纷张开，贪婪地接收阳光，以它们整个透明的躯体瞻仰。太阳落了，它们还把阳光保存在体内，用它们的思想深情地关爱。它们等待，盼望阳光；它们用这种希望、这种渴盼来铸造自己小小的灵魂。谁会怀疑太阳又升起的时候，它们醒来不是同我们一样欣喜若狂呢？也许更甚于我们吧？我们生活花样繁多，要大大分心的！

至于它们，十年百年如一日，只用来感受和猜测，幻想和怀念伟大的情人，它们不像我们这样能看见太阳，但是肯定觉出这种温暖、这种光辉来自外界，来自一个强大而温柔的大中心。它们热爱这另一个我，这个伟大的我爱抚它们，用快乐照亮它们，让它们沐浴在生命中。如能做得到，它们一定会前往迎接阳光。至少，它们像在佛塔门前沉思的高僧，也守在它们的门口，向太阳默默地奉献……什么呢？太阳所给予的幸福，以及这种向太阳的冲动。——本能崇拜的第一朵花。说一声:“噢！”这已是热爱和祈祷了；而这一声感叹，一位圣徒会认为胜似任何祈祷，老天也同样会满意。当印度人向震旦发出这声感叹，他知道这个纯洁的世界，螺、珍珠、普通贝类，都从海洋深处随声附和。

※ ※ ※

一位爱幻想的女子面对珍珠，不晓得为什么，那颗无知而可爱的心十分激动，她的感受我完全能够理解。这颗珍珠不是一个人，但也不是一个物。这其中蕴含着一种命运。

多么洁白，令人赞叹！不，我要说的是单纯：童贞的吗？不，还要胜之。处女和小女孩，不管怎么温柔，她们还都有点青涩。这种洁白的单纯，倒不如说是天真的新娘的那种单纯：十分纯洁，但又委身于爱。

毫无发光炫目的愿望。珍珠减弱，几乎止熄了它的光亮。头一眼看上去，只见一种无光泽的白色。再看第二眼时，才开始发现珍珠上神秘的虹色，如有人所说："它的珠光。"

它生活在什么地方？请问渊深的大洋。靠什么生活？请问太阳。它靠阳光和对阳光的爱生活，犹如一种纯精神的存在。

神秘莫测？……然而，珍珠本身，就能让人理解六七分。我们能感到，这个极温和的生命活了很久，静止不动，顺其自然，在等待中也让人等待，什么也不做，什么也不要，但求被爱者之所求。

海的孩子将其美梦置于它的贝壳中，贝壳将其美梦置于珍珠层，而珍珠层又将其美梦置于它的珍珠里，珍珠本身不过是这一切的凝聚。

可是，这个结果，说也只有通过伤痛磨练而成：所受的伤疼痛不止，一种几乎伴随一生的痛苦，吸引，吸收整个躯体，毁灭它世俗的生命，化为这一圣洁的诗。

※ ※ ※

我听说东方和北方的贵妇，远比蠢笨的富婆要讲究，她们避开钻石的火焰，只肯让柔和的珍珠接触她们的细皮嫩肉。

老实说，钻石的闪电能损害爱情的闪电。一条珍珠项链、两副珍珠手链，这便是一位女子的和谐，女人的真正佩饰：这种佩饰不为取悦，而是能感动，让人柔情似水。这意味：“我们爱吧！不要作声！”

珍珠似乎爱上了女人，女人也同样，似乎爱上了珍珠。北方的那些妇人，一旦戴上珍珠首饰，就再也不摘下去了。她们日夜戴着，甚至掩藏在衣服里面。别人难得能透过总镶有白缎衬里的贵重毛皮袍子，看见那幸运的首饰，形影不离的珍珠项链。

这珍珠项链，就相当于东方女子穿的丝绸内衣，她们特别喜爱，从不脱下来，知道这是件护身符，能不知疲倦地激发爱，一直到穿坏，撕破了，再也无法缝补为止。

珍珠也一样，如同丝绸，紧紧贴身，畅饮着生命。一种陌生的力量，被人爱的女子的一种资质传给了珍珠。多少夜晚，珍珠睡在女子的胸乳间，得到她的温暖，逐渐变成了琥珀色，染上了这种令人心荡神摇的肤色，到那时候，这首饰就不再是件首饰，而成为女子身体的一部分，不能以无所谓的目光视之了。只有一个人有权认识这条珍珠项链，有权在它上面发现被爱女人的秘密。

九

海盗（章鱼等）

水母和软体动物一般都是无害的，可以说是海的孩子，我同它们生活在一个可爱的和平世界里。一直游到这里的食肉种类不多。即便是迫于这种生活方式的种类，也只是为生存的需要而杀生，而且，大部分吃的是初级的生命，粒子、动物性胶冻，甚至还不是有机体。因此，也就没有疼痛感。毫不残忍，也不发怒。水母和软体动物的小小灵魂，十分温柔，但是照样有一条射线，憧憬光明，憧憬天光，也憧憬化为火焰时所显露的爱之光，而在黑夜，正是爱之光营造海洋的欢乐。

现在，我必须走进一个特别阴森的世界：战争、杀戮的世界。我不得不承认，从一开始，从生命一出现，同时就出现了凶杀，快速的净化；这种净化必要而残酷，凡是缓慢而软弱的创造物，凡是半死不活，久无生气，或者已经委靡不振的生物，都必须清除，否则它们大量繁衍会壅塞整个地球。

在最古老的领域，我们找到两类致命的动物：食肉动物和吸血动物。第一类给我们留下的印迹属三叶虫纲（le Trilobite），如今已经消失：生物灭绝，破坏者也随之灭绝。第二类残存的部分令人惊骇：大吸血动物的嘴有两尺长，墨鱼或章鱼（据杜雅尔丹）。如果按照比例计算，有这么长的嘴，这种怪物的身体一定很庞大，而惊人的吻管长臂也可能长达二三十尺，犹如无比巨大的蜘蛛。

事情说来很悲惨！这些死去的动物，是在地层深处发现的最早的动物。难道说死亡可能先于生命吗？不可能。不过，作为这些怪物食品的软体动物，都完全分解了，没有留下一点痕迹，它们本身也没有留下一点印记。

※ ※ ※

食肉动物和被吃的动物，难道属于不同起源的两个种类？更有可能是相反的情况。起源于软体，形态未定，还能向一切方向进化的材质，而这种新族群生命力特别旺盛，体内多血，能大量供应养分，估计很早就分出两种形态，表面上相反，却殊途同归。这种生命力无限膨胀，鼓气，软体成为球状，成为大力吸收的囊袋，越鼓越大，也随之越饥饿——不过，起初没有牙齿，只能吮吸。另一方面，同一种生命力又促使软体动物发展为分节的肢体，每节都长出贝壳，加固这种长出硬皮的动物，尤其硬化足夹和下颌骨，以便咬碎最坚硬的东西。

在这一章里，首先我们只谈第一类动物。

※ ※ ※

软体世界的吸血动物，本身也是软体的。它向软体动物发动战争，自身仍为软体，即始终处于雏形。以雏形投入战争，一个残忍的、怒不可遏的胎儿，柔软而透明，但是绷得很紧，吹出了腾腾杀气，如果不是很可怖，它那奇特的样子就会显得十分可笑，未免丑态百出了。因为，它开战不仅仅是为了果腹，它还需要摧毁。即使餍足，肚子要撑破了，它还在杀生。它鼓胀起来，气势汹汹，但还是不免担心；它的安全，就是攻击。它看任何动物都可能是敌人，动不动就向对方抛去长臂，更确切地说，抛出它那些武装有吸盘的长鞭。尚未开始搏斗，它就施放能使对方瘫痪的麻醉气味，那是一种能解决战斗的磁气。

双重力量。吸盘长臂具有机械力，能缠住敌人，使其动弹不得，再加上这种神秘霹雳的磁力；再加上极其灵敏的听觉、极其敏锐的眼睛。你们都要胆战心惊。

最初的生物世界物产极大丰富，这些怪物可以随意鼓胀有弹性的囊袋，在充满活食物的海中，根本无需寻觅就能饱餐，囊袋无限膨胀，那么后来情况如何呢？它们的数量锐减。不过，兰格（Rang）证实，他见过一只大如酒桶。佩龙（Péron）在南海也遇见过一只，个头儿也不小。它在波涛中翻滚，呼呼作响，很有声威。它的臂长六七尺，席卷各个方向，疯狂地模仿乱窜的可怖的蛇群。

根据这些严肃的论述，人们似乎不应该轻率地批驳德尼·德·蒙福尔（Denis de Monfort）的记述，他证实看见过一只巨大的章鱼，用带电的鞭子抽打，缠住一条大狗，不顾大狗撕咬，挣扎和痛苦的号叫，勒得它窒息而死。

章鱼这种可怕的机器，能像蒸汽机一样，满负荷并加足马力，使出弹性的难以估计的力量，一跃而出海面，跳上一艘船（据道尔比尼的文章《软体动物手足纲》）。这就能说明为什么从前航海家讲述的奇观，被人指责为谎言。他们说曾经遇见一只巨大的章鱼，跳到上甲板，用它惊人的手臂抱住桅杆和帆索，势欲夺取船只，吞噬船员。只是船上人用斧头劈断它的手臂，它断臂之后，才又跌入海里。

有些人认为，那章鱼手臂长达六十尺。还有些人肯定在北欧海上看见一个活动的岛屿，四周有两公里，很可能是章鱼，可怕的海妖，怪物中的怪物，能缠住一条百尺长的鲸，吸食它的血液。

这些怪物如果生存下来，就会将自然界置于危险境地。它们可能吸干地球。然而，一方面有巨鸟（也许是l'épiornis），可能向它们开战。另一方面，地球会更好地调解，压缩可食用的种类，减少食物，从而削弱、戳破了那种可怕的幻想。

※ ※ ※

谢天谢地，今天的章鱼不那么骇人听闻了。它们有些种类形体曼妙，如船蛸，贝壳呈波浪状，泳姿非常优美；再如枪乌贼（le calmar），游泳好手；还有蓝眼睛的美丽的墨鱼（la seiche），它们都在大洋中漫游，只攻击一些小生物。

它们身上出现了一种意念，未来脊椎的一种朦胧形象（乌贼骨赋予了鸟儿）。它们五颜六色，皮肤色调时时变化，真可以称为海上变色龙。墨鱼散发奇香。在鲸体内发现的龙涎香，不过是鲸大量吞噬的墨鱼的残渣。鼠海豚也大批猎杀墨鱼。墨鱼喜群居，总是成群结队，五月份会到海岸边产卵，一串串如葡萄一般。鼠海豚等候在那里，举行墨鱼盛宴。这些贵族老爷十分挑剔，仅仅吃头和八只手足，即肉最嫩也最容易消化的部位，而最坚硬的下半身就抛弃了。例如在鲁瓦扬（Royan），数千只这样被肢解的可怜的墨鱼，覆盖了整片海滩。鼠海豚欢庆起来，冲腾跳跃前所未见，开头是要恐吓墨鱼，随后就要猎杀；饱餐之后，它们又进行体育锻炼，以利身体健康。

墨鱼长了那副嘴，样子怪怪的，但还是能引起兴趣。变化无穷的虹色，相继呈现不同的色调，随着阳光的戏弄和呼吸的起伏，便在它那透明的肌肤上消融了。它临死的时候，蓝色的眼睛还注视你，从瞬间闪亮的目光显露生命的最后悸动：那光亮从深底升到表面，时而闪现一下，随即就消失了。

※ ※ ※

软体动物手足纲，在太古时期声势那么浩大，后来普遍衰落。这种衰落的趋势，在浮游海上的种类（墨鱼等）中并不突出，在我们海岸蹩脚的居民，严格意义上的章鱼身上则十分明显。章鱼要游动，却没有墨鱼体内由骨骼支撑的结实躯体，也不像船蛸那样有坚硬的护体，一个保护最容易受伤害的器官的贝壳。章鱼也没有代替划行、推动行驶的帆状体。它们顶多在岸边嬉戏，可以比作沿岸航海船。由于低能，它们就养成了阴险狡诈、埋伏偷袭的习惯，冒昧地说，是怯懦者的胆大妄为。章鱼隐避起来，躲在岩石的缝隙中，猎物经过时，它就敏捷伸出长鞭抽打。弱者当即麻木，强者立刻闪避。游泳的人受到这种攻击，同一个如此微不足道的敌手搏斗不可能慌乱，但是要克服厌恶的心理，将它抓住，像翻手套一样将它翻过来，这事易如反掌。这只章鱼随即就瘪了，又落入水中。

人一时害怕，至少紧张了一下，就不免恼羞成怒。面对这个呼呼作响、来势汹汹的武士，必须呵斥道："你这冒牌的勇士，外强中干。你只是一张面具，不成其为实体。你没有根基，还未定型，也不具品性，只有一副傲慢的样子。你像台蒸汽机，呼呼隆隆作响，其实不过一副皮囊，一旦翻转过来，就剩下一张软塌塌的皮，戳破的囊袋，撒气的皮球，明天就无法辨认，无以名称，如一掬海水消失在大海中。"

十

甲壳类动物——战争与阴谋

假如先去参观我们中世纪丰富的甲胄藏品，欣赏了我们骑士曾经穿戴的笨重的铁甲，再立刻前往自然博物馆，瞧瞧甲壳类动物的铠甲，我们就会觉得人的技艺太可怜了。人的盔甲就是狂欢节的可笑假面具，又臃肿又笨重，只能把武士憋死，丧失战斗力。甲壳类动物的铠甲，尤其凶猛的十足类[1]（les décapodes）的铠甲极其吓人，哪管它们只长成人体大小，谁见了都要心惊胆战，就连最勇敢的人也会慌神儿，吓得动弹不得。

它们都停在那里，摆出战斗的姿态，全身武装令人生畏，能攻能守，而且十分轻便；大钳一般的螯、尖利的枪刺、能咬断铁器的下颌骨，还有满身的鳞甲，犹如立起的上千根螯针，一接触就会刺伤你的全身，疼痛难忍。应当感谢大自然让它们长成这么小身形。否则的话，谁能抗击它们？什么火器也打不透。大象避之犹不及，也要躲藏起来；老虎只好爬上树去；犀牛的皮也难保证自身的安全。

1　十足类是甲壳类中的高级种类，主要生活在海洋，长有五对足，包括螃蟹、虾、螯虾、龙虾、淡水螯虾等。

我们感到这架机器的发动机，内部的动因，积聚在它的形体中（几乎总是圆形），因此具有一股巨大的力量。人的修长优美的身材、直立行走的躯干，分成了三部分，附带四个大肢体，都分散而远离中心，不管怎么说，这种结构的人体非常软弱。骑士披挂上这样的铠甲，像发电报杆似的长手臂、垂下去的沉重的双腿，给人一种可悲的印象：一个结构分散的形体，既无力又不稳，轻轻一击，就会打倒在地。甲壳类动物则不然，躯体呈圆形，短短的，聚为一团，分肢都紧紧靠着身躯，轻轻给出一击，都蕴含着全身力气。这种动物一旦钳住，刺中，咬紧，都是全身用力，即使是它的武器尖端，也凝聚了它的全部力量。

甲壳类动物有两个脑（头和躯干）；不过，为了紧凑，获得集中的巨大功能，它便拿定主意，不长脖颈，头就连着肚腹。多么奇妙的简化。这个头同眼睛、触须、下颌骨连成一体。只要敏锐的眼睛瞧见，触须碰到，螯钳夹紧，颌骨狠咬，这些器官后面没有中间环节，直接就是胃，而胃本身又是一台捣碎、研磨和消化的机器。转瞬之间，就完成了全过程，猎物化为乌有，消化掉了。

这种动物全身都高级。

眼睛前后都能看得见。复眼，突出在外面，甚至可以收览大部分视野。

触须或者触角，试探、预警器官，有三种验证功能，尖端为触觉，根部则有听觉和味觉。这是我们人类所不具备的极大优越性。人的手如果也能嗅到气味，听到声音，那又该是怎样的情景？我们的观察该有多么快捷而又全面！三种感官分头起作用，印象往往不准确，或者相互抵消了。

十足纲动物的十足，有六只是手，是钳子，此外，尖端还是呼吸器官。这种武士就是以这样一种革命的方法，解决了将可怜的软体动物难倒的问题："有了贝壳，如何呼吸。"武士回答了这个问题："我可以用手，用足呼吸。呼吸是虚弱的部位，可能给敌人以可乘之机，我干脆把呼吸器官安放在战争的武器上，敌人再来攻击这个部位试试！"

※ ※ ※

它们最惧怕的敌人，只有风暴和岩石。它们很少游向远海和深海，几乎全守着海岸，窥伺猎物。它们守候在那里，等待牡蛎一张开贝壳就捕而食之的时候，海水往往涨潮，将它们席卷而走。它们的铠甲反而给它们带来危险。铠甲没有弹性，每次撞击都硬碰硬，撞得很猛，免不了撞破。它们的足尖戳到岩石尖棱上，戳弯，绷断了。结果丢盔卸甲，足断臂折。幸好它们像海胆那样，能够自我修复，从侧面长出新肢体，替代断肢。它们在这方面把握十足，一旦哪个肢体被逮住，它们就主动折断，以便逃脱。

大自然似乎特别优待如此有用的仆役。她赋予甲壳类动物一种无限的吸收力，以便对付她的无限繁殖力。甲壳类动物到处可见，在各种海滩上，跟海中一样种类繁多。她的秃鹫：小鸥、大海鸥，同甲壳类动物分担清洁工的主要职能。

一条大鱼搁浅在海滩，立刻上有鸥鸟啄，下面和里面有螃蟹啃，一起享用，很快就把它消灭了。

有一种善跳的极小螃蟹，可能被人当作一种昆虫（沙蚤，le talitre），它们占据沙滩，栖息在沙子下面。如果发生海难，大批水母或别种尸体冲上岸，你就会看到沙滩开始起伏波动，随即黑压压布满了这些蹦蹦跳跳的埋葬工；它们欢快地清理沙滩，尽量在下一次涨潮之前打扫干净。

螃蟹或者黄道蟹（les cancres），个头儿大，健壮，诡计多端，是好战的一族。它们作战的本能十分强烈，甚至善于造声势，恫吓敌人。它们要投入战斗时，摆出气势汹汹的姿态，大钳夹高高竖起，嘎巴嘎巴作响。不过，面对一种更强大的力量，它们就小心谨慎了。落潮时，我站在一块岩石上面看见它们。然而，尽管我所在的位置相当高，它们一感到被人瞧见，便全体撤退；那些武士照习惯斜着奔跑，各自撤回自己的哨所。它们不是阿喀琉斯[1]，倒像汉尼拔[2]。它们一感

1　阿喀琉斯（Achilles）：希腊神话传说中的英雄。海洋女神忒提斯生下他时，握住脚踵将他倒浸入冥河水中，因此，除了没有浸水的脚踵，任何武器都伤不了他的身体。他在特洛伊战争中无比英勇，击毙特洛伊主将赫克托尔，使希腊联军转败为胜。后来他脚踵中箭而死。

2　汉尼拔（Hannibal，公元前 247—前 183/182）：迦太基人，古代最伟大的军事统帅之一。一生与罗马共和国为敌，曾率军远征意大利，连续三次大败罗马军队。后来罗马人采取新战略，不轻易接战，尽量骚扰敌军。汉尼拔因兵力有限，不得不从进攻转为小心防守。他从公元前 218 年率军进入意大利，征战 15 年，于前 203 年才撤离。

到自己强大，就大举进攻。无论生者死者，它们都通吃。受伤的人性命难保。传说在一座荒岛上，它们成群结队，密密麻麻，围攻并吃掉德雷克[1]的好几名船员。

任何人或动物，都没有相应的武器抗击它们。大章鱼能勒死极小的虾蟹，但是很可能损伤自己的触手。要吞食这样一个带刺的动物，最贪吃的鱼也会犹豫。

※ ※ ※

甲壳类动物一长大，就成为暴君，两方面构成威胁。一方面，它那攻不破的铠甲能够攻击一切。另一方面，它会过量繁殖，打破生物平衡，如果这种铠甲对它本身不构成障碍和危险的话。铠甲固定而坚硬，不适于生命的衍变，对它本身就是一座监狱。

为了透过这堵墙，打开呼吸的渠道，它不得不将门户开在足上，即开在一个经常偶然折损的肢体上。为了给生长，给内部器官逐渐扩大腾出位置，甲壳有时就必须软化，变得松弛，这状态十分危险！仅仅成了一张皮。只有在脱壳蜕皮、丢掉自身一部分的情况下，它才肯接受这种变化，完全蜕变。眼睛、代替肺部功能的鳃，同整个躯体一样，也都接受蜕变。

1　德雷克（Drake，Sir Francis，1540/1543—1596）：英国伊丽莎白时代著名航海家，奉命率船队出海，有权劫掠西班牙的船只和殖民地，多次去中南美洲，成为环航世界的英国第一船长。

这情景值得一看：螯虾身子翻转，痛苦挣扎，要从自己的躯壳中摆脱出来。蜕变过程特别猛烈，有时足都为之折断。螯虾蜕了皮，精疲力竭，既柔软又虚弱。需要两三天，钙质才重又出现，皮肤长成甲壳。螃蟹两三天不成，它需要更长时间才能重新生出贝壳。在此期间，所有水中动物，即使最弱小的，也可以捕而食之。正义和公平回归，体现在这里相当惨烈。受害者进行报复了。强者要忍受弱者的法则，沦为弱者的水平，而且作为种类，也跌入死亡淘汰的大平衡中。

生在世上，如果只死一次，那还会少几分忧伤。可是，任何生命每天都要死一点点，也就是说蜕皮，周而复始地遭受维系生命的小小局部死亡。由此产生的软弱状态以及忧伤情绪，一般不会轻易承认。然而有什么办法？鸟儿也悲哀，每季节都要换毛。更悲哀的是可怜的游蛇，定期大蜕皮。人也同样，每月，每天，每时每刻都要掉皮，掉点皮下组织，总是不断地、轻微地丧失一点点自身。人并不因此一蹶不振，只是一时削弱，进入神思恍惚的状态；生命的火焰暗淡下来，以便复燃而更加明亮。

有的动物必须整个儿脱胎换骨，情况就倍加可怕；骨骼要散架，坚不可摧的外壳要裂开，要挣脱出来！它遭受重创，虚弱到极点，自身已经失控，只能任凭宰割了。

有些淡水生长的甲壳动物，两个月期间要这样死掉 20 次。另外一些（吮吸甲壳动物），不胜脱壳的疲惫而衰竭，不能再变回原样，开始变形，丧失运动的能力。可以说，它们辞职不当猎手了，而是寻求一种寄生的懒惰生活，可耻地躲进大动物的内脏里。那些大动物不由自主供给它的营养，竭力为它们服务，为它们卖力地觅食。

※ ※ ※

昆虫在蛹壳里，似乎丧失自我，不知此身何身，成为痛苦的旁观者，倒好像在赏玩这种相对的死亡，宛若在温暖摇篮里的一个婴儿。然而，甲壳类动物，在蜕化的壳中，能看到自身，知道自己处于什么状况：从最活跃的生活猛然跌入虚弱无力的可怜状态。它似乎吓坏了，茫然无措。它所能做的，就只有钻到一块石头下面，战战兢兢地等待。原先它仗恃可怕的优越武器，从未遇到过像样的敌手，也从未遇到过障碍，无需采用任何狡猾的手腕，如今解除了武装，它就一筹莫展了。它在群体中也许能够得到保护，假如不是全体都在蜕变，此刻不是每只都同样解除武器，自身陷入病态，无力保护同类的患者了。不过，据说有些种类，雄性要保护它的雌性，形影不离，而雌性被捉住，往往是公母一对一对遭殃。

※ ※ ※

这种蜕变的可怕奴役，人类（越来越成为海岸的国王）过量的捕杀，向它们提供丰富食物的古代种类的灭绝，所有这些因素势必在一定程度上，导致它们衰败。章鱼毫无用途，没人捕捉，也没人食用，但是它们个头儿缩小，数量也大大减少了。甲壳类动物还要严重得多：它们的肉味极其鲜美，整个种类都是餐桌上的美味佳肴！

看样子它们知道这一点。它们当中最不强壮者便想像应对办法，应当说想出来的不是自我保护的技艺，而是笨拙的小伎俩。它们搞点小花招儿，要点儿小心计。小心计这个说法贴切。它们给人的印象就像诡计多端的人：社会地位低下，没有说得出口的职业，整天混日子，没有什么可供选择的门路。只能打打杂儿的私生子，吃不上肉也吃不上鱼，碰到什么就吃点儿什么，不管是死的、垂危的，还是活物，有时也吃陆地上的小动物。飞蟹（l'Oxystome）长一副面具，一副脸甲，夜晚飞行。椰子蟹（le Brigus）到了夜晚，就离开海，去偷吃东西，甚至爬上椰子树，找不到更好的就吃果实。走蟹（les Dromies）还乔装打扮，拿异体当衣穿。寄居蟹（le Bernard-l'ermite）背壳长不硬实，为了更好地保护始终柔软的部位，就想假扮软体运动；它看准一只合身的贝壳，就吃掉里面的居民，将就住进劫夺来的房舍，结果走到哪儿就带到哪儿。夜晚，它在这样伪装下，偷偷接近食物；可是，它一瘸一拐，趺趺撞撞，贝壳不免弄出声响，对方听见响动，就认出它这冒牌货。

还有一些就诚实多了，它们厌弃了海中的运动和搏斗，就干脆登上战乱少些的陆地。冬季，它们几乎总住在陆地上，各自挖了洞穴。假如它们不是始终珍爱它们的故乡海洋，那么它们也许会彻底改观，最终变为昆虫了。以色列的十二个部落，每年去一趟耶路撒冷，纪念结茅节[1]，我们在一些海滩也同样看到，海洋的这些忠诚的孩子也成群结队，去向大海表示敬意，将它们心爱的卵托付给这个伟大而善良的奶母，将它们的孩子嘱托给做过它们祖先摇篮的大海。

1　结茅节（la fête des Taber-nacles）：犹太人的秋节，以纪念他们祖先迁徙时旷野天幕的生活。

十一

鱼

大海，自由的元素，迟早要为我们创造出一种像她的生物，一种滑溜溜、波浪形、流动状、出奇自由的生物，一副流水的形象，但是它这绝妙的灵活，是来自内部的一种奇迹，因而活动性更强：所谓内部的奇迹，就是一个精妙而有力、极富弹性的中心机体，是迄今为止任何生物都绝难比拟的。

用肚腹爬行的软体动物，就是土地的可怜奴隶。章鱼，那么骄傲，那么臃肿，还能发出鼾声，也不过是偶然性的奴隶。它既不会走，游泳又很糟糕，如果没有不抓住猎物就不放的强大力量，就不可能存活了。好战的甲壳动物，从最高级到最低级，是所有动物恐惧和嘲弄的对象，成为最弱小动物的奴隶、猎物，甚至玩物，都要陆续地死掉。

巨大而可怕的奴役：我们如何摆脱呢？

※ ※ ※

自由寓于力量之中。生命刚一起源，就开始探索，寻求生命的力量，似乎隐约地向往未来。生物创造，会有一个轴心，造出独一无二的物种，运动起来力量陡增十倍。辐射动物[1]、软体动物，都有这方面的预感，做出了初步尝试。然而它们过于分心，因抵御外界问题而自顾不暇。外壳，始终是外壳，成为这些可怜的生灵摆脱不掉的忧虑。这个种类也产生了杰作：球状带刺的海胆、贝壳能张能合的鲍鱼，最后发展成关节能活动的坚甲，防卫臻于完美，又有可怕的攻击力。还要什么呢？还能添加什么呢？似乎无可增进了。

无可增进了？不然，无不可增进。但愿产生一种运动型的动物，自由而果敢，蔑视诸如残疾和迟缓的所有生灵，认为外壳是次要的，力量集中在本身。

全身甲壳的动物，外观就像一副骨头架子。鱼则将骨头置于中心，置于体内，在轴心上，而神经、肌肉、所有器官，都将附着其上。

这似乎是荒唐的发明，有悖于情理：将坚硬的、结实的组织，恰恰置放于完全由肌肉保护起来的部位！骨头，在外面那么有用，却放到体内深处，用不着其坚硬性的地方！

甲壳动物头一次看到这样一个动物，一定会发笑：一个软软的、胖胖的、短粗的动物（印度洋中的鱼），试着动一动，又溜又滑，既无贝壳又无坚甲，毫无防御能力，力量完全蓄于体内，外面仅仅由黏性的流线型分泌出的黏液来保护，后来，这种表皮才逐渐固定为有弹性的鳞片。鳞片是柔软的甲壳，能随意弯曲，必要时就脱落，但全身安然无恙。

1　辐射动物：旧分类名称，指靠肢体分裂繁殖的腔肠动物、棘皮动物。

※ ※ ※

这是一次革命，类似古斯塔夫斯·阿道尔夫[1]减轻士兵铁甲的革命：他取消沉重的铁铠甲，只让士兵穿上紧身麂皮护胸甲，这种皮革既坚固，又轻便柔软。

一次大胆的但又明智的革命。我的鱼，不再像螃蟹那样，囚在甲胄中，从这种护甲的禁锢状态中解放出来，而在“蜕变”期间，要尽力，要消耗大部分力量，因此，它非常虚弱，面临危险。这种蜕变是渐进的，异常缓慢，如同人和大型动物的进化。鱼积蓄、聚敛生命力，自行造出宝贵的强大神经系统，拥有许多神经纤维通向刺和大脑，发出报警声，产生反响。鱼即使在没有骨头，或者骨头很软的状态下，仍然保持雏形，但是由于丰富密集的神经纤维，丝毫不减高度的和谐。

鱼没有爬行动物和昆虫那些华丽的弱点：爬行动物和昆虫过于细长，就像一根线，随便在什么部位都能切断。鱼也像它们那样分节段，但是节段隐藏在下身，守护得很好，借以伸缩身体，又不冒容易被肢解的危险。

鱼也像甲壳动物一样，重力量而轻美观，为此还消除了脖颈。头与躯干连成一体。力量的出色原则，适于劈开水，一种如此容易肢解的构造，只有冲击得迅猛，才会有千百倍

1　古斯塔夫斯·阿道尔夫（Gustavus Adolphus，1594—1632）：即古斯塔夫斯二世，瑞典国王（1611—1632 年在位），在位二十余年，一直在征战，曾雄霸波罗的海，占领大部分德国。

的冲击力。因此，鱼就是一支投枪、一支利箭，快如霹雳。

墨斗鱼体内的骨头，只是不成形的一整块，而鱼骨则是个庞大的体系，“一体”，“但又非常复杂”——一体是为了协调力量；复杂是为了灵活机动，适应肌肉，伸缩灵便，就随意活动了。鱼的这种形状，真是奇迹，名副其实的奇迹：外观如此紧凑，内里承接又十分灵动，肋骨纤细又特别柔软（西鲱鱼、大西洋鲱鱼），饱含动力的肌肉，轮番推动流线体。因此，鱼暴露在体外的仅有的附属的桨，没有多大风险的短鳍，尖利又溜滑，能刺伤敌人，躲避并逃逸。这样的肌体远比章鱼和水母高级。章鱼和水母软绵绵的触手，遇有任何进犯者都首当其冲，正是甲壳动物和鼠海豚口中的美餐。

总而言之，鱼是真正的水之子，同它母亲一样灵动，借助黏液滑行，用头劈开水流，收缩（脊椎骨和柔软肋骨上的）肌肉冲击，再有健壮的鳍推力，便能劈风斩浪，向前游行了。

这些力量有一点点就足够了，而鱼集所有这些力量于一身——绝对的运动型。

从需要“停落”这个意义上讲，甚至鸟儿也不如鱼机动。鸟儿夜晚要栖息。鱼儿从来不停歇，就是睡觉也还在漂浮。

机动到如此程度，同时又极其健壮，极富生命力。哪里见到水，就一准儿能找见鱼，这是遍布地球的生物。在中科迪德勒拉山脉和亚洲山脉上、海拔最高的湖泊里，空气十分稀薄，什么生物也存活不了，那里一片荒寂，唯独鱼还执意地活着。那是鮈鱼，一种红色鱼。它们看到整个大地都在下面，应当引以为自豪。同样，在深海压力极大的地方，还居住着鲱鱼、鳕鱼。福布斯将海洋上下划分为十层，在每层都发现了居民，最深一层特别黑暗，生活着一种鱼，长着令人惊叹的眼睛，因而看得见周围，在我们以为是长夜的地方找到了足够的光亮。

鱼还有另一种自由。不少种类，如鲑鱼、西鲱、鳗鱼、鲟鱼等，同时能接受淡水和海水，定期从一种水域到另一种水域。好多家族既有海水种类，也有河水种类，例如鳐鱼、鲈鱼。

不过，这种极其自由的生灵，也受一定温度、一定食物、一定习性的限制和囚禁。暖流海域，对极地种类好似一道墙，难以逾越。同样，热带鱼种类，也被好望角的寒流挡住了。现在我们知道，仅有两三种鱼以四海为家。大多数为近海鱼，留恋一定的海岸。美国沿海鱼种，与欧洲的就绝不相同。还应指出，一些特殊的口味，虽然不能绝对控制，却也能留住它们。花鳅在泥水中游动，而箬鳎鱼爱在沙底，杜父鱼匍匐在浅滩，海鳗喜欢待在岩石上，鲉鱼喜爱沙岸，鳞鲀则停留在水不深的石珊瑚底。鲉鱼时而游动，时而飞起来。它被鱼追逐时，就冲出水面，在低空飞行，如遇海鸟猎杀，就立即潜入波涛中。

※ ※ ※

俗谚说“如鱼得水”，这表达了一个真理。就像一个气球，多少有些负载，也就多少有些重量，风平浪静时，鱼能潜水自由航行。鱼就是这样，在水中自由荡漾，可以睡觉，也可以游走。起伏波动的海水，既拥抱鱼又将鱼隔离，让鱼皮和鳞片溜滑而不透水。鱼的体内则变化不大，差不多保持同样状态，温度既不太低，也不太高。鱼的生活如此舒适，比起我们陆地居民所过的生活，差异有多么大啊！我们每走一步，路都崎岖不平，要碰到障碍。艰难的土地，在我们的路上放置石头，使我们疲惫，耗尽体力，让我们不断地上坡，下坡，再上坡，气候也随季节变化，往往非常严酷。雨水，寒冷的雨水，一连几天几夜，无情地下个不停，将我们淋透，把我们冻僵；有时还下冰雹，尖利的晶体将我们包围，打在我们头上，令我们瑟瑟发抖。

鱼的幸福生活，可以说十分美满，在热带表现为斑斓的色彩，在北方则体现在运动的力量上。在大洋洲和印度洋一带，鱼儿嬉戏，游荡，形体千奇百怪，装饰也无比美妙。它们在珊瑚之间，在鲜花上面欢乐嬉玩。我们的寒带和温带的鱼，都是大帆船、划桨健将、真正的航海家。它们修长的流线体型，赛似疾飞的利箭。它们完全可以教导任何造船师。有几种鱼的鳍多达十个，能随意做桨当帆，全部张开，或者部分收拢。鱼尾是神奇的舵，也是主要的桨。最善游泳的鱼，尾巴是分叉的，那是整个鱼脊的终端，连着肌肉，推动鱼身前进。

鳐鱼长两只巨大的鳍，还长两只大翅，能够击水。鳐鱼尾巴很长，十分灵活机动，能当作武器击打，当作鞭子劈开惊涛骇浪。鳐鱼躯体细长，稍许挤开点水，偏斜着疾驶，这样很容易就浮起来，用不着支撑厚实躯体的鱼鳔。可见，所有鱼的器官都适应环境。箬鳎鱼躯体呈扁平的椭圆形，以便在沙中滑动。海鳗为了在水底泥沙上盘曲，就长成蛇的形状，一条长带。鲛鳙生活一定离不开礁石，它们的鳍，更像青蛙而不是鱼。

※ ※ ※

鸟的感官是视觉，鱼的感官是嗅觉。隼盘旋在云端，目光能射透幽邃的空间，看见几乎不可见的猎物。同样，鳐鱼在幽深的水下，一嗅到猎物诱人的气味，便警觉地游上去。在这昏暗的世界，幽微的光极易产生错觉。鱼只能依赖嗅觉，有时还依赖触觉。有些种类，例如鲟鱼，在泥水中觅食，触觉就特别敏锐。鲨鱼、鳐鱼、鳕鱼（眼睛大而分在两侧），视觉不好，主要凭嗅觉和触觉。鳐鱼的嗅觉就异常灵敏，有时不得不用小网封住，消除这种能力，否则的话，嗅觉总是搅扰，会影响大脑。

除了这种猎食的能力，鱼还有特别锋利的牙齿，往往呈锯齿状，有些鱼种还长好几排，布列在前颚、口腔和喉头部位，甚至舌头也布满细齿。这些牙齿很细，容易折断，但是口腔深处还有，前齿折损由后齿替代。

第二卷开篇就讲过，大海必须生出这些可怕的鱼类，这些强大的毁灭者，以便消灭过剩的繁殖，治愈大海本身奇特的多育症。死亡，这个救护的外科医生，用持续大量放血的方法，减轻可能要海洋性命的多血症。海洋中繁殖的一代代生物的洪流、鲱鱼的大潮、数以兆亿计的鳕鱼卵，多少可怕的繁殖机器，十倍百倍地增加，很可能要填满海洋，扼杀大自然。海洋便进行自卫，尤其启动死亡机器，将鱼这种武装巡游者快速吞没。

这真是蔚为壮观，宏伟而惊心动魄。死神与爱神这种全方位的搏斗，在大地似乎根本难与深海相比。海洋，以其不可思议的巨大，发起威来令人万分恐惧，然而仔细观察就会发现，海洋非常和谐，保持一种令人惊疑的平衡。这种发威必不可少。物质的这种更换，极其迅疾（令人目眩！），这样大量死亡，正是生命的保障。

绝无悲惨的景象，海洋似乎完全笼罩着一种原始欢乐的气氛。海洋生活交织着两种力量，彼此仿佛激烈地残杀，而这样的生活却产生出一种优越的健康环境、一种无与伦比的纯洁、一种残酷的绝美。无论在生者还是死者中，海洋都同样取胜了。这两者她并不多加区别，只是赋予，再收回电流、光亮，从中获取这种电光石火的游戏，而无穷无尽的淡淡闪光，制造海中幽幽的幻景，一直延至极地的夜空下。

大海的忧郁，并不在于她大肆杀戮还满不在乎，而是在于她无力协调进步与过度运动的关系。

她比大地富有千百倍，繁殖也快得多。她甚至在创立并建造。大地增长（从珊瑚可以看出来），也还是借助于海洋，因为，海洋无非就是正在劳作、正在积极生育的地球。在这种快速繁殖中，她碰到的唯一障碍，就是她太低级，虽然繁殖力极强，却难以生成爱神。

想一想就不免忧伤，大海亿万居民，还只有十分朦胧的、最简单的、没有个性的爱情。这些芸芸众生，无不游上水面，朝拜幸福和阳光，向未知的艳遇大量提供它们的最好部分，它们的生命。它们也有爱，但是永远也不会知道它们梦想、渴望寄托爱的对象。它们只是生育，从来就没有在后代身上找到再生的那种幸福。

少数，极少数，最活跃、最好斗、最残暴的鱼类，才有我们这种方式的爱情。雄鲨鱼和雌鲨鱼是非常危险的怪物，它们就不得不相互亲近。天性使然，它们拥抱是非常危险的，接吻既可怕又可疑。鲨鱼习惯于吞噬，盲目地吞下一切（动物、树木、石头，无论什么），然而这次，真是令人惊叹！它们却一反往常，不管觉得对方怎么美味可口，它们的锯齿，致命的牙齿彼此接近，也都安然无恙。雌鲨鱼那么大无畏，任凭雄鲨鱼纠缠、控制，频频猛烈地钩住它。而结果，雌鲨鱼并没有被吞掉，而是吸引住、带走雄鲨鱼。这些发狂的怪物能滚斗相恋数周，尽管饥饿也不愿分离，即使暴风雨也拆不开，它们粗野的拥抱无法克制，又坚定不移。

据说两条鲨鱼分开之后，仍然相爱追逐，忠贞的雄鲨鱼一直依恋这个温柔的对象，伴随它直至分娩，又爱这个推定的继承者，它们这场婚姻的唯一结晶，而且永远，永远也不会吃这只小鲨鱼。它跟随并看护这个爱的成果，如有危险，这位出色的父亲就把小鲨鱼吞到口中，把它放到阔大的口腔里，把它保护起来而不是消化掉。

※ ※ ※

海洋的生活，如果说还有一种梦想、一种心愿、一种隐约的渴望的话，那就是想安定下来。雄鲨鱼那种狂暴的、专横的方式，那种用钢牙咬住、钳住雌鲨鱼的凶狠，它们结合的那种疯狂，给人的印象正是绝望者的一场爱情。的确，谁晓得别的种类，那种温和而适于家庭生活的鱼种，不是因为无力结合，不是因为在风浪里永无目的地漫游而惆怅呢？海洋的这些孩子，完全爱上了大地。许多鱼种溯流而上，远离暴风雨，接受十分贫乏、毫无营养的淡水，寄托它们后代的希望。至少，它们又靠近海岸，寻找曲折的小港湾。它们甚至变得灵巧了，试图用沙子、泥土、草茎做成小窝。这种努力令人感动：它们根本没有昆虫的工具和动物技艺的奇迹。它们天生的条件还不如鸟类。没有手，没有足，也没有喙，仅仅靠可怜的躯体，孜孜不倦，才聚起一把草茎，在里边穿来穿去，直到形成一个草团（请参看科斯特论刺鱼）。然而，多少事情都是阻碍啊！雌鱼又瞎又贪食，总打扰这种劳动，威胁鱼卵。而雄鱼则不离左右，守护保卫鱼卵，表现出的爱胜过母亲。

好多种鱼都表现出这种本能，尤其最低微的鱼种，如一种小鱼，叫缎虎鱼，既不美观，也不好吃，连钓鱼的人都瞧不上眼，钓上来也扔回水中。然而，正是这末等的鱼，却是温柔的父亲，虽然那么弱小，天生条件极差，却非常勤劳，不失为灵巧的建筑师、筑巢工人，它仅靠意志，靠温情，终于造成护婴摇篮。

可是，看到这样用心的努力没有完全达到目的，这种生灵初显艺术的冲动就被自然造化制止了，这实在令人叹惋。人们陷入遐想，感到水的世界不能自足了。

※ ※ ※

伟大的母亲，你创始了生命，却不能引领到底，那就允许你的女儿大地，继续已经开始的事业。你看到了，就在你的怀里，在神圣的时刻，你的孩子就向往大地并定居其上。它们登上岸，向大地致敬。

你再以出人意料的奇迹，创造新的生物系列：宏伟的雏形，有血有奶，温暖而多情的生命，加入陆地种类的行列谋求发展。

十二

鲸

渔夫在北方海域，夜晚迟归，看见一个岛，一块岩礁，好似一个山头，一个庞然大物在波浪上漂浮。他抛锚上去……那岛子逃走，还带走渔船。那岩礁却是海中怪兽。（弥尔顿[1]）

弥尔顿所说的这种错误再自然不过了。杜蒙·杜尔维尔也曾看走了眼。他远远望见岩礁，周围有旋流。再往前行驶，就看见一些白点，显然是一块岩石。那周围有燕鸥和风暴鸟，还有海燕飞旋，嬉戏并飞落。那岩石露出水面，古老而威严，一片灰色，披满了贝壳和石珊瑚。然而，那岩石在移动，顶上还喷起两大注水，表明那是醒着的鲸。

另一个星球的居民，如果乘气球降到我们星球，从高空观察地球表面，想了解是否有居民，观望一阵便会说："我在这里发现的唯一生物，个头儿还相当大，有一两百尺长，胳膊长不过二十四尺，但是尾巴很威风，足有三十尺长，很有

1　弥尔顿（John Milton，1608—1674）：英国伟大诗人，地位仅次于莎士比亚，以长诗《失乐园》闻名于世。他的著作与影响，在英国文学、文化与自由思想的历史中，都占有重要地位。

气魄地拍击并控制海水，飞速前进，那么从容而威严，显而易见是地球的主宰。”

外星人还会补充说：“很可惜，这个星球硬实的区域一片荒凉，或者只有微小的动物，由于太小而分辨不清。唯独海洋是居住区，生活着一个和善的种族。家庭在那里受到尊重，母亲深情地给孩子喂奶，虽然胳膊很短，但是在风暴中，总能设法搂住并保护自己的孩子。”

※ ※ ※

鲸喜欢一起行动。从前在荒寂的海上，有人看见鲸两只做伴，有时十一二只，大家庭一起云游。这些大船有时闪着磷光，十分壮观，喷起的水柱高达三四十尺，在极地海域就像升起的烟柱。它们很好奇，平静地靠近观看船只，以为是新种类的兄弟。它们显得很高兴，热烈欢迎新成员。它们在游戏中，身子直冲起来，再高高地跌落，发出巨大的声响，击出一个旋涡的深渊。它们又亲热又随便，甚至触碰舰只、小船。这种信赖非常冒失，往往受到极其残忍的欺骗！不到一个世纪，巨鲸种类几乎灭绝了。

鲸的习性、肌体，类似草食动物。它们如同反刍类动物，有一系列的胃来消化食物，牙齿没有多大必要，它们也就没长牙。它们在海洋的活牧场很容易吃食。我是指胶质的墨角藻，肥大而鲜嫩，还指一层层的纤毛虫、一片片微生物。这类食物用不着猎取。它们也没有战事，就没有必要长成凶恶的巨颚和锯齿，这些死亡和刑罚的工具，是鲨鱼和许多弱小动物经过历代杀戮而获取的。鲸根本不追捕（布瓦塔尔），倒是食物顺着水流送到口中。它们无害而又平静，吞下去的那些生物，只是初具有机组织，未待生存便死去，处于睡眠状态就进入宇宙大变化的熔炉。

※ ※ ※

这种温和的哺乳动物同我们人一样，有红色血液和奶汁，但是跟上一纪的那些怪物则毫无关系，那是史前沼泽的可怕产物。鲸是更为近代的动物，它们找到了洁净的水、自由的海洋和安宁的地球。

地球从旧梦中初醒，还记得充斥着蜥蜴鱼、飞龙、可怕的爬行动物的梦境，它走出愁云惨雾，进入和谐孕育的明媚的拂晓。我们的食肉动物还没有诞生。有一小段时间（大约几十万年），大地十分安宁而太平，出现了优异的动物（负鼠等），特别爱护幼崽，背着抱着，如果必要的话，还能送回肚子里。海上则出现了和善的巨鲸。

海洋里的奶汁、油质富足有余。她那温暖的脂肪已经动物化了，以异乎寻常的活力发酵，要进化为生命，于是膨胀起来，组成这样巨大的机体，即大自然的宠儿，天生力大无比，天赋优秀的品质和红艳艳的热血。红色血液也是首次出现。

※ ※ ※

这才是名副其实的尘世之花。所有血色苍白、自私而萎靡不振的动物，都相当植物化了，比较起这种沸腾着鲜红血液、有怒有爱的豁达生命来，那就好像没有心脏。高级世界的力量、魅力、美丽，就是血液。有了血液，大自然就开始了崭新的青春，有了血液，生命才燃起欲望之火、爱情，而由男性延伸的家庭、种族之爱，又将给生命加上神圣之冕——怜悯。

而且，伴随这种美好的天赐，神经的敏感性也无限增加了。但是更容易受伤害，感受欢乐和痛苦的能力也大大提高了。鲸几乎没有猎食的意识，嗅觉、听觉都不怎么发达，要完全靠触觉。鲸厚厚的脂肪能防寒，但是根本经受不了撞击。皮肤组织细腻，明显有 6 种纤维，稍一触碰就会悸动并震颤。人们在鲸身上发现的柔软奶头，正是灵敏的触觉工具。这样一种动物，因有充沛的红色血液而生机勃勃，就是考虑到庞大的躯体，鲸的血液按比例，也大大超过了陆地的哺乳动物。鲸受伤流血，一时能染红成片大海。我们是滴血，而鲸则喷涌血液。

雌鲸怀胎九个月。它的奶微甜，很好吃，像人奶一样甜美。不过，雌鲸时刻要劈浪前进，乳头若是靠前，位于胸部，那么幼鲸就有遭受各种撞击的危险，因此，乳头就往下移位，长在腹部更为安宁之处。幼鲸躲在那里，水流已被劈开而受不到冲击。

船形，则是这样一种生活所固有的，必须束紧腰身，不能像孕妇那样宽松：孕妇是个令人赞叹的奇迹，生活端庄、稳定而和谐，完全融于温情之中。而海洋这位巨大的孕妇，不管多么温柔，也不得不全力对付波浪。再说，在这特殊的伪装下面，机体是一样的：同样形体，同样敏感。上面鱼身，下面孕妇身。

鲸极为胆怯。有时一只鸟儿，就吓得它猛然下潜，腹部受伤。

鲸做爱，要求条件很高，必须到一个非常幽静的地方。正如高贵的大象，要避开世俗的目光，鲸也只喜爱荒凉的地方。幽会要去极地一带、格陵兰的僻静小湾、白令海峡的浓雾中，当然也去就在北极附近的温海。那片海域还能再找到吗？要去那里，必须穿越可怕的隘道，而每年冬季，冰层开合都改变隘道，就仿佛阻止它们再去那儿似的。至于鲸，大家认为它们是走冰层下面的黑路，从一片海域游到另一片海域。冒险的旅行。它们虽然有气囊，时间能坚持得长一点儿，但是不得不每刻钟浮上水面换气，这就冒着极大的危险。厚厚的冰层只有少许气孔，万一不能及时找到，冰层极厚又极坚硬，无论有多大力气，用头怎么撞也不可能撞开。那就要淹死在冰层下面，如同利安得淹死在赫勒斯滂海峡[1]它们不知

1 赫勒斯滂海峡是达达尼尔海峡的旧称。利安得是希腊神话传说中人物。美神阿佛洛狄忒的女祭司海伦爱上青年利安得，每天夜晚，利安得游过海峡与海伦幽会，海伦在塔上擎火炬为他引路。一次大风吹灭火炬，利安得淹死，海伦也跳塔自杀。

道这个故事，大胆地钻进冰层，还是游了过去。

那里特别荒凉。就在一个死亡与沉寂的奇特舞台上，欢度火热生命的佳节。也许一头北极熊、一只海豹、一只青狐，成为目击者，但是它们敬而远之，小心地远远观望。场面上不乏水晶灯、枝形烛台、魔镜。蓝盈盈的水晶、冰山绝壁、明晃晃的冰柱羽饰、白皑皑的雪原，都是见证，都在四周亲眼目睹。

这需要极大的意愿，正是这一点使得这种婚礼又感人又严肃。鲸没有鲨鱼那种专制的武器，没有主宰最弱者的那种关系。反之，它们溜滑的身子却把它们拆开，让它们疏远。它们不由自主地逃离，因这种巨大的障碍而退却。而且，这样一种情投意合的相爱，就好像一场搏斗。猎鲸者声称目击了那种绝无仅有的场景。情侣欲火中烧，冲动起来，有时就垂直立起，如同巴黎圣母院的双塔，它们哀怨胳臂太短，还是极力拥抱。继而，它们无比沉重的躯体又跌落下去……听到它们的哀叹，无论熊还是人，都要仓皇逃开。

※ ※ ※

解决的办法不得而知。有人提出的办法，似乎也很荒唐。有一点确定无疑，就是在一切方面，做爱也好，哺乳也罢，甚至防卫，不幸的鲸都受着双重的奴役：笨重的躯体和困难的呼吸。鲸只能露出水面呼吸，留在水中就会窒息。这么说，鲸是陆地动物，属于陆地吗？根本不是。假如鲸意外搁浅在岸边，那么它们就会被自身的肌肉和脂肪的巨大重量所压垮，器官就会衰竭，也同样会窒息而死。

鲸生活在不能呼吸的海中，到了唯一能呼吸的空间，还是照样窒息。

一言以蔽之，这种巨型哺乳动物宏伟的创造，只产生了一种不可能生存的动物。这是创造力第一次诗意的喷放：先是瞄准崇高的目标，然后才逐渐回到可能性、可持续性上来。这种令人赞叹的动物，有巨大的身躯和力量，有热血、美味的奶与和善，它无不具备，只缺少生存的手段。它的问世，没有考虑这个地球的普遍比例，也没有考虑重力的严峻法则。它的下身白白长了巨大的骨骼，肋骨虽然粗大，但是不足以支撑自由而开放的胸脯。它一逃脱水中的敌人，又碰上陆地之敌：它被自己沉重的肺压垮。

鲸出色的鼻孔、喷出高达三十尺的美妙水柱，这些都是一种机体还很幼稚的标志与见证。这个“气喘吁吁的吹制工”（这一种类的真正名称），在奋力喷出冲天水柱时，似乎在呼号：“大自然啊！为什么让我做奴隶？”

※ ※ ※

鲸的生存是个问题，这种宏大的但是失败的初创，似乎不可能长存。相爱要偷偷摸摸，那么艰难，哺乳要在风暴的惊涛骇浪中，面临窒息和沉溺的双重危险，生命的两大行为几乎不可能，鲸却以英勇的奋斗和意志做到了！——何等恶劣的生活条件！

雌鲸每次只生育一头幼鲸，这已经很可观了。母鲸和幼鲸要穷于应对三件事：游动的劳累，哺乳，注定浮上水面呼吸！教育，就是一种战斗。幼鲸在大洋中扑打翻滚，当母鲸能侧过身子，它就好像在飞行中吃奶。母鲸在尽哺乳的天职中，那种冲动令人赞叹。它知道幼鲸吃奶时，稍微费点劲儿就会松口。女人喂奶是被动的，任由婴儿吮吸，而母鲸却是主动的，抓住一点时机，利用一种活塞的强大压力，给孩子抛去一桶奶水。

雄鲸不大离开雌鲸，碰到凶狠的渔夫攻击幼鲸时，它们就会陷入极大的困境。幼鲸一旦被渔叉击中，它们还紧紧跟随，极力救助，要把幼鲸拖走，奋不顾身的程度令人难以置信，为了把幼鲸托上水面呼吸，不惜冒着被击中的危险。即使幼鲸死了，它们还是在保护它。它们本可以潜泳逃离，但仍然留在万分危险的海面，跟随漂浮的幼鲸的躯体。

※ ※ ※

鲸遭遇海难是共同的问题，原因有二：遇到风暴时，它们不能像鱼那样躲到平静的深水区；其次，它们不愿意分离，强者也认同弱者的命运，全家死在一起。

1723 年 12 月，在易北河入海口，有八头雌鲸搁浅，在它们的尸体旁边，人们发现八头雄鲸。1784 年 3 月，在布列塔尼的欧迪耶讷，也出现同样场景。起先是鱼群、鼠海豚，惊慌失措地逃到海岸。随后就听见奇特的吼叫，十分可怖。那是一大家鲸，被风暴推涌，它们挣扎，哀鸣，决不愿意送命。在那里，雄鲸同样和雌鲸一起殒命。许多怀胎的雌鲸，抵挡不住无情的浪涛，它们和雄鲸一同被抛到岸上摔死。

两头雌鲸被抛在海岸产崽儿，它们尖厉的叫声好似产妇，那种绝望的哀号，就好像哭它们的孩子。

十三

美人鱼

我上岸，现在到了陆地。我看够了，看了太多的毁灭，希望看到长久的种类。鲸类将来要消失。让我们压缩构思，而头一批乳儿的这种宏伟的诗意、奶水和热血，我们都完全保留，只是去掉巨型。

尤其保留温和、爱与亲情。这些天赐的品质，要妥善保留给那些更卑微，但是善良的种类：这两种元素将合成这些种类的精神。

大地的祝福已经感受得到了。好多对于鱼类不可能的事情，脱离鱼的生活，也就很容易协调了。

因此雌鲸，温柔的母亲，就会搂抱自己的孩子了，但不是紧紧搂在乳房上：它的胳臂长得太靠上，而乳房，只能长在这艘活船的后部。新种类能在水中游，也能在陆地上爬行（海象、海牛、海豹，等等），它们的乳房就上升到胸部，以免拖在地上。我们看到出现女人的影子了，优美的形体和姿态，远远望去会给人造成幻觉。

事实上，即使近观，虽然少些白皙，少些魅力，但那确是女性的乳房。须知这个星球满怀爱与哺乳的甜美需要，在运动中复制了下面心脏的所有叹息。它要怀抱孩子，给孩子营养与安宁。而这一切，水中游的母亲却不具备。停下来的母亲，才有这种福气。家庭安居，内心感到的温情日益加深（进而言及社会），一旦孩子睡在母亲的怀中，这些伟大的事情就开始了。

※ ※ ※

然而，从鲸类如何过渡到两栖类呢？试着猜想一下。

首先，两者的亲缘关系是显而易见的。许多两栖类动物，还拖着鲸那样沉重的尾巴，成为它们的巨大遗憾。而鲸类（至少有一个种类）在尾巴里，就已经隐含了未来最高级两栖动物的两只后足的明显雏形。

在时刻被陆地割断、布满岛屿的海域中，鲸类不断受阻，只得改变自己的习性。它们不必游得那么快，生活范围也受约束，个头儿就逐渐缩小了，鲸缩小为大象。于是出现海象。海象还保留这样的记忆：从前在大洋生活的某些鲸类长有巨牙，它们的粗大牙齿也突向前面，但是没有攻击力了。即使用来咀嚼的牙齿也不十分明确，既非食草动物，也非食肉动物。这种牙齿既不适于食草，也不适于食肉，还在缓慢地变化。

两种情况减轻了鲸的运动：体内大量的脂肪，能漂浮在水面；强有力的尾巴左右击水能推动向前。然而，这两样东西却成了两栖动物的极大累赘：它们在浅水域只能扑打，在岩石上又得爬行，就像笨重的蜗牛了。鱼十分灵活，不免嘲笑这样一种不能捕食的动物。海象只能捉到同样缓慢的软体动物，渐渐开始吃繁茂的墨角藻。墨角藻含有胶质，营养丰富，吃了容易发胖，不像吃肉那样长力气。

儒艮就是这样一种动物，这种稀少的大块儿在红海、马来西亚岛屿和澳大利亚海域见得到，它们爬行，栖止在那里，胸脯乳房都浮在水上。有时也称作天幕下的儒艮，懒洋洋的，偶像一般庄严，但是不大会自卫，不久便消失了，回到寓言的领域，列入被我们轻率地嘲笑的那些真实的传说中。

是谁发生了这么大变化，演化出陆地的鲸类，海鲸的兄弟，儒艮和海象呢？在人类出现之前，大地确实非常太平，非常温馨，植物食品很有吸引力，不像海中猎物那样逃窜。当然，相爱也一样，对于鲸是那么艰难，而在两栖类安定生活中却极容易。

爱不再是追逐与偶然的游戏。雌兽也不是那种骄傲的巨鲸，要雄鲸跟随到世界的尽头。现在，雌兽服服帖帖，躺在起伏的海藻上，唯自己的老爷之命是从，为它安排了温柔缠绵的生活。没有什么神秘可言了。两栖动物干脆就生活在阳光下，雌性数量众多，都十分殷勤，组成了后宫。生命从野性的诗意，跌进了市民的习俗，也可以说跌进了太容易寻欢作乐的恬静生活。雄兽，便是和善的族长，它那大脑袋、胡子和长牙，一副可敬的样子，它在宝座上，左拥夏甲，右抱撒拉[1]，两边还有利百加[2]和利亚[3]，全是它的爱姬，还有簇拥在它周围的一小群孩子。在安定的生活中，这个满面红光的族长的巨大力量，就全部转向家庭的柔情上。它拥抱妻子儿女，表现出笃爱之情，但是又骄傲，又好发火。它很勇敢，随时准备为家人而死。唉！它的力量和愤怒不大顶用。它那大块头就把它出卖给了敌人。它再怎么吼叫，再怎么往前爬，想要战斗却办不到，躯体庞大的早产儿，在水陆两界都不成气候，就像被解除武装的凯列班[4]！

※ ※ ※

体重是鲸的致命要害，在海象身上犹有过之。还应当缩小身躯，减轻肥膘，灵活脊椎，尤其取消尾巴，或者干脆劈开，成为叉子状，而两条肉滚滚的延伸体，将来会更有用处。新生的动物海豹，身体更轻便，是游泳和猎食的高手，生活在海中，而爱情却在陆地（它的小天堂），一生都在不断努力争取回来，回到这陆上，攀缘岩石，给呼唤它的妻子儿女送去鱼。它嘴里叼着鱼，没有海象那种长牙帮助攀登，就运用

1　夏甲和撒拉都是《圣经》中的人物。亚伯拉罕的妻子撒拉不能生育，就让丈夫和她的使女夏甲同房。夏甲生下以实玛利之后，撒拉也怀孕，生下以撒。

2　利百加：《圣经》中的人物，以撒的妻子，生了以扫和雅各。

3　利亚：《圣经》中的人物，雅各的第一个妻子，生有六个子女。

4　凯列班：莎士比亚剧作《暴风雨》中的人物，丑陋而带野性的恶奴。

上半身、下半身的四肢，紧紧抓住海藻，尽量伸长，分开四肢，这样分叉久而久之，结果就长出了五指。

海豹身上非常美的、人一瞧见那圆脑袋就会动心的，正是那大脑的能力。除了人，任何动物的大脑都没有发达到那种程度（布瓦塔尔语）。我永远忘不了阿姆斯特丹动物园中的海豹，它们给人的印象很深，甚至超过了猴子：猴子的鬼脸让人反感。那园子相当美，组织得很好，是世间最美的一个景点。那是七月十二日，一场暴雨过后，气压还很低。两只海豹到水中纳凉，游泳并蹿跳。它们休息的时候，便注视着对面的游客，那毛茸茸的眼睛又聪明又和善，友好的目光落到我身上，略带几分惆怅。它们缺少，我们也同样缺少交流语言。看着它们，眼睛不忍离开，不免遗憾心灵与心灵之间，永远隔着这道屏障。

大地是它们的心灵之乡，它们生在大地，相爱在大地，受伤之后，它们也到陆上结束生命。雄海豹带着怀胎的雌海豹来到岸边，安排它们躺在藻类上，并捉鱼给它们吃。它们性情温和，能和睦相处，彼此还能照应保护。只是到了发情期，它们才犯浑，容易打斗。每只雄海豹有三四个妻子，安置在足够宽敞、长满青苔的岩石上。这是它的地盘，不容侵犯。雌海豹非常温柔，没有防卫力量，如果遇到伤害，它们就流泪，痛苦地挣扎，眼里充满绝望的神色。

雌海豹怀胎九个月，抚养幼崽儿到五六个月，教授游泳，捕鱼。如果丈夫不嫉妒，它们就会让小海豹留在身边的时间长一些。可是，父亲要把孩子赶走，害怕做母亲的心太软，别给它增添一个竞争对手。

※ ※ ※

接受这么短时间的教育，当然限制了海豹的进步。只有出色的海牛部落，母爱才是完全的，父母不忍心赶走孩子。母亲要把小海牛久久留在身边。雌海牛重又怀孕，在奶第二个孩子时，还能看见它带着长子，一头小公海牛。父亲不但不虐待，也同样喜爱小海牛，让它跟着母亲。

海牛所特有的这种无比深厚的温情，表现在生理进步的机体中。在游泳高手海豹身上，在特别笨重的海象身上，胳臂仍然是鳍，还紧紧贴着躯体，不能打弯。后来，雌海牛，温柔的两栖女性，如我们的黑人所说“水的妈妈”，终于完成了这种奇迹。在执着的努力中，两条胳臂全能弯曲了。天性使然，总是千方百计，一心要爱抚孩子，要抱起来，搂在怀里。韧带逐渐退让，延伸，由着小臂长出去，从小臂又扩散出一块棕榈叶形的息肉——这便是手了。

于是，海牛就有了这种最大的幸福：用手抱住孩子，搂在胸口。它抱起孩子，放在自己心上。

这两件大事，这些两栖动物还能大大发扬：

在它们身上，已经长出手来，灵巧的器官，将来劳作的主要工具。手再变得灵活些，就能协助牙齿，像海狸那样，技艺也将发端了，首先能为家庭造庇护所的技艺。

此外，教育也变得可行了。孩子放在母亲的心上，逐渐浸透了母亲的生命，并且长时间留在母亲身边，直到能够学习的年龄。这一切则取决于父亲的慈善，能留下这个无害的竞争对手。这就保证了进步。

※ ※ ※

如果相信某些传统的说法，生物总是持续不断地进化。发达的两栖动物接近人形，就变成半人了，即海人，特里同[1]和美人鱼[2]。只不过与寓言中歌声美妙的美人鱼相反，这些两栖动物始终哑默，无力自创一种语言，与人沟通，并得到怜悯。这些种类必然要灭绝，正如我们看到的不幸海狸，要死时只会流泪，不能说话。

有人非常轻率地断言，海人这种奇特的形象就是海豹。难道是人们的认识有误吗？海豹，无论哪一种类，已经相当古老。从七世纪起，在圣科隆邦时期，有人就捕到海豹，并开始吃海豹肉了。

然而，到十六世纪才谈论的男女海人，不是一时在水中看到，而是带到陆地展示、喂养，那是在大中心，安特卫普

1 特里同（Triton）：希腊神话中的海神，下半身像鱼。

2 美人鱼：希腊神话中的美女神，音译为塞壬，共有八名（另一说三名），住在地中海的一个小岛上，常用美妙的歌声诱使航海者触礁沉没。在希腊神中为人身鸟足，后来在传说寓言中变为人身鱼尾。

和阿姆斯特丹，在查理五世[1]和腓力二世[2]的治下，维萨里[3]和头一批学者都亲眼目睹。有人谈到一名女海人，穿上了修女服，在一所修道院里生活了许多年，那里谁都能见到。她不讲话，但是干活，纺线。不过，她还改不了喜欢水的习惯，要极力克制才能从水边掉头回去。

有人要问：这些海人如果真的存在过，又为什么寥寥无几呢？唉！我们也没有必要深入探讨答案。只因在一般情况下，他们都被杀害了。因为他们是“怪物”，让他们活着是犯罪。这是古老传说特意强调的。

凡是不符合动物界已知形体的，反之，凡是接近人的形体的，就被视为“怪物”，就赶紧结果其性命。母亲的不幸，是至少要生下一个畸形儿，却无力保护，被人扼杀在床铺上。大家认为那是魔鬼的儿子，是魔鬼的一个阴谋诡计，制造出来是为了侮辱自然万物，毁谤上帝。再说，那些海人实在太像人了，很容易让人以为是魔影。中世纪对此万分恐惧，把海人的出现算作上帝愤怒时，用以警惕有罪之人的恐怖景象。那时人们都不敢提起他们，草率地清除了事。就是很有胆识的十六世纪，也还仍然认为他们是“披着人皮的魔鬼”，只能用渔叉去对付。等到不信教者竞相收养并展示他们时，他们

---

1 查理五世（Charles V，1500—1558）：神圣罗马帝国皇帝，1519—1556 年在位。

2 腓力二世（Philip II，1527—1598）：查理五世之子与继承人，西班牙国王、那不勒斯、西西里和葡萄牙国王。

3 维萨里（Andreas van Wesel，1514—1564）：佛兰德斯解剖学家。

已经所剩无几了。

他们至少留下遗骸、尸骨了吧？将来会知道的，欧洲各博物馆迟早要全面展示海人的大量遗物。缺少展厅，这我很清楚，如果非要占用好多大展厅，那么什么时候都缺少位置。其实，最简陋的场所就可以，一座宽敞的大棚（花费极少），就能陈列这样结实的收藏品。时至今日，人们只见到一些选展的样品。

还应当补充一点，两栖类动物标本，为了展示其真面目，就应当表现这些“怪物”特别像人的方面，如能给人造成假象的胸部和姿态。把这份荣誉留给它们吧，它们已经为此付出相当大的代价。就让海豹母亲或者海牛母亲，在岩石上向我呈现出美人鱼形象，初步尝试用手和乳房将孩子搂在怀里。

※ ※ ※

这能表明这些两栖类动物如果一直进化，本可以上升到我们人类吗？这能表明它们就是人类的创造者和祖先吗？马莱相信这一点。依我看，根本不可能。

毫无疑问，一切生命都从海洋开始。然而，顶端为人的陆地最高级动物系列，并不是从相对应的海洋最高级动物系列进化而来的。海洋最高级动物已经太固定了，太特殊了，不可能生育天性如此不同的软胚胎。它们发展到了极致，几乎穷尽了它们种类的繁殖力。在这种情况下，长辈灭绝了，要在很低下的、有一定亲缘关系的默默无闻的后生中，产生新的系列，再往高级进化。

人不是它们的儿子，而是它们的兄弟——一个死对头的兄弟。

※ ※ ※

终于出现了强者中的强者，世界机灵的、活跃的、残忍的国王。我的书发光了。可是要照亮什么呢？有多少可悲的事情，我现在应该置于这种光亮中！

这位创造者，这个专制的上帝，他善于在天性中搞出第二天性。那么他如何处理另一个天性，最初的天性，即第二天性的奶娘和母亲呢？让后者长出牙齿，它就咬起乳房。

多少动物曾经生活得非常舒适，便人性化了，开始尝试艺术，今天全都吓傻了，全都呆头呆脑，成为十足的畜生了。猴子，原是锡兰[1]国王，猴子的智慧在印度也鼎鼎大名，如今却变成了可怕的野兽。富有创造性的大象，遭受猎杀和奴役，也变成地道的干重活的畜生了。

最自由的动物，从前给海洋增添多少欢乐。这些和善的海豹、温情的鲸，大洋的和平的骄傲，全都逃往两极的海域，逃往冰的严峻世界。然而，那样严酷的生活，它们不可能都

1 锡兰：斯里兰卡的旧名称。

忍受得了，再过一段时间，它们就会完全消失了。

一个不幸的种族，波兰农民一族，在心中发现了逃至立陶宛湖的流亡者哑默的含义和智慧。他们说:“谁惹海狸流泪，谁就永远不会成功。”

艺术家变成战战兢兢的畜生，就什么也不知道，什么也干不了了。在美洲残存的那一些，始终在退却和潜逃，没有勇气做任何事情。从前有一位旅行者，在很远很远处，高山湖附近，就发现一只海狸，看到它小心翼翼地重操旧业，要给家庭造一个窝。它一瞧见人，手上的木头便失落了，它甚至不敢逃开，只是无可奈何地痛哭流泪。

第三卷　征服大海

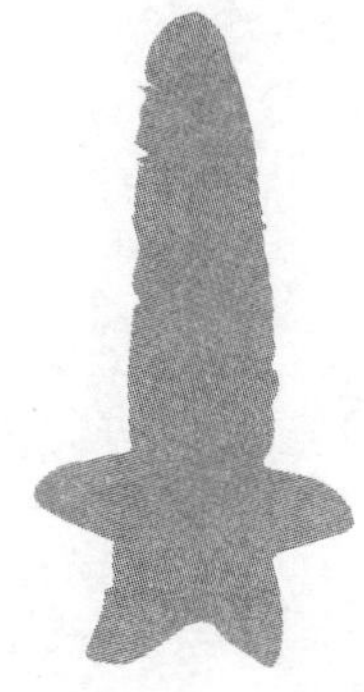

一

渔叉

约翰·罗斯[1]天真地说："海员望见格陵兰，看到这片大地却毫无乐趣。"这话我相信。首先，这是铁壁的海岸，景象十分冷酷，陡峭的黑色花岗岩，甚至连雪都留不住。此外，举目四望，唯见冰封雪域。根本没有植物。这片荒凉的大地，仿佛是死亡和饥饿的国度，遮住我们的视线，望不见极地。

在水不冻冰的极短时间，人还可以生活。然而，一年有九个月是冰冻期。这么长时间怎么办呢？吃什么呢？寻觅食物也不大可能。黑夜要持续好几个月，有时黑洞洞的，伸手不见五指。就说凯恩[2]，明知他的几条狗围在身边，也只能通过狗的喘息、潮湿的哈气来找见它们。在漫长的，如此漫长

1　约翰·罗斯（John Ross，1777—1856）：苏格兰海军军官。三次去美洲北极地区探险，发现了布西亚半岛、威廉王岛和布西亚湾，并进行了测量。格陵兰现隶属丹麦。

2　凯恩（Elisha Kent Kane，1820—1857）：美国物理学家和北极探险的先驱者。1853年5月31日，他乘"前进"号船离开纽约，驶向格陵兰西北部，进入现今称为凯恩湾的海域。船只被冰冻封住，他带领随从人员还是完成了多项地理、气象、地质的科学研究。1855年3月，他们弃船，开始85天的陆上旅程，后被一支救援队找到，于1855年10月返回纽约。

的黑暗中，在这片覆盖着穿不透的冰层、不毛而令人绝望的土地上，却依然游荡着两个孤独者：这两者坚持生活在那里，生活在不可能生存的绝境。一个是善捕鱼的熊，贪婪的游荡者，全身皮毛丰满，脂肪厚实，能长时间忍受饥饿。另一个形象怪异，远看像一条尾部立起来行走的鱼，说是鱼发育又不完善，样子笨拙，长长的鳍垂下去。这条假鱼就是人。两个游荡者相互寻找，彼此嗅出气味。两个都饥肠辘辘。不过，熊往往逃避，不敢接战，认为对方更加凶狠，饿得更加难熬。

人处于饥饿状态尤其可怕。他手持一把普通的渔叉，追逐这只巨大的野兽。除了这个令人生畏的伴侣，如果再没有可猎食的动物，那么人有多少条命也都玩完。人只依赖犯罪活着。大地寸草不生，人就向海洋觅食，可是海洋又封冻，那就只有猎杀他的朋友海豹了。他能在海豹身上集中找到海的油脂，没有海豹油，人不饿死，也早就冻死了。

格陵兰人的梦想，就是死后到月亮上去，那里会有取暖的木柴，有火，有炉火的光亮。在世间，海豹油就替代这一切，人大量喝下去，身体就发热了。

人同这些懒洋洋的两栖动物相比较，形成巨大的反差。即使在这种气候条件下，这些两栖动物也能生活，不至于遭大罪。海豹眼睛温柔，足以表明这一点。它是海的婴儿，总跟海保持联系。它停留在冰层的缝隙之间，这个游泳高手能搞到足够的食物。有人可能以为它很笨重，它却能非常敏捷地爬上冰块，当作乘坐车船。海水很稠，密布软体动物、活跃的粒子，给鱼提供丰富的营养，鱼又供海豹食用，海豹吃得肥肥的，卧在它的岩石上酣然大睡，可谓高枕无忧。

人的生活则截然相反。他生活在这里，似乎不是上帝的安排，而是受到诅咒，一切都向他开战。我们有几张爱斯基摩人的照片，从爱斯基摩人凝注的目光里，从他冷酷的、黑如夜色的眼睛中，人们能看出他那残酷的命运。他似乎化作一种幻影，一种无限悲怆的日常景象。这副永恒恐怖的肖像画，用一张青铜面具遮掩了他的睿智：在充满意外危险的生活中，头脑反应神速，能随机应变。

※ ※ ※

他有什么办法呢？全家挨饿，他的孩子都在号叫；他怀孕的妻子卧在雪地瑟瑟发抖。极地的狂风不知疲倦，向他们投来这种雪粒的洪流，这种飞旋的万箭，刺骨钻心，让人迟钝，丧失意识和声音。然而，海豹就在附近。一只海豹腹中有多少条鱼，聚积了多么丰厚的油脂！它就睡在那边，毫无防备。海豹即便醒来，也不大逃避，而是让人走近，触摸。海豹同海牛一样，必须拿棍子打才能赶开。拾得的小海豹，扔进海里也是白费劲，它们执拗地跟随着你。如此容易猎取的动物，势必让人于心不忍，犹豫再三，要抵制这种诱惑。可是，严寒最终胜出，将人变成凶手。人一犯了罪，生活就富有了。

海豹肉填饱这些饥腹。大量摄取的油脂，也温暖了他们全身。海豹骨在日常生活中能派好多用场。纤维组织可以搓成粗绳和细绳。海豹皮按照妻子的身材切割，给她披上以防打寒战。夫妇二人都穿同样的海豹皮袄，只是她给丈夫那件下端加长些，还特意用红皮条缝上边，讨丈夫欢心和深爱。不过，他们巧妙地缝制海豹皮，做成轻便而结实的器具，更有用处；无畏的汉子大胆登上去，他取名“舟”。

细长的舟小得可怜，没有什么分量。完全密封，只留一个洞，容桨手下身钻进去，皮筏口紧紧扎在腰上。一般人总要打赌，说那东西准会沉没……其实不然。小皮舟如箭一般，飞过浪尖，消失了又重现，行驶在冰山之间，起伏颠簸在周围冰块所造成的急流漩涡里。

人与舟，合为一体。一体是一条人造的鱼。但是比真鱼低级！他没有鱼的器官，没有能随意让躯体加重或减轻，在水中沉浮的鱼鳔。他也没有油脂，而油脂比水轻，总是浮游在水面上。他尤其缺乏真鱼游动活力的那种机制：真鱼的刺剧烈收缩，力量传到尾部，击水非常强劲。他只能模仿鳍的动作，但是力度差多了。他的双桨并不紧连着身体，而是通过长长的手臂远远地划动；比较起来既软弱无力，又很容易劳累。这些缺陷，谁来弥补呢？人的巨大能量，在这副凝滞面具的掩饰下，他的理性特别敏捷，每分每秒，都能闪现念头，不断地做出决定，想方设法，及时化解这只唯一能保他不死的皮舟所遇的危险。

行驶中经常路不通了，前面挡着一道冰障。这时候，角色就变换了。原来是舟载人，现在是人扛舟，扛在肩上，穿过咯咯作响的冰层，然后再放下水，重又划行。有时迎面漂来几座冰山，只留逼窄的过道，会突然开合。他可能消失在夹缝中，活埋在冰山下；他随时可能看见两堵蓝莹莹的墙壁靠近，挤住他的小舟，挤住他的身体，压力大得惊人，能将他挤扁，挤得细如头发丝。就是一艘大船，也难逃此劫。大船会被切成两段，两段都挤碎挤扁。

※ ※ ※

爱斯基摩人肯定地说，他们父辈捕过鲸鱼。那时还不这么悲惨，他们居住的大地不这么寒冷，他们也更为灵巧，肯定使用了铁器。估计他们来自挪威或者冰岛。格陵兰海域游弋的鲸，数量始终极多。对于油脂为第一需要的人来说，这种庞然大物正是贪欲的对象。鱼一滴一滴出油，而海豹油脂成堆，鲸的油脂则成山。

头一个尝试捕鲸的人，真是条好汉：他没有好装备，没有好武器，脚下大海咆哮，身处黑暗中，在冰块之间，单独叫板，去会这只巨兽。

此人高度信赖自己的力量和勇气，信赖自己的臂力、渔叉的力度，能一击成功。此人相信能穿透皮肤和脂肪壁，穿透厚厚的肉。

此人也相信，受伤的巨兽一旦醒悟就十分可怕，连连狂跳，猛力摆尾，掀起狂风巨浪，但是不会把他拖进深渊。他还给渔叉拴了一条绳索，以便追捕他的猎物，真是胆大包天！全然不顾巨兽骇人的挣扎，也不想想那巨兽受了惊，可能一头扎下去，猛然下沉，往深水中逃窜。

此外，还有一种危险：他撞见的不是一般的鲸，而是鲸的对头，抹香鲸（lecachalot），海洋的恐怖。抹香鲸个头儿不大，身长不过60—80尺。它的头就有20—25尺长，占全身的三分之一。捕鲸者碰到这种情况，那真是祸从天降！他就变成了鱼，成了这个怪兽的猎物。抹香鲸长有48颗巨齿、骇人的大颌骨，能连人带舟一口全吞进去。抹香鲸似乎特别嗜血，总逞淫威，横冲直撞，所有鲸类（les cétacés）都惊叫着仓皇逃遁，甚至搁浅在岸边，躲藏到沙中或泥里。抹香鲸即使死了，鲸也都怕得要命，不敢靠近它的尸体。抹香鲸最狂野的种类称作l'Ourque，古人称le Phsétère，冰岛人特别畏惧，在海上连名字都不敢提，唯恐抹香鲸闻声而至。反之，他们认为有一种鲸，座头鲸（la Jubarte）喜爱并保护他们，招惹那怪物，以便解救他们。

※ ※ ※

好多人讲，如此骇人听闻的冒险，最先敢干的人必定是狂热型的，"性情古怪而头脑发烧"。依他们之见，这种事情，开头干的不可能是北欧国家那些明智的人，而是我们的巴斯克人，晕头转向的英雄。他们行远路健步如飞，是佩尔迪山的猎手，又是毫无节制的渔夫。他们驾着小船，飞驰在他们波涛翻滚的海上，或者加斯科涅海湾漩涡中。他们在那里捕金枪鱼。他们看见鲸在嬉戏，便在后面追赶，就像他们见到比利牛斯岩羚羊那样紧追不舍，一直追到沼泽地、深渊绝境，追到最险恶的地方。这个庞大的猎物，以其躯体之硕大，机会之难得和捕猎之危险，便有巨大的诱惑力，他们冒死追捕，无论追到哪里，哪怕追到天涯海角。不知不觉中，他们一直推进到了极地。

可怜的巨兽以为总算没事了，绝难料到人还会疯狂到这种地步，因此，当我们这些英勇的冒失鬼悄无声息摸近的时候，它还在安心地睡大觉。

体格最健壮、身手最敏捷的人，紧了紧红腰带，一个箭步离了船，跳上这个阔大的脊背，生死置之度外，“嘿！”地大吼一声，将渔叉深深刺进去。

二

发现三大洋

谁为人类开启了远洋航行？谁揭示了海洋，标出了区域和航路？总之，谁发现了地球？是鲸和捕鲸人。

这一切早在哥伦布和著名的淘金者之前。哥伦布和那些淘金者简直誉满天下，大肆炫耀，他们不过重新发现那些渔夫曾经发现的事物。

穿越大西洋，在十五世纪成为盛大的庆典，其实这种航行已是常事，取道从冰岛至格陵兰的狭窄通路，甚至横渡大洋。须知巴斯克人要去新地[1]，要到世界尽头寻求这种天大的危险，同鲸的决斗，对于这样一些人来说，横渡大洋所冒的危险还是小意思。前往北欧的海域，在漆黑的夜里，可以说险象环生，随时会遇难，同这座有生命的山进行肉搏，脚踏在山上，下面就是深渊，敢于这样做的人，必定练就一身胆量，海上寻常所遇的种种事件，无不等闲视之。

高尚的战争，培养勇气的大学。这种捕猎不同于今天：

1　新地（Terre-Neave）；英文为 Newfoundland（纽芬兰），美洲北部的一个大岛屿。1497 年由意大利航海家约翰·卡伯特（John Caboto）发现，成为英法争夺之地，1949 年成为加拿大第十个省。

如今驾驶一台机器，小心翼翼，在远处操作，是一种轻而易举的杀戮。从前是徒手搏击，直接冒着生命危险，猎杀鲸的数量很少，但是极大地长进了航海的技巧、耐心、洞察力和坚忍不拔的精神。他们获取的油脂少些，但是更值得赞颂。

在展现勇敢方面，每个民族都有特殊的天赋。从行为方式就能辨别不同的民族。勇敢有各种各样的方式，其逐步演变仿佛构成英勇的等级系列。在北欧，斯堪的纳维亚人，（从挪威到芬兰的）红棕头发的种族，多血质而容易发怒。——在南欧，巴斯克人的冲动，清醒的狂妄曾十分有效地指引环球航行。——在中欧，布列塔尼人的坚定，沉默而隐忍，在危险时刻又有崇高的古怪之举。——最后，诺曼底人的智慧，用群体和远见卓识武装起来，计较得失的勇敢，向一切挑战，但是务求成功。这就是人在至高无上的活动中所呈现的美。

※ ※ ※

我们大大借力于鲸：如无鲸类的吸引，渔夫就不会离开沿岸一带，因为，几乎所有鱼类都在近海生活；是鲸解放了渔夫，带领他们漫游。他们被引向远海，而且渐行渐远，但是不管跟踪多远也紧追不舍，不知不觉他们就从一个世界到了另一个世界。

那时冰要少些，他们肯定地说踏上了极地（还不到 30 公里的距离）。他们对格陵兰没有兴趣，他们并不寻找大地，仅仅寻找海洋和鲸的路线。鲸的栖身之所是整个大洋，它们在大洋中，尤其在远洋中漫游。每个种类喜爱居住在一定的纬度，水温相对低的海域。这就给大西洋划分了几个大区域。

低级的鲸群背上长一只鳍，名叫鳁鲸（baleinoptères），分布在最热和最冷的海域，即赤道一带和极地海域。

在温带的辽阔区域，凶猛的抹香鲸靠南一点儿，扫荡了温水海域。

露背鲸类（la baleine franche）则靠北一些，它们惧怕，确切地说曾经惧怕抹香鲸（因为，它们的数量如今少极了！）。露背鲸主要以软体动物或者其他低级生物为食，便在偏北一带温水海域寻觅。在南方的暖流中，从来见不到露背鲸。这就促使人注到暖流，也导致这一主要的发现："从美洲到欧洲的真正通路"。从欧洲到美洲，人是受到大西洋东部和太平洋信风的推动。

露背鲸既然怕热水，不可能穿越赤道，那也就不可能绕过南美洲。那么，在我们大西洋一侧受了伤的一头鲸，怎么会到另一侧，跑到美洲和亚洲之间呢？"这表明北欧地区存在一条通道。"第二个发现。一束明亮的光投向地球的形状和海洋地理。

鲸就这样把我们带向各地。不过今天，鲸带我们去探索两极的情况就少而又少了，难得去太平洋的最后角落白令海峡，以及南极洲无边无际的海域。甚至还有一大片区域，从来没有通过任何国家的船只，也没有通过商船，距南美洲和非洲的尖端几个纬度。除了捕鲸人，谁也没有去过。

※ ※ ※

十五世纪的那些伟大发现，如果人们有些意愿，早就可以办到了。应当请教海上的漫游者，请教巴斯克人、冰岛人或者挪威人，再不就请教我们的诺曼底人。基于不同的原因，人们信不过他们。葡萄牙人只肯使用他们自己人，他们从学校培养出来的人。他们害怕我们的诺曼底人，一见到诺曼底人就驱赶，剥夺他们在非洲海岸的经营。此外，卡斯蒂利亚历代国王，对他们的臣民巴斯克人总抱怀疑态度，只因巴斯克人享有一定特权，就像建立了共和制，他们还被视为危险的桀骜不驯的人。正因为如此，这些国王错失了何止一件事业。我们这里只举出一件：无敌舰队（L’Invincible Armada）。腓力二世麾下有两位老海军上将，都是巴斯克人，于是派一个卡斯蒂利亚人指挥。那个统帅一意孤行，不听两位老海军上将的忠告，结果遭到惨败。

※ ※ ※

十五世纪暴发一场可怕的疾病：饥馑，渴望黄金，绝对需要黄金。各国人民和国王，无不为黄金而痛哭流涕。再也找不到任何办法平衡支出和收入了。假币、残酷的诉讼和惨无人道的战争，什么手段都用上，就是没有黄金的影儿。炼金术士应运而生，许诺过不了多久，就能炼出黄金，但是必须等待。税务机构如同一头饿得发狂的狮子，吃掉犹太人，吃掉摩尔人[1]，而吃下这样的美食，牙齿间却什么也没有留下。

人民也处于同样状态。他们瘦得皮包骨，就连骨髓都给吸干了，他们请求，哀恳出现奇迹，从天上降下黄金雨。

大家知道非常美妙的辛巴达[2]的故事（《一千零一夜》），故事的开头，也是永恒的故事，总在不断地重演。可怜的劳动者尹伯达背着木柴，走在街道上，听见辛伯达豪宅里举办的音乐会，盛大的宴会。他拿自己比较，非常羡慕这个发了财的伟大旅行家。可是，辛伯达却向他讲述为了获取黄金，他都吃了多少苦，遭了多大罪。尹伯达听了讲述不胜惊骇。故事完全达到了效果：既夸大了漂洋过海的危险，也夸大了这种撞大运的收益，同时也给安心本行劳动的人泼了一盆冷水。

这一传说，在十五世纪把所有人的头脑都搅昏了，这是赫斯珀里得斯寓言的一个翻版，一个埃尔多拉多，被人置于印度的黄金地，疑为人间天堂，一直存在于世间。关键就是找到。他们不往北欧方向去寻找，因此极少利用新地和格陵兰的发现。反之，往南去，已经在非洲发现了金粉。这给人以鼓舞。

一个卖弄学问的世纪，那些幻想家和博学之士，搜集大

---

1 摩尔人（les Maures）：中世纪侵入西班牙的北非的伊斯兰教徒。

2 辛巴达（Sindbad）：《一千零一夜》中的人物，他讲述了自己七次远航中的历险见闻，人称水手辛巴达。约在阿拔斯王朝初期（750—850），巴士拉商人冒极大危险，同东印度和中国进行贸易。辛巴达运载货物，从巴士拉启航，途中不是被弃置荒岛，就是遇海难，但是他能随机应变，也靠幸运才九死一生，并发财还乡。

量文本，进行评注。发现，本身并不是难事，可是，经过一再阅读，思考，一再添加虚无缥缈的乌托邦，发现就变成了难事。这个黄金地，是不是所说的乐园呢？它是我们的对蹠点（les anti podes）吗？我们有对蹠地吗？……一提到这个字眼，神学博士，身披黑道袍的人，就制止了学者，提醒他们注意，教理在这方面已有明文规定，对蹠地是异端邪说，早已明令禁止。

这就是一种难以克服的困难！到此戛然止步。

已经发现了的美洲，为什么那么难于再次去发现呢？正是因为既渴望，又害怕找见美洲。

※ ※ ※

意大利出版商哥伦布很有学识，他要远航一事，已经成竹在胸。他曾去过冰岛，搜集各种传说；此外，巴斯克人向他全面介绍了他们所了解的新地的情况。一个威尔士人还曾被抛在新地，在那里居住过。哥伦布挑选平松兄弟为合作者；而平松兄弟是定居在安达卢西亚的船主，据说正是迪耶普[1]的平松兄弟。

这后一点很有可能。我们的诺曼底人和巴斯克人，都是卡斯蒂利亚的臣民，彼此关系非常密切。正是这样一些人称

1　迪耶普（Dieppe），同下一段出现的翁弗勒尔（Hon-fleur），都是诺曼底的港口城市。

卡斯蒂利亚人，在诺曼底人贝唐库尔[1]的率领下，完成了加那利群岛（纳瓦雷特）的著名远征。我们的国王十分看重定居在翁弗勒尔和迪耶普的卡斯蒂利亚人；反之，迪耶普人却把商行设在塞维利亚。不能确定一个迪耶普人比哥伦布早四年发现了美洲，但是几乎可以肯定，安达卢西亚的平松兄弟是诺曼底的船主。

无论巴斯克人还是诺曼底人，都不可能以他们自己的名义，争取卡斯蒂利亚当局的授权。这事必须由一个机灵而能言善辩的意大利人，由一个执着的热那亚人[2]出头，这件事追求十五年，终于发现千载难逢的时机，紧紧把握住了，设法打消当局的顾虑。这个时机便是摩尔人统治垮台[3]，使卡斯蒂利亚付出极大的代价，“要黄金！”的呼声越来越高了。这个时机便是西班牙节节胜利，心痒难耐，要进行十字军和宗教裁判的战争。这个意大利人抓住了这一杠杆，他比虔诚的天主教徒还要虔诚。他甚至奉教会之命行事：教会要让伊莎贝

1 贝唐库尔（Jean de Béthencourt，约 1360—1425）：诺曼底船长，加那利群岛的殖民者，他为卡斯蒂利亚征服了位于大西洋的加那利群岛。

2 哥伦布（Colombo，约 1451—1506）：热那亚航海家，生于热那亚，故称“热那亚人”。他于 1477 年计划取道西路航行到日本和中国，先是得到葡萄牙国王的支持，转而又效命于西班牙君主，十五年后，即 1492 年，卡斯蒂利亚女王伊莎贝拉一世提供给他三艘远洋帆船，他才实现发现新大陆的航行。

3 摩尔人入侵西班牙，于十一世纪创立格拉纳达（安达卢西亚的一个地区，现为格拉纳达省）王国，直到 1492 年，首都被天主教国王攻破，摩尔人的王国覆灭。

拉有所顾忌，不能把那么多异教民族置于死亡的阴影之下。有人明确向她指出，发现黄金地，这就等于消灭土耳其，夺回耶路撒冷。

众所周知，三艘船中，平松兄弟就提供了两艘，由他们亲自指挥。他们向前行驶。不错，他们当中一个人出了差错；然而其余的人，弗朗索瓦·平松和他兄弟文森特，"尼娜"号的船长，都向哥伦布指出，他应该跟随他们往西南方向行进（1492 年 10 月 12 日）。哥伦布如径直向西航行，结果必定会正面遭遇从安的列斯群岛向欧洲的热流威势最强的区域。他要穿越这道热流墙壁会十分艰难，很可能船毁人亡，或者行驶缓慢到了极点，他的船员会奋起反抗。反之，平松兄弟也许了解前人的经验，仿佛亲历了这股热流，航行中避其汹涌而出的锋芒，朝偏南方向，就可以毫不费力地通过，抵达信风控制的区域：大西洋东部的信风推涌着海水，从非洲经过海地，流向美洲。[1]

1　平松兄弟是公认的西班牙船主和航海家。兄长马丁（Martin Alonzo Pinzon，约 1441—1493）及三弟文森特（Vincente，1460?—1523?），参加哥伦布第一次美洲的航行，分别指挥"平塔"号和"尼娜"号。10 月 7 日建议改变方向，使船队顺利驶抵美洲大陆，马丁曾擅自离开船队去寻找黄金和香料，在返航途中，他再次离队，打算抢先回国宣布探险中的发现，但哥伦布却先回到西班牙，而马丁落了个不忠实的名声，于 1493 年郁闷而死。文森特是西班牙最成功的探险家之一，他于 1500 年横渡大西洋，向西南方向驶去，发现亚马孙河入海口，从圣阿戈斯蒂纽角登上巴西海岸。1508 年，他又受西班牙国王派遣，去寻找一条通向香料群岛的航道，驾驶船沿中美洲海岸航行，但与搭档胡安·迪亚斯·德索利斯发生矛盾，于 1508 年 8 月返回（转下页）

这些情况，哥伦布本人也确认了，他在日记中坦率地承认，平松兄弟给他指引航路。

谁是望见美洲的第一人？平松兄弟的一名水手，如果相信 1515 年皇家调查的结论。

这样一来，大部分好处和荣耀就势必归于平松兄弟。他们也为此打了官司。然而，国王裁判偏袒哥伦布。为什么呢？就因为平松兄弟很可能是诺曼底人，而西班牙更喜欢承认一个没有气节和祖国的热那亚人的权利，拒绝法国人的权利：法国是一大对头，路易十二和弗朗索瓦一世的臣民，有朝一日很有可能将这种权利转让给他们的君主。平松兄弟因痛苦绝望而死了一人。

不过，是谁搬开教会抵触的巨大障碍呢？是谁以杰出的雄辩、机智和锲而不舍的精神，促使决定这次远航呢？是哥伦布，只有哥伦布。他是这项事业的真正创始人，也是非常勇敢的执行者。他配得上死后留下的荣名。

※ ※ ※

我认为，儒勒·德·布洛斯维尔先生（Jules de Blosseville，一个心地高尚的人，重大事物的卓越判断者）也持这种观点，我认为在这些发现中，真正难的是环球航行，麦哲伦和他的

（接上页）西班牙。弗朗索瓦·平松（Francisco Martin，1445—1502）是三兄弟中的老二。

船长，巴斯克人塞巴斯蒂安·德尔卡诺完成的事业。[1]

最辉煌，也最容易的，则是借助信风，横渡大西洋，直达从北路早已发现的美洲。

葡萄牙人做了一件还要不足为奇的事情，他们用了整整一个世纪，才发现非洲西海岸。我们的诺曼底人，只花很短时间就找到了一半。不管有人多么夸耀里斯本航海学校，赞扬创建那所学校多么有远见，可是威尼斯人卡达莫斯托（Cadamosto）在叙述中却证实，葡萄牙航海员很不灵活。他们一旦出现一个真正果敢的天才，绕过好望角的巴泰勒米·迪亚兹（Barthélemi Diaz），他们就用达伽马（Vasco da Gama）取代他。达伽马是王室的大贵族，主要是一介武夫。葡萄牙人并不追求纯粹意义的发现，主要考虑征服地方和掠夺财宝。达伽马英勇绝伦，但是他过分忠实地执行命令，在同一片海域容不得任何人。一船去麦加的朝圣者，全是一家一家人，他却野蛮地全给杀害了，激化人们的仇恨，整个东方闻基督

1　麦哲伦（Ferdinand Magellan，1480—1521）：葡萄牙著名航海家，被认为是环球航行的第一人。1517 年，他放弃葡萄牙国籍，转为西班牙国王查理一世效命。1518 年出任远征船队队长，为西班牙开辟新的通往摩鹿加群岛的路线。麦哲伦的最大功绩，就是率领船队绕过维尔京角，进入他们要找的海峡（后以麦哲伦的名字命名），通过海峡驶入“南海”（因海域风平浪静而称作“太平洋”），成为第一个从东向西横渡太平洋的人。1521 年 4 月 27 日，在马克坦岛与土著人作战，麦哲伦被杀。但是还有两只船，其中一只“维多利亚”号由塞巴斯蒂安·德尔卡诺（Sébastien del Cano）指挥，抵达摩鹿加群岛，再绕非洲南端好望角返回大西洋，从而证明地球是圆的。

教之名而越发憎恶，亚洲也越来越趋于关闭。

※ ※ ※

麦哲伦在远航之前，看到了由德国人贝海姆[1]制作的地球仪上标出的太平洋，确有其事吗？没有，那个地球仪并没有示人。他在他的主子，葡萄牙国王宫中，有可能看到标出太平洋的地图吗？有人这么讲，但无法证实。不过，在他之前二十年来，探险家们跑遍美洲大陆，已经亲眼望见了太平洋，这情况倒更有可能。这样的传闻，恰恰符合计算这样一种平衡所产生的观念：平衡论对我们所居住的半球和整个地球的均衡，都是必不可少的。

没有谁比麦哲伦的生活经历更为惨烈的了，一生都在战斗，远航，逃跑和打官司，遭遇海难和未遂的谋杀，最终还是死在野蛮人那里。他在非洲战斗，在印度战斗。他还在特别凶悍的马来人那里结了婚。他本人似乎也是个凶悍的人。

他在亚洲逗留很久，搜集各种有用的资料，准备大规模远征，试图从美洲驶抵香料群岛，摩鹿加群岛[2]。从产地直接购买香料，从印度西部获取，价钱肯定便宜，远非从前可比。这项事业，在最初的设想中，还是纯贸易性质的。（参看 Na-

1　贝海姆（Martin Behaim，1459—1507）：德国航海家，地图学家，他制作的纽伦堡地球仪是现存最早的地球仪。

2　摩鹿加群岛：马鲁古群岛旧称，隶属印度尼西亚。

varete，F.Denis，Charton 的论述。）在这地球上，人所做的最英勇的旅行的动因，就是购买低价的胡椒。

宫廷的意旨、阴谋诡计，当时在葡萄牙统治一切事务。麦哲伦受到虐待，便转向西班牙，而西班牙国王查理一世待为上宾，给了他五条船。然而，国王不敢完全信赖这个葡萄牙的变节者，派给他一个卡斯蒂利亚人做搭档。麦哲伦一出发，就受到两种危险的夹击：卡斯蒂利亚人包藏祸心，而葡萄牙方面也派人追杀报仇。他的船上不久便发生暴乱，而他展现无比凶悍和桀骜不驯，尽显英勇绝伦的气概，给他的搭档下了镣铐，独自一人当了首领。对于那些违抗者，他就命人刺杀，勒死，甚至剥皮。——经历这些内乱，又遭遇海难！损失几条船。——当海员们望见美洲南端尖角的骇人景象，凄凉的火地和阴森的福沃德角，谁也不愿意追随他了。这个地方，是由地壳剧烈的变动，由上千座火山猛烈的喷发，从大陆撕裂下来的，显示花岗岩饱受折磨的痛苦状。当初隆起膨胀，又突然冷却，形成龟裂，这种地貌令人胆战心寒。狰狞的怪相，形如尖镐、古怪的钟楼、无比丑陋的黑乳房、三个尖刺的凶恶牙齿，而这一大片熔岩石、玄武石、火山铁矿石，上面覆盖着凄凉的积雪。

大家都受够了。他却说："往前行驶！"他寻找，绕行，摆脱了上百个岛屿，终于驶入一片无垠的大海，那天海上非常"太平"，于是保留了这个名称。

麦哲伦在菲律宾丧命。毁了四条船，只剩下"维多利亚"号，船上也仅存十三人，但是有伟大的船长，百折不挠而坚不可摧的巴斯克人塞巴斯蒂安，哪怕一个人也还是返回出发地。

意义无比巨大。从此以后便确认，地球是球状的。这是物理学上的奇迹——水均衡地分布在一个球体上，着附而不脱离——从此得到证实。太平洋终于为人所知：这个阔大而神秘的实验室，大自然远离我们的视线，在其间潜心地加工生命，为我们制造大千世界、新的大陆。

意义深远的揭示，不仅在物质上，而且在精神层面：人受到鼓舞，胆量激增百倍，又投身另一次旅行，向科学的自由大洋进发，以大无畏而卓有成效的进取，去做环球无限的旅行。

三

风暴的法则

直到近来，才建造出适于长浪、驶往南半球的船只；那波浪极长，极其汹涌，在茫无涯际的海面上翻滚，堆积，形成名符其实的高山。那么，对当年第一批航海家，迪亚兹们和麦哲伦们，驾驶笨重的小船，就冒险驶入南半球，还有什么可说的呢？

尤其极地海域，北极和南极海域，必须特殊建造的船才能通过。然而，那些勇敢者，如卡博（Cabot），如布伦茨（Brentz），如威洛比（Willoughby），他们驾驶不成型的小舟，逆冰凌的湍流行进，直面斯皮茨山（Le Spitzberg），从阴森可怕的入口打开格陵兰，他们一直开辟到阿迪尤角，而直到今天，已有二百只捕鲸船撞碎在这角落。

昔日的这些英雄何以卓越，恰恰是因为他们无知、盲目的勇敢、万死不辞的决心。他们对海洋一无所知，敢于面对骇人的天气现象，但又不知其所以然。他们也未必更了解天。指南针是他们的全部行头。这些物理工具，没有一样能指引我们，能以如此明确的语言对我们讲话。他们好像闭着双眼行夜路，他们自己也说提心吊胆，但是绝不放弃。海上风暴、龙卷风、两大洋悲剧性的对话、人称为北极光的磁风暴，凡此种种幻景异象，在他们看来是被打扰的大自然雷霆大怒，是恶魔在搏斗。

※ ※ ※

随后三个世纪，进展十分缓慢。从库克和佩龙的经历中可以看出，即使离我们非常近的时期，航行还很艰难，充满危险和不确定性。

库克那么勇气十足，也不免胡思乱想，心里发毛，他在日记中写道："危险实在太大，我敢断言，谁也不会贸然比我航行得更远。"

恰恰从那之后，航行开始经常化，行程也更远了。

伟大的世纪，一个巨人世纪，十九世纪，冷静地观察了这些自然现象。十九世纪破天荒头一遭，敢于面对面观看暴风雨，记录它的愤怒，可以说是由它口授记录的。暴风雨的征兆、它的特性、后果，全部实录下来。继而，有人就加以阐述，并且概括出一般规律。出现了一种体系，标题很大胆：《论风暴法则》，如在从前很可能被视为异端邪说。

本来认为是天气无常的一种现象，现在却要归纳出一条规律。这些可怕的现象，一旦纳入某种固定的形式中，也就丧失其大部分威力。镇定而强大的人，身处险境，就可能考虑对付这样的天气现象，是否也可以用确定的办法防卫呢。一言以蔽之，假如风暴最终形成一门"科学"，那么人就不能创造一种救护的"艺术"吗？不能创造一种规避飓风，甚至

"借力"的艺术吗？

※ ※ ※

不过，只要人还固守旧观念，认为风暴即是"风的无常现象"，那么这门科学就不可能起步。人们通过仔细的观察发现，风绝不是无常的，而突发的风，往往催生风暴，但一般来说，风暴是一种"放电现象"，经常不借助风力。

法国国民公会议员罗姆（Romme，日历的主要作者）兄弟，打下了初步基础。英国人早就注意到，他们在印度洋遭遇风暴，航行很久却没有前进，又回到起点。罗姆搜集了所有观察资料，指出在中国、非洲、安的列斯群岛的海域，飓风对航行产生同样的影响。他头一个说明，阵风极少是直线的，一般来说，具有"回旋特性"的风暴，就是一种旋风。

美国1815年的旋状风暴，1821年（赫克拉火山大喷发的一年）的旋状风暴，风从四面八方刮向一个中心，这种现象引起美洲和欧洲人的注意。在罗姆之后，德国的布兰德（Brande），与他同时，纽约的雷德菲尔德（Radfield），也都走出了第一步。他们确立了这条规律：风暴一般是一种"逐步加强、自转着前进的旋风"。

1838年，巴巴多斯发生一场著名的风暴，死了1500人，灾后被派去的英国工程师雷德（Reid）明确指出，那场风暴是双旋转运动。而且，他的发现至关重要，因为他通过观察，得出这样的公式："在我们北半球，风暴从右往左旋转"，即由东向北，再转向西，转向南，回到东面。“在南半球，风暴从左往右旋转。”

这一观察具有重大实用价值，从此指导这项研究。

他写的书十分准确地取了这个特别的名字：《论风暴的法则》。

※ ※ ※

这是风暴“运动”的法则，而没有解释风暴的成因。这本书没有说明风暴如何生成，而风暴本身又是什么。

在这方面，法国重又有所表现。珀耳帖[1]在他 1840 年出版的《龙卷风的成因》著作中，通过大量事实和他的巧妙实验，确证了陆地和海洋的龙卷风“是放电现象”，而风只起次要作用。一百年前，贝卡里亚（Beccaria）对此就有觉察；可是，他留待珀尔帖从复制的方式深入研究；试验了微型龙卷风和玩赏的风暴。

带电龙卷风容易在火山附近产生，靠近地下的气窗，因此多见于亚洲的海域，而我们欧洲的海域则少见。

---

1 珀尔帖（Peltier，1785—1845）：法国物理学家，以发现珀耳帖效应著称。原是制钟匠，三十岁改行致力于科学研究，1840 年提出静电感应概念，这是一种使导体充电的方法。当电流持续流过两种不同导体所组成的电路时，电路一端变冷，另一端变热。这便是珀耳帖效应，二十世纪六十年代曾用来大批制造温差电制冷器。此外，他还写了许多论文，论述大气电（风暴、龙卷风）、水喷流、高海拔处的沸点等各种自然现象。

大西洋两端都开放，风完全畅通无阻，必然多刮直线风，而少生龙卷风。然而，皮丁顿（Piddington）却列举出大量回旋风。

从1840年至1850年，在加尔各答和纽约，编辑皮丁顿和莫里的作品数不胜数。莫里名扬天下，他绘制了地图，发表了《测算》《海洋地理》，今天航海的教科书。皮丁顿少些艺术家气质，但是同样博学，他在风暴的百科全书《海员指南》中，陈述了无数经验的结果，介绍了计算龙卷风或旋风的远近，确定其速度的详细方法，判断风的弧度、不同海浪性质的详细方法。他证实了珀耳帖的观点，接受了电是风暴的成因，驳斥了颠倒因果关系，从风中找出的所谓原因。

※ ※ ※

从前讲究征象的艺术、预兆的学问，也丝毫没有忽略，在这本出色的书中重又发扬光大。

落日也绝非毫不相干。如果落日鲜红，在海面留下血色的霞光，那么另一片大洋，天空的大洋，就正在给你准备一场暴风雨。一只环围住太阳，惨淡的圈中日色鲜红；变化的星辰仿佛在降落，这些也是上空在酝酿恶劣天气的信号。

如有以下天象，情况还要糟糕：暗紫色的小条云像箭一般，在脏兮兮的天空穿梭；乌云聚积，状如怪诞的建筑、折断的虹、塌毁的桥，形状千奇百怪。看到这种情景，你尽可相信，已经开始变天了。周围一片宁静，但是天边闪动着淡淡的电光。周围一片宁静，可是在这种寂静中，时而听见隆隆滚动的声响，忽又戛然而止。海水哀吟着扑到岸边，发出阵阵叹息。有时甚至从海底升起一种沉闷的声音……这里就应当注意："这是海的呼唤。"（英语成语）

鸟儿收到警告。鸬鹚、鸥或海鸥，如果离海岸不远，只见它们惊飞赶回陆地，钻进岩洞。如在远海，你的船就成为它们的岛屿和栖息地。它们绕船盘旋，有时干脆请你接待，落到你的桅杆上歇歇脚。黑色的海燕也很快飞来了，飞来避难的鸟儿无比机灵，善于将船置于它们和暴风雨之间的危险境地。

如果打雷，你应高兴才是。那是在高空放电。风暴则少有雷鸣。这种现象，古代人就观察到了，但是由珀耳帖给予科学的论证，再由皮丁顿和许多别人的经验所证实。

在高空聚积的电，如果不下雨，在寂静中传下来，那就要在低空放电，制造旋流，就会形成龙卷风和风暴。

※ ※ ※

船停泊在锚地，有时也会受到龙卷风的袭击。在 1698 年，兰福德（Langford）船长，在他的船停靠的港口。看见龙卷风来了，就立刻开船，寻求大海的保护。更为谨慎的船只留在港口，结果全被摧毁。

在马德拉斯（印尼）和巴巴多斯，有些信号就为警示停泊的船只。在加拿大，电报比天空的电流还要迅疾，从一个港口传到另一个港口，通知各港口风暴将陆续光顾的消息。

对于正在海上航行的海员，气压计是最好的参谋。它十分敏感，能显示暴风雨给它施加压力的准确度数。开头，气压计无声无息，仿佛在睡觉。继而，轻轻触碰它一下，是琴弓一动，要拉前奏曲。于是，它隐隐不安。它回应，震颤，摆动，收拢，降下来。富有弹性的大气，负载着沉重的水蒸气，压力渐大，突然又反弹，回升上去。气压计也有自己的暴风雨。水银柱有时就放出淡淡的光亮，充满气压管（佩龙曾提醒莫里斯注意这种现象）。在阵风中，它似乎得以喘息。达尼埃尔（Daniel）和巴洛（Barlow）说道："水气压计在起伏不定中，无异于一只野兽在呼吸，在喘气。"

龙卷风还是往前移动，有时很明显，电光照亮了范围又大又厚实的风柱。有时，它还喷火，投出火球，预告它莅临。1772年，安的列斯群岛那场大飓风，海水猛涨七十尺，在漆黑的夜里，一个个烈焰的球体照亮了岸边的小山。

龙卷风相当快就能逼近。印度洋布满岛屿和障碍，龙卷风每小时往往只能移动两海里，而从安的列斯群岛刮来的台风，则以每小时四十三海里往前冲。台风移动的力量，如果它本身不是内旋风和外旋风的搏斗中振荡的话，那是无法计算的。

不管移动快慢，风暴的威力是同样的。1789年，在科林加港（印度），只需片刻时间，一个浪头打来，就摧毁了所有船只，将船抛到陆地；第二个浪头打来，就淹没了整个城市；第三个浪头打来，全城房屋冲垮，两万居民死于非命。1822

年则相反，在孟加拉河口，看见龙卷风持续二十四小时，将空气和水吸上天，卷进去五万人。

形态不同。在非洲，则是大旋风（la tornada）。天气本来晴朗而宁静，忽然感到胸闷。天空出现一个黑点，仿佛老雕的一只翅膀。那只老雕冲下来，铺天盖地：一切旋转起来，一切全消失了。不过是一刻钟的工夫。大地一扫而光，大海翻腾。船只无影无踪。大自然对此也失忆了。

在苏门答腊一带，以及在孟加拉，傍晚或者夜间（绝不会在清晨），您看到天空出现一个弧形。片刻之间，那弧形扩大，黑色的弧形由一种暗淡的光衬托，从上面降下一片片凄迷而惨白的闪电。从那里刮来的第一阵风，谁遭遇就必遭大难！他可能化为乌有，整个人被吞噬。

不过，通常都是一个漏斗形状。一名海员曾遭遇龙卷风，他描述当时的情景："我就觉得自己掉进一个巨大的火山口里，我们周围一片漆黑，上方一个出口，还有一点儿光亮。"这就是从技术角度讲，人们称作的"风暴眼"。

一旦被搅进去，那就毫无办法了，把人死死抓住。一片虎啸狼嚎、溺水之人的气喘和号叫、不幸船只的哀吟：它仿佛又回到自己的森林，又复活了，临死时又连连发出悲叹，这场骇人听闻的音乐会，并没有掩盖住缆绳化为蛇的尖厉嘶鸣。猛然间，又全归沉寂……龙卷风的核心携着霹雳转移了，而霹雳把耳震聋，还几乎晃瞎了眼睛……您惊魂稍定，看见桅杆已被风暴折断，却没有听到一点儿声响。

船员往往很长一段时间，指甲是黑的，视力大大减弱

［塞穆尔（Seymour）语］。于是回想起来不胜惊骇，龙卷风经过时，吸起水，也吸起船，势欲喝下去，吸起船离开水面，悬在半空，随后又放开，使船沉入海底。

中国人看到龙卷风吸取波浪和船只，贪得无厌，膨胀起来，就把它构想为一个可怕的女人——风婆，盘旋在空中，挑选她的受害者，饱餐，怀孕，肚子大起来，装满了死婴，即“铁旋风”（《格物论》）。

中国人为风婆建造了庙宇和祭坛。他们祈求、供奉她，就是希望能使她体恤人。

※ ※ ※

勇敢的皮丁顿却不崇敬风婆。恰恰相反，他谈及时毫不留情，称她是一个过分强大的海盗，一个海盗恶棍，滥施暴力，人不应该逞能与之抗争，必须望风而逃，决不要顾及体面。

这个阴险的敌人，有时还给你设下一个陷阱。它以“一阵好风”邀请你，急于同你拥抱。你要赶紧放开“那阵好风”，如有可能就掉转船头，尽量远离那个危险的旅伴。决不要同它一起航行。它在舞动中，就可能把你搅进去，完全控制，最后把你吞食了。

我愿意听从这个杰出的人慈父般的忠告。龙卷风和船只这两个对手，如果在极小的封闭的空间狭路相逢，那么他的忠告也就没有意义。然而，这种情况极少见。最常见的这种吸水的旋风，范围很广，周长有十法里，二十法里，乃至三十法里。这样，航船就有机会观察，以便保持相当的距离。关键是了解这场龙卷风，“它的中心在哪里”，它的吸力源在哪里；然后要看清它的趋势，以多快速度来到你这里。

※ ※ ※

如今，海员走在这两支火炬中间，前路真是一片光明！一边是莫里，教导他们认识大气和海洋的普遍规律，掌握如何选择和顺随潮流的艺术；莫里还指引他们沿着计算好的路线航行，就像走在大洋的街道上。另一边有皮丁顿，他在一本小册子里，把经历风暴的体验总结出来，交到海员手上，教他们如何规避，有时甚至如何利用风暴。

这便说明了一个荷兰人，冉森（Jansen）船长的溢美之词很有道理：“在海上，头一个印象，就是感到深渊、无限，感到我们微不足道。在最大的船上，人也总觉得有危险。然而，智慧的眼睛一旦探测了空间和深渊，对人来说危险就消失了。人成长起来，明白了。有天文学做指南，熟识水路，还有莫里的地图的引领，人在海上划出安全的航道。”

不折不扣，这实在崇高。风暴固然没有消除，但是消除了无知，消除了慌乱和昏头，以便先认清面临的危险；而危害最大的危险，莫过于充满虚构臆想的成分。——即使难逃一劫，至少也要弄清楚为什么。保安全，最大限度地保安全，就是保持意识清醒，保持心灵一片清明，不管产生什么后果，也要顺从世界的神圣大法则，须知大法则以多少次海难为代价，正是在维系大均衡和大安全。

四

极地海洋

对人的最大诱惑，当数最无用的和不可能成功的事情。在全部的航海事业中，人最为坚忍不拔投入的，就是要在美洲北面发现一条通道，以便从欧洲直通亚洲。具有最普通常识的人，事先就能判断出，这样一条通道即使存在，也是位于如此高寒的纬度，在冰凌层出不穷的海域，毫无实用价值，无论谁都不愿意驾船驶过这条通道。

应当指出，这个地区不是跟能滑雪橇的西伯利亚海岸处于同一纬度。这里是绵延千里的高山，巉岩绝壁，怪石嶙峋，海面一时解冻重又封住，浮冰横流的走廊年年变化，向你开放，随即又关闭。这条通道刚刚被一个人发现，已经深入进去，退不出来了，便往前闯，终于过去了（1855）。现在大家知道那是怎么回事。奇思异想都消停下来，没人再渴望去探寻那种航路了。

我说“毫无实用价值”，是针对当时人们所确定的目的，即开辟一条商路。然而，沿着这条荒唐的思路，人们发现了许多绝非荒唐的事物，对于科学、地理学、气象学、地磁的研究，则很有实用价值。

※ ※ ※

最初是想干什么呢？打开一条通往黄金国、东印度的近路。英国和其他国家，艳羡西班牙和葡萄牙，就企图偷袭他们遥远王国的心脏，偷袭财富的圣殿。在伊丽莎白统治时期，一些寻宝者到格陵兰，找到了或以为找到了几小块黄金，便利用北方的古老传说：极地下面埋藏着财宝，由地精守护的大批黄金，等等。于是，大家都产生了浓厚兴趣。基于一种如此合情合理的希望，便派出一支由十六只船组成的船队，载去自愿者，全是最高贵家庭的子弟。他们争先恐后，自愿前往那个极地的埃尔多拉多。到那里找见的却是死亡、饥饿、冰川的壁垒。

那次失败毫无妨碍。在三百多年间，开发者前仆后继，表现出一种惊人的不屈不挠的精神。他们相继殉难。卡博，第一个前往，只因全体船员造反受阻，他未能继续远航，才幸免于难。布兰茨冻死了，而威洛比饿死了。科特－里尔（Corte Real）丧了命，船员和财产损失殆尽。乌德松（Hudson）被他的人丢在一只小船上，没有帆，也没有食品，谁也不知道他的下落。白令（Behring）倒是找到了分隔美洲和亚洲的海峡，但是流落到一个荒岛上，疲惫不堪，在饥寒交迫中死去。如今，富兰克林迷失在极地的浮冰海域，别人找见他时，也已经死了：他和他的人陷入绝境，被逼采取下下策（人吃人）了！

※ ※ ※

这种航行一进入北极圈，就集中碰到一切可能使人气馁的情况。早在进入北极圈之前，寒冷的雾气就压着海面，能把人冻僵，浑身挂满冰霜。帆索冻硬了，帆静止不动；甲板一层薄冰，非常滑，很难操作了。人们担心的浮动的暗礁，几乎难以辨认。在桅杆上面小棚子里的守望者，披着一身白霜，真像活了的钟乳石，他不时发出信号，表示接近一个新敌人，一个巨大的白色幻影：它往往高出水面二三百尺。

不过，这种阴森可怖的一排排冰山，为了躲避冰山所进行的这场战斗，反倒激发人渴望继续航行。在极地的未知事物中，不知什么崇高的恐怖、英勇的磨难，具有那么大吸引力。有的人并不探索通道，仅仅到过北极，观赏了施皮茨山，头脑里就留下深刻的印象。那陡峭的高山，绵延不断，全是绝壁，正面耸立四千五百尺，在幽暗的海水中，那水晶断面仿佛幽灵幻影。冰川从没有光泽的积雪突兀出来，光明鲜亮，呈现蓝、绿、淡紫色彩，如缀满宝石，熠熠闪光，给那高山戴上一顶耀眼的王冠。

夜晚持续数月，夜色朦胧凄迷，在怪异的光亮中，不时闪现北极光。骇人的燎原大火烧红半边天，喷射灿烂的火焰；一座神奇的埃特纳火山（在意大利），以虚幻的熔岩淹没永恒冬季的景象。

大气中的微粒子结了冰，无不具有棱镜的效果，如同无数的小镜面和小水晶体，从而产生令人惊诧的迷幻景物。看上去，许多景物仿佛倒置，大头冲下了。制造这种视觉效果的空气层不断变化，变轻的又升上去，景象随之完全改变；气温稍有变化，就会降低，升高或者倾斜镜子；映象与物体相混同，继而又相分离，相失散，而另一映象立起来，升到上面，第三个出现，淡淡的影子，模糊了，重又倒置。

这是幻象的世界。如果您喜爱梦境，喜爱醒着做梦，目光跟随形影相生的动景和阴云的嬉戏，那您就去北极吧；在浮冰群之间，这一切景象似真还幻，瞬息万变。一路上，浮冰就这样表演，滑稽地模仿形形色色的建筑物。这里是希腊古典风格，有柱廊和列柱。那里出现埃及风格的方尖塔，指向天空的塔尖，靠着倒塌的塔尖。接着又来了几座高山，奥萨山（希腊）摞到皮利翁山（希腊）上，巨人城，全部合乎比例，有独眼巨人的高墙、德鲁伊特[1]石桌和石棚。隐没在下面的是昏暗的洞穴。不过，这些全都陈腐了；一切，随着微风而波动并瓦解。开不得玩笑；只因什么都不坐实。在这颠倒的世界里，每时每刻，重力法则会完全失效：弱小的、轻的，托举着强壮的；这好像一种丧失理智的艺术、一种超大型的儿童游戏，富有威胁性，能把什么都挤碎压垮。

1　德鲁伊特（Druid）：古代克尔特人中有学问的人，往往担任祭司、教师和法官。关于他们的史料，最早见于公元前三世纪，据罗马皇帝恺撒记载，在高卢境内，德鲁伊特司掌公私祭礼与青年教育。他们还审理公私争执，量刑做出裁决。众德鲁伊特公推一名首脑，偶尔也有以暴力获得首脑地位的情况。现存于法国西部布列塔尼地区、英国部分地区的巨石桌、石棚，三两块立石，上搭一条横石，据传是做祭祀葬礼之用，与德鲁伊特的活动有关。

有时会出现一幕惊心动魄的意外事件。巨大的冰阵从北面流下来，威严而缓慢地前行，突然遭遇一个庞然巨物。这个巨物根基极深，深入海底六七百尺，受水下湍流猛烈的推涌，它撞开或者撞翻一切，冲上冰原，仍然势不可当。“一分钟的工夫，大浮冰就被撞破数海里的面积，它嘎嘎作响，声如雷鸣，好似上百门大炮齐放，如同发生地震。高山朝我们冲来，在高山和我们之间，全被破碎的冰块塞满。看来我们性命难保，幸好那高山又快速移向东北方。”（Duncan，1826）

※ ※ ※

那是 1818 年，欧洲战后[1]，人们又向大自然发动了一场战争：寻找大通道。这场战争的发端，是一个严重而奇特的事件。勇敢的船长约翰·罗斯被派去探路，率领两条船到达巴芬湾，在那个梦幻世界受到幻景的蒙骗。他清清楚楚地望见

---

1 普法战争：普鲁士国王威廉一世在铁血首相俾斯麦的辅佐下，国势强盛，挑战法兰西第二帝国在欧洲大陆的霸权地位，两国关系紧张，战争一触即发。导火索是西班牙的王位继承问题，1870 年 7 月 9 日，法国对普宣战，法军主力在色当遭德军围困，突围失败。9 月 2 日，拿破仑三世和麦克马洪元帅率法军投降。9 月 4 日，法国成立抵抗政府，宣布废黜皇帝，建立第三共和国。9 月 19 日，德军开始围攻巴黎。1871 年 1 月 28 日，巴黎陷落。3 月 18 日至 5 月 27 日，巴黎民众起义，成立巴黎公社，对抗外敌和凡尔赛政府，最终失败。5 月 10 日，凡尔赛政府与普方签订法兰克福条约，有割让阿尔萨斯和洛林两个地区的条款。普法战争结束。

一片并不存在的大地，断言航船无法通过。返航之后，群起而攻之，有人当面说他没有那种胆量，甚至不给他重新证明和恢复名誉的机会。伦敦的一个酒商要比大英帝国还慷慨，借以炫耀自己。他出资五十万法郎，于是罗斯再上征程，决心通过或者一死。但是，这两样都与他无缘！他活下来，但是陷入可怕的孤独境地，无人知晓，被人遗忘，不知熬过多少个寒冬。最终，他被一些捕鲸人带回来：他们发现这个野人，还问他从前他是否碰见过“已故的约翰·罗斯船长”。

他的副手帕里（Parry）自信肯定能通过去，坚持不懈，航行四次，四次奋力，时而取道巴芬湾和西面，时而取道施皮茨山和北面。他有了一些发现，使用一只雪橇船，大胆往前闯，遇水漂流，遇冰滑行。然而，那些大浮冰一直往南移动，载着他总是往后退。他并不比罗斯强，也没有通过极地。

1832 年，有一个勇气十足的年轻人，儒勒·德·布洛斯维尔（Jules de Blosseville），一个法国人，要为法国争取这种光荣。他把自己的性命、金钱全投进去；他这样付出却是找死。他想自己选择一条船都不成：给他的那条“里尔女人”（la Lilloise）号船，启航当天就漏水了（参看他兄弟的概述）。他自己出了四千法郎，才算把船修好。他就驾驶这样一个朝不保夕的运载工具，要去攻击铁海岸，格陵兰东侧。十有八九，他就根本没有到达格陵兰。他音信皆无，不知所终。

英国人探险行动，要做精心准备，十分谨慎，不惜大量花费，但是也没有取得什么成就。1845 年，不幸的富兰克林迷失在冰原里。连续十二年，一直寻找他。在这方面，英国表现出来的执着令人钦佩。所有人都帮忙。美国人、法国人，有些就死在寻找的途中。那片荒凉地区的山峰、海岬，在富兰克林的名字旁边，也保留了我们的贝洛（Bellot）和其他人的名字：他们都一心一意，前去搭救一个英国人。约翰·罗斯也主动指引我们的人寻找布洛斯维尔，主动组织探险行动。黝暗的格陵兰铭刻了这类记忆，荒凉的地方不再荒凉，只因到这里的人，又找见这些能证明人类博爱的名字。

富兰克林夫人的信念令人赞佩。她始终不肯相信自己成为寡妇。她不断请求组织新的探险。她一口咬定丈夫还活着，不由得别人不相信，就在富兰克林失踪七年后，他还被任命为海军准将。富兰克林夫人说得对，他还活着。1850 年，爱斯基摩人说看见他，同六十来个人在一起。不久之后，他们就只剩三十人了，既走不动路，也打不了猎，万般无奈，他们就吃垂危的人。当初假如听富兰克林夫人的话，那就可能找见人了。因为她说（理智之声），应当往南面寻找，一个人陷入绝境，不会往极地方向走而自寻死路。海军部可能另有考虑，主要不是关心富兰克林，而是要寻找那条梦寐以求的通道，因此总催促派出的人往北推进。可怜的女人伤心不已，便亲自做别人不肯做的事情。她花了很多钱，装备了一条船，派去南面寻找。但是太迟了，只找到富兰克林的遗骨。

※ ※ ※

在这期间，往南极探险航行更远，也更幸运了。北极陆地和海域相交混，覆盖着冰层，一时解冻，又波谲云诡，变化无常，使得格陵兰成为可怖的地方。南极则不然，是一片茫无涯际的大海洋，波涛汹涌。冰川一望无边，比我们北极的冰川辽阔。极少陆地。人们望见的或者以为望见的冰川，大多总给人留下这种疑问：它们沿岸地带面貌变化，恐怕不是连续积聚的冰层所构成简单的一条线。经过冬季，一切都变了。1820 年莫雷尔（Morel），1824 年威德尔（Wedell），1839 年巴莱里（Ballerry），他们都先后发现一处低洼岸，深入一片自由海域，后来不少人再去都未能找到。

法国人凯尔盖朗[1]，以及英国人詹姆斯·罗斯[2]，都确有成果，找到了不容置疑的土地。

早在 1771 年，这个法国人就首先发现了凯尔盖朗大岛屿，而英国则称为“la Désolation”（荒凉岛）。岛屿长达二百法里，有天然良港，尽管气候恶劣，还是生活着大批动物，有海豹、鸟类，完全可以向一条船提供足够的食物。这一光

---

1 凯尔盖朗（Kerguelen de Trémarec，1734—1797）：法国航海家，1772 年，他探险航行到南太平洋，发现一群岛屿，以他的名字命名为凯尔盖朗群岛，由主岛和三百个小岛组成。主岛长约一百六十公里，有活动的冰川，山峰海拔近两千米。该群岛行政上属澳大利亚南极弗朗西斯地。1950 年主岛的弗朗西斯港建立永久性基地和科研中心。

2 罗斯（Sir James Clark Ross，1800—1862）：英国海军军官，曾在北极和南极洲进行过磁力测量。1841 年，他指挥“埃里伯斯”号和“恐怖”号航行时，发现南太平洋伸入南极大陆海岸形成的海，后以他的名字命名为罗斯海；他向测定为磁极的位置航行时，又发现了维多利亚地。他两度到南极洲，并且测绘海图。

荣的发现，路易十六登基时，给予晋升军衔的褒奖，不料这一褒奖反而毁了凯尔盖朗。有人给他罗织罪名。当时贵族军官竞争达到疯狂程度，无不诋毁他。嫉妒他的人还用了对他不利的证人。他是在六尺见方的地牢里开始讲述他的发现（1782）。

在1838年，法国、英国、美国组织了三次科学探险。杰出的杜佩雷（Duperrey）开辟了地磁观察之路。有人很想到极地继续观察。英国人将这项研究交给詹姆斯·罗斯，是上文提到过的约翰·罗斯的侄儿、学生和副手。那次装备堪称典范：一切都经过计算，挑选，一切都事先估计到了。詹姆斯返航，没有折损一人，甚至没有一人生病。

美国人威尔克斯[1]和法国人杜蒙·杜维尔，根本没有那种装备，危险和疾病严重威胁他们。詹姆斯幸运多了，绕南极圈航行，还深入冰区，发现一块实在的土地。他特别谦虚地承认，他南极之行得以成功，全赖事前为他的船所做的出色准备。他的两条船，“埃里伯斯”号和“恐怖”号，装备了大马力机器，船首安了刀锯、撞角，船腹包了铁板，能打开冰带，穿过咯咯作响的薄冰区，随后就发现了没有结冻的海洋，

1 威尔克斯（Charles Wilkes，1798—1877）：美国海军军官。1838至1842年，率测量队进入南极区，所考察的地区以他的名字命名，即威尔克斯地，位于南极洲印度洋边缘。澳大利亚、法国和美国在威尔克斯地的海岸均建有研究站。在十九卷的考察报告中，威尔克斯撰写了七卷，还著有《环球旅行》（1849）、《风向的理论》（1856）等。

有海豹、鲸、鸟类在那里栖息。一座赛似埃特纳火山，高达1.2万尺的火山，正往外喷射火焰。没有生长任何植物，也没有一处能登岸；耸立一道花岗岩绝壁，连雪都挂不住。毫无疑问，那是陆地。极地的埃特纳火山，取名为Erèbe（英文Erebus），“埃里伯斯”火山，高耸在那里，以其火柱证明自身的存在。

可见，一个陆地核心集中在南极的冰区（1841）。

※ ※ ※

话题再回到我们的北极：1853年4月和5月，是北极的重大日期。

在四月份，探索了300年的通道，终于找到了。事出偶然，是不幸中的万幸。

麦克卢尔[1]船长进入白令海峡，被冰冻困两年，没有退路，饥寒交迫，只好冒险往前行。他仅仅走了四十海里，便到了东面的海，发现英国船只。他的大胆行为救了他，伟大的发现终于完成。

---

1 麦克卢尔（McClure，Sir Robert John Le Mesurier，1807—1873）：爱尔兰海军军官。1850年，他指挥“调查者”号船，前去寻找1845年后在美洲北极地区失踪的英国探险家富兰克林。他从太平洋进入白令海峡，沿阿拉斯加北侧向东航行，在班克斯岛（加拿大）附近发现进入西北航路的两个入口，穿过加拿大北极群岛。这一段海峡后以他的名字命名，称麦克卢尔海峡，位于北冰洋波弗特海东部。

与此同时，1853 年 5 月，一支探险船队从纽约启航，向北极进发。倡导者是一个年轻海员，以利沙·肯特·凯恩[1]，还不到 30 岁，就已经跑遍了全球；他的倡议有些冒险，但是非常激动人心，强烈地刺激了美国的勃勃雄心。威尔克斯曾放言要发现一个世界，同样，凯恩也信誓旦旦，要到北极找到一片海域，一片不冻的海域。在这期间，英国人沿着老路，继续从东往西探索，凯恩却径直朝北航行，掌握了那个尚未被探察的海湾（即凯恩湾）。于是，想象力被激发起来。纽约的一位船主，格林内尔先生（M. Grinell），慷慨地提供两艘船。知识界和公众都给予帮助。妇女也亲自动手，以教徒船的热忱，为远航准备行装。船员经过挑选，由自愿者组成，他们发誓恪守三条：服从指挥，戒酒，不讲一句亵渎神明的话。第一次探险没有成功，但是，无论格林内尔先生还是公众，都没有因此而气馁。又组织第二次探险航行，并且得到伦敦一些团体的支援：那些团体伸出援手，旨在宗教宣传，或者最后尝试寻找富兰克林。

很少航行能引起如此强烈的兴趣。年轻的凯恩何以有那么大影响力，有人做出了精彩的解释。每一行都显示他的魄

1　凯恩（Elisha Kent Kane，1820—1857）：美国物理学家和北极探险的先驱者。1853 年 5 月 31 日，他乘“前进”号船离开纽约，驶向格陵兰西北部，进入现今称为凯恩湾的海域。船只被冰冻封住，他带领随从人员还是完成了多项地理、气象、地质的科学研究。1855 年 3 月，他们弃船，开始 85 天的陆上旅程，后被一支救援队找到，于 1855 年 10 月返回纽约。

力、他那出色的敏捷，以及卓越的“前进”!（他去北极探险乘坐的是“前进”号。）他无所不知，无不胸有成竹，既热情又实干。大家能感到，在障碍面前，他绝不会变成软骨头。他在探险的路上会走得很远，走到人力所及的地方。这样一种性格的人，却遭遇可怕障碍的壁垒，北极大自然无情的缓慢，双方的搏斗该有多么奇特，刚启航不久，就已经被冬季俘获，不得不在冰下过冬，熬六个月。即使到了春天，还是华氏零下 70 度！ 8 月 28 日，临近第二个冬季时，有些人弃他而去，原班十七个人，他只剩下八个人了。人员越少，处境越差，他越是粗暴而倔强，扬言要让人更加尊重他。他的好朋友爱斯基摩人帮忙，给他吃的；而他还不得不拿了他们几件小物件，他们也好说话，只顺走他三件铜器。他咽不下这口气，就抢了他们两个女人。这种报复太野蛮，太过分了。他勉强剩下八名水手，纪律已经大大松懈了，将两个女人带到他们中间，是不大慎重的。两个女人已经结婚。“西坞是梅泰克的妻子，而阿宁尼娅，则是马尔辛加的妻子”，她们一连哭了五天。凯恩无可奈何，只好当作笑谈，想逗我们乐，他说道：“她们又哭又唱，多么伤心，但是不伤胃口，照样吃饭。”她们的丈夫、父母都来了，送还偷走的东西，说了一大堆好话，人还算聪明，知道他们对付人家手枪的武器只有鱼骨。提出什么他们都认可，保证友谊，结为盟友。然而几天之后，他们就逃离了，消失得无影无踪，不知怀着何等友谊的情感？可以猜得出来。他们一路上会告诉流浪的部落，千万要逃避白人。就是这样同一个世界隔绝了。

后来的情况很惨。不管多么艰苦，也不管一些人丧了命，而另一些人想返回，凯恩就是不放弃：他做出了许诺，就必须找到一片海。搞阴谋，开小差，背叛，这些都加重了恶劣的形势。到了第三个冬季，没有食物，也没有取暖的火，他眼看性命难保，幸好另一些爱斯基摩人捕了鱼给他吃，而他则为他们打猎。这期间，他派出去探险的人，有几个给他带回来好消息：他们看到了他舍命以求的海。至少他们记述看到了一大片自由的、没有结冻的水域，周围鸟类成群：它们躲到这里栖息，显见气候不那么恶劣。

有这样的发现，就完全可以返回了。爱斯基摩人并没有仗着人多势众，乘人之危，还是搭救了他，他就把冻在冰里的船留给他们。

凯恩身体衰弱，又筋疲力尽，但还是坚持走了八十二天，回到南部，不过，可惜死在归途。这个坚忍不拔的年轻人，比任何世人都更加接近了北极，他临死还夺取了桂冠：法国知识界放到他墓前的地理学大奖。

这次探险记述中，讲了许许多多骇人听闻的事情，但是有一件令人动容，足以衡量这样一次旅行所遭受的极度苦难：他的犬也死了。他有几条新地犬，非常出色，还有几条爱斯基摩犬，作为他的伴侣胜过任何人。在他度过的漫长的冬季、持续那么多月的黑夜里，是他的犬守护在船的周围。他从船里出来，走进黑沉沉的夜色里，迎他而来的这些忠实的动物，用呼出的热气为他暖手。新地犬首先生病了，他认为是缺少光亮的缘故；用灯笼照一阵，它们就好一些。可是，它们逐渐感染上一种奇特的忧伤情绪，最后都发疯了。爱斯基摩犬则紧随其后。好在他的最明智、最审慎的母犬福罗拉是个例外；福罗拉没有像其他犬那样发狂而死。在他凄苦惨痛的记述中，我认为唯独讲起这件事，这颗坚强的心才似乎感动了。

五

海洋种族的战争

回顾从前所做的一切，回顾探险旅行的全部历史，会产生两种截然相反的感觉：

1. 人在征服海洋，掌握这个星球方面，表现出来的胆量和天赋值得赞美。

2. 在一切关系到人的事情上，看到人又那么笨拙，就不免感到惊诧：我们看到为了征服物，人根本不善于利用人，航海家所到之处，总以敌人的面目出现，摧残年轻族群；如能善待他们，他们每人在小小的世界，都会充当开发的特殊工具。

人面对刚刚发现的地球，正如一名音乐新手面对一架巨大的管风琴，只能弹出几个音符。他熟读神学和哲学著作，走出中世纪，反而又变成野蛮人：对付神圣的乐器，他只会砸烂琴键。

大家看得清楚，淘金者开始的时候，除了黄金什么也不要，将人干掉。哥伦布，是他们当中最善良的人，他在自己的日记中，就极为天真地表明这一点，让人事先就为他的后继者所作所为不寒而栗。他一踏上海地，问的头一句话就是：“黄金在哪儿？谁有黄金？”土著人都不禁发笑，答应给他找黄金。他们还献出自己的戒指，以便早些满足这种急切的渴求。

哥伦布为我们描绘了这个不幸的种族感人的形象：他们如何美丽、善良，如何信赖人，足以令人感慨。尽管如此，这个热那亚人自有他贪图财富的使命、心狠手辣的习惯。土耳其战争，惨无人道的苦役及其苦役犯，贩卖人口，这便是共同的生活。看到这个毫无防备的年轻族群，看到赤条条的儿童、单纯而可爱的妇女这些可怜的躯体，他只产生一个念头，可悲的唯利是图的念头：可以把他们变成奴隶。

然而，他并不想把他们掳走，"因为他们属于国王和王后"。不过，他讲这种阴险的话也意味深长："他们天生胆小，非常听话。吩咐他们干什么活，他们都老老实实地干。我们只有三个人，也能吓跑他们上千人。假如陛下命令我将他们带回去，或者就地奴役他们，那么什么也阻挡不了：我们有五十个人就足够了。"（10 月 14 日和 12 月 16 日）

不久就要从欧洲传来对这里民众的全体判决。他们沦为黄金的奴隶，所有人都驱使去寻找黄金，所有人都被迫干苦力。他本人告诉我们，十二年后，民众消失了七分之六；埃尔拉（Herrera）补充道，二十五年间，一百万居民仅幸存 1.4 万人。

※ ※ ※

大家知道后来发生的情况。矿山主、种植园主灭绝了一个世界，又不断地移去黑人。结果如何？只有黑人活下来，他们生活在低洼炎热，但是无比肥沃的土地上。美洲最终要留给黑人了：欧洲的所作所为，恰与自己的愿望背道而驰。

欧洲殖民的无能为力，到处都凸显出来。法国冒险家未能生存，他只身一人到那里，带去他的恶习，非但没有教化野蛮的民众，反而与他们同流合污了。英国在海外也好不到哪儿去，只有两个气候温和的国家除外，大批英国家庭迁徙到那里；再过一个世纪，印度就会忘记英国人在那里生活过。基督教的、天主教的传教士，产生过影响吗？吸收过基督徒吗？“一个没有。”消息十分灵通的布尔努夫对我说过。在他们和我们之间，相隔三十个世纪，有三十种宗教。如果非要强迫他们的头脑，那就会发生德·洪堡先生在如今还称为“使命村”的美国村庄所观察到的情况：他们从我们身上什么也没有学到，又丧失了本土的活力，结果躯体活着，精神死了，成为废物，永远也没有用处了，一辈子就是大孩子，傻子，白痴。

我们学者的旅行，文明的欧洲去接触世界各地，为现代人争取偌大的光荣，他们给未开化的族群带去了什么益处？我看没有。北美洲那里的英雄种族正在饥饿穷困而死，同时在澳洲，温柔和善的种族也在锐减，这是我们航海家的耻辱，他们到了世界的尽头，便抛掉文明礼仪的面具，肆无忌惮了。可爱而软弱的民众，布干维尔[1]认为过于散漫，而英国传教士

1 布干维尔（Louis-Antoine de Bougainville，1729—1811）：（转下页）

商人用钱就能收买，他们被我们的恶习，被我们的疾病所吞噬，在悲惨的境况中泯灭。

西伯利亚长长的海岸线，从前都有居民。气候条件极其恶劣，他们居无定所，以打猎为生，猎取皮毛珍贵的野兽，解决衣食问题。可是，丧失理智的俄罗斯警察强迫他们定居，并且在不长庄稼的地方务农。结果，他们都饿死了，那一带也就不见人影了。此外，贪得无厌的商贸毫无预见性，对发情期的动物也不姑息，同样赶尽杀绝。数千公里的海岸线，如今荒无人烟，完全渺无人迹了。任凭大风呼啸，任凭海洋冻结，也任凭北极光变幻长夜的景观，如今大自然除了自身，再无见证人了。

到格陵兰北面旅行，首要一点，应该不惜一切代价，同爱斯基摩人结成友谊，改善他们的穷苦生活，收养他们的孩子，送到欧洲培养，在他们中间进行殖民，开办发现者学校。从约翰·罗斯的记述中，从各处都能看出，他们很聪明，很快就接受了欧洲的艺术。还可以通婚，当地人把女儿嫁给我们的海员，从而诞生混血的人群，北极这块大陆就属于他们了。若想容易地找到并确定梦寐以求的通道，这才是真正的办法。这种办法三十年就见成果，而我们用了三百年，还等

（接上页）法国航海家。1763 年由陆军转为海军，次年横渡大西洋，在福克兰群岛建立一个法国殖民地。1766 年 12 月，他受法国政府的委托，由一些博物学家和科学家陪同，启航做一次环球考察旅行，穿越麦哲伦海峡，向西北穿越南太平洋，后又进入欧洲船只从未航行过的海域。1769 年返回布列塔的圣马洛。著有《环球旅行》。

于一事无成，因为那些可怜的野蛮人受到惊吓，迁往北极而死掉，当地人和当地的特性也就被彻底摧毁了！这片荒凉的地方，如果永远变得不能居住了，看到了又如何呢？

※ ※ ※

我们可以断定，人如果这样对待人，对待动物也不会仁慈宽厚些。最温和的种类，经过人大肆杀戮，也都变得凶残而野性十足了。

老作品都一致认为，我们最初接近的时候，那些动物表现出来的完全是信赖和友善的好奇。海牛和海豹的安稳宁静的家族，就让人靠近并穿行而过。那些企鹅（les pingouins，les manchots）跟随旅行者，到他们的驻地捞点好处，夜晚还溜到水手的衣服下面。

我们父辈情愿推测，动物同我们一样有感觉，也不无道理。芬兰人用铃声吸引西鲱（Valenc，第 20 章，第 327 页）。在船上演奏音乐，准能瞧见引来鲸（Noël，第 223 页）。座头鲸特别喜欢跟人接触，游到人的周围嬉戏欢跳。

※ ※ ※

动物身上最美好的，便是“结婚”，但因频频受戕害，这种美事几乎被摧毁了。它们孤单，到处流窜，现在只有随遇即散的爱情，都沦落到鳏寡孤独的悲惨境地，繁衍越来越稀少了。

“结婚”，固定下来，实实在在的，这几乎是全体应有的自然生活。结婚，唯一的爱情，至死忠贞不渝，这种关系在许多动物身上都存在，诸如狍子、鹊雀、鸽子、不离不弃（l'inséparable，美丽鹦鹉的一种）、勇敢的雨燕（le kamichi）等。其他种类的鸟儿，婚姻也至少持续到雏鸟长大。等小鸟长大，家庭就不得不分离，出于需要，必须扩大觅食的范围。

生活动荡的野兔、在黑暗中生活的蝙蝠，对家庭都温情脉脉。甲壳类动物、章鱼就不同了，它们不相爱，彼此也不保护：雌性发情，雄性赶过去被捉住交配。

本义上的爱、家庭、婚姻，在温和的两栖类动物身上表现得尤为明显。它们行动迟缓，生活稳定，这就有利于固定的结合。海象（le morse）这种躯体庞大、形貌怪异的动物，爱是大无畏的：公海象能舍命保护母海象，母海象也会舍命保护它的孩子。而且，绝无仅有，即使在最高级动物那里再也看不到的行为，就是已经被母亲救了并躲藏起来的小海象，望见母亲为它搏斗，便冲过去保护母亲，不惜去搏斗为母亲而死。

另一类两栖动物海狮（l'otarie），斯泰勒目睹过一个奇特的场面，一个同人类一模一样的家庭场面：

一只母海狮不慎，孩子被偷走了。它丈夫怒不可遏，打它，而它匍匐在丈夫面前，吻它丈夫，流下热泪——“胸脯都湿透了”。

鲸没有这些两栖动物的固定生活，要在大洋中漫游，不过，漫游中都情愿成双成对。杜阿梅尔（Duhamel）和拉塞佩德（Lacépède）说，在1723年，就有人遇见两条鲸，都受了伤，但是谁也不愿意离开谁。当一条鲸被杀害的时候，另一条鲸发出惊大的吼声，扑到同伴的躯体上。

在这个世界上，如果有什么生灵值得爱惜的话，那便是露脊鲸了：露脊鲸是一宝，令人赞叹，大自然在它身上堆积了那么多财富。而且，它还是无害的动物，绝不向任何种类开战，也绝不吃我们当作食物的种类。它除了极有威势的尾巴，就没有任何进攻，也没有任何防卫的武器了。而它有多少敌人！谁都有胆量欺侮它。不少种类甚至在它身上安家，以它为生，直至啮噬它的舌头。独角鲸（narval）以尖利的角为武器，深深刺进它的肉里。海豚腾跳咬它，而鲨鱼在飞跃中，用利齿一口咬下它一块血淋淋的肉。

两类动物，既盲目又凶残，丧心病狂地攻击未来，向怀孕的雌鲸开战，一类是抹香鲸，一类是人。可怕的抹香鲸，脑袋占躯体的三分之一，巨大的下颌骨，满口利齿，有四十八颗，直接咬雌鲸的腹部，吃它腹中的幼崽儿，就连痛苦号叫的雌鲸也吃掉。人让雌鲸遭受更长时间的痛苦，给它放血，在它身上接连砍出深深的伤口。雌鲸缓慢地死去，长时间处于垂死状态，浑身不停地颤动，有时还痛苦地狠命挣扎几下。它死了之后，尾巴还像通了电似的，剧烈地抖动。它那可怜的上臂，从前是母爱的暖怀，现在仿佛还活着，还在寻找自己的孩子。

※ ※ ※

实在难以想象，这场战争多么残酷：一两百年前，鲸的数量还极多，一家一家在海洋中游弋，而海岸则布满两栖类族群。人们大量捕杀，即使在最大的战役中，也从未见过流淌那么多鲜血。一天竟然捕杀15—20头鲸、150只海象！这就意味着人是为捕杀而捕杀。那样庞大的动物，一只就有大量的脂肪和鲜血，捕杀了堆积如山的猎物又如何利用呢？在这样滔滔流血的洪流中，人想干什么呢？难道要染红大地，污染海洋吗？

这是追求独裁者、刽子手的乐趣，施放力量和怒火，赏玩痛苦和死亡。人为了报复，对待过于沉重或者过分温和的动物，往往以施虐取乐，让它们活生生受罪，慢慢死去。佩龙就看见一名水手这种行径：他肆意折磨一只雄海豹的伴侣，那雌海豹像女人一样流泪，呻吟，每次张开流血的嘴，那水手就用大桨叶拍击，打断它的牙齿。

杜蒙·杜尔维尔说，在新南设得兰群岛[1]，英国人和美国人在4年间，就消灭了海豹。疯狂到了盲目的程度：他们甚至掐死初生的小海豹，杀害怀孕的雌海豹。他们屠杀往往只为了要海豹皮，丢弃大量本可以利用的海豹油。

1　新南设得兰群岛（les nouvelles Shetlands du sud）：位于大西洋西班牙的北面，隶属英国。

※ ※ ※

这种屠戮很可鄙，教人如何残暴，大大败坏了人性。这种如醉如痴的屠杀，彰显了最丑陋的本能。大自然的耻辱啊！可以看到在所有人身上（有时甚至在最文雅的人身上），出现某种意想不到的、骇人听闻的举动。一群和蔼可亲的人，在十分迷人的海岸举行奇特的盛宴。那里集中了多达五六百条金枪鱼，准备一天就吃光。在一个围渔区，大范围的渔网，捕金枪鱼的建网分好几层屋室，由绞盘渐渐提起。金枪鱼跟着升高，进入“死亡之屋”。四周有两百条肌肤晒成古铜色的汉子，人人手持渔叉、挠钩等待着。上流社会人士，漂亮女人同她们的情人，从方圆几十公里赶来。女人都聚到岸边，尽量靠近些，以便看清这场大屠杀，这半圈儿妙人儿形成围渔区的一道风景线。一发信号，大家就开始击打。这些鱼就跟人一样，活蹦乱跳，它们被扎，被刺穿，被砍断，血染海水越来越红。它们痛苦地挣扎，它们的刽子手疯狂砍杀，海洋不复为海洋，而是到处起泡儿，不知什么活物在吐气，闻着让人头晕。前来观看的人都手舞足蹈，跺着脚连声喊叫，认为那些人屠杀得太慢。他们终于缩小范围，捕捞的鱼都集中到一点，万头攒动，有的受伤，有的已死，有的半死不活：一边是痉挛蹿跳，一边是狠命击打，溅起水花，洒落红露水……

那景象真让人心醉神迷，就连女人都欣喜若狂，忘乎所以了。全场结束，她们精疲力竭，但是还意犹未尽，叹着气说道：“怎么！这就完啦？”

六

海洋法

一位伟大的民间作家，欧仁·诺埃尔（Eugène Noël）谈论什么话题都简单明了，他说道："可以把大洋变成一座巨大的食物生产厂，变成一个比大地产量还要高的给养实验室，可以让海洋、江河、水塘，一切都变得肥沃。从前只耕种土地，现在有了耕种水域的技艺……世界各国，你们要协商一致！"（《养鱼业》）

比大地产量还要高？怎么可能？博德（Baude）先生在他发表的一部关于渔业的重要著作中，将这一点解释得非常清楚了。在所有饲养的动物中，鱼吃的食料极少，长得却最快。无需什么，几乎无需什么就可以养鱼。隆德莱讲了一件事，他将一条鲤鱼放进一只水瓶里，没有给吃的养了三年，结果长大了，无法从瓶里取出来了。鲑鱼，在淡水中逗留两个月期间，几乎不吃食，也并不见得衰弱了。它们在海里生活期间，平均增长六斤肉（惊人的生长！）。这是我们饲养的费用高、生长慢的陆地动物所不能比拟的。一头牛，或者只是一头猪，养肥所吃的饲料，如果堆积起来，就成了高山，谁见了都会惊骇不已。

世界各国人民中，吃饭问题对中国人民威胁最大。中国人生育力强，人口众多，有三亿，他们就直接面向繁殖力极强的水产，面向有营养生物的最丰富的制造场。沿着中国的长江大河，有数量惊人的居民以水产为生：水产比农作物更可靠。农民常年战战兢兢，唯恐一场风灾、一场霜冻，天气稍有异常，就会颗粒无收，等着挨饿了。反之，这些江河里生长的水产，则旱涝保收，能供养水上船屋的无数家庭；他们确信渔业丰产，人口也随之翻番增长。

到了五月份，流经这个帝国中央地区的大江上，就形成一个巨大的鲜鱼市场，商人前来购买，再卖给全国各地想在家庭餐桌摆上这种产物的人。而且，每家都留几条活鱼，用残渣剩饭就能喂养了。

从前罗马人也是这种做法。他们推动养殖技艺的发展，甚至将海鱼卵放进淡水中孵化。

上世纪雅克比（Jacobi）在德国发现的人工授精法，到这个世纪在英国实践，取得了极为丰硕的成果，1840年在我国拉布雷斯，重又由一个渔民发明出来，此后，人工授精法在法国和欧洲就普及了。

人工授精法到了我们学者，科斯特（Coste）、普歇（Pouchet）等人手中，就变成了一门科学。人们认识了许多事物，例如海水与河水的有规律的关系，我是指某些海鱼到一定季节就游进我们的江河里。鳗鱼，无论诞生在哪里，一长到别针那么大，就蜂拥溯流而上，游进塞纳河，数量多极了，潮水一般，整条河流都变白了。这些宝物却白白毁掉了，如能得到爱惜，每尾鱼就能长成好几斤重，而数量可多达几十亿尾。如此珍贵的鱼苗，竟然用小桶装着贱价卖掉了。鲑鱼也同样忠诚，总是按时从海上回到它们出生的河流。做了记号的那些鱼，点名时全到，几乎没有一条缺席。它们对出生的河流无比眷恋，如果被堤坝，甚至被瀑布挡住，它们就跳跃，拼命也要越过去。

※ ※ ※

在这个地球上，最初由海洋孕育出生命，假如人能起码尊重支配海洋的秩序，不去打扰，那么海洋还会是大有益处的奶母。

不应该忘记，海洋也有它自身的神圣生命，有它完全独立的功能：保护这个星球。海洋做出了巨大的贡献，创造地球的和谐，确保地球的维系和有益性。这一切也许进行了数百万个世纪，早在人类诞生之前。这个世界好得很，根本用不着人类及其智慧。人类的前辈，海洋的孩子，相互配合得很完美，完成了物质的循环、生命的替换，形成不断净化的高速运转。这种运动，离开人极远，在这个幽暗而遥深的世界继续进行，人又有什么作用？成事不足，败事有余。毁灭某一种类，就可能严重危害世界的秩序、整体的和谐。合理捕捞一些过剩繁衍的种类，那倒还可以，但是，人应以个体为生，保存种类，尊重每个种类在自然中所担负的职能。

我们已经历了两个野蛮时代。

第一个野蛮时代，正如荷马所说“贫瘠的海洋”。人们漂洋过海，只为寻找那些传得神乎其神，或者无限夸大的财宝。

第二个野蛮时代，大家发现海洋的财富，主要还是海洋本身，于是开始攫取，而且以盲目的、粗暴而过火的方式。

中世纪本来就仇恨自然，再加上唯利是图，以工业的手段，装备了可怕的机械，可以远远地屠戮，毫无危险地大量捕杀。每次在技艺上的进步，就是凶残野蛮的进步，就是赶尽杀绝的进步。

例如：威力巨大的机械抛出的捕鲸炮箭。例如：1700 年起就使用的大拖网，毁灭的网，无比巨大而沉重，拖着扫荡深海，通通收获，连希望也不留。我们国家倒是禁止使用了，外国人[1]却来了，在我们眼皮底下用大拖网捕鱼。[参看蒂费涅（Tifaigne）的论述。] 有些种类逃离拉芒什海峡，移向杏伦特河出海的海域。还有些种类就一蹶不振了。有一种极好的鱼，味道鲜美的鲭鱼，一年四季遭野蛮捕捞，将来会落到同样下场。（Valence，Diet.X，第 353 页。）鳕鱼繁殖力极强，也难逃厄运，即使在北极地区的新地，数量也减少了。也许它们逃往鲜为人知的荒凉海域避难去了。

※ ※ ※

大国必须协商一致，以一种文明的状态，取代这种野蛮

1　这里指英国人。

无序的现状，人经过慎重思考，不能再挥霍自己的财富，不能再损害自己了。法国、英国、美国，必须向其他国家提出倡议，说服其他国家，共同颁布一部“海洋法”。

旧时沿海渔业的特别条例，根本不适用于现代远航捕鱼了。各国应该制订一部共同的法典，适用于所有海洋，不仅规定人与人之间的关系，也规定人与动物之间的关系。

人对人所应负的责任，人对动物所应负的责任，就是不要再把渔业当作一种盲目的、野蛮的捕猎，只因那种捕猎杀生多而收获少，渔民滥杀小鱼，无利可图，而那些小鱼一年之后，就能提供丰富的营养，到那时捕一条，就抵得上滥杀的一大批小鱼。

人所应负的责任，对动物所应负的责任，就是不要无缘无故大量杀生和制造痛苦。

荷兰人和英国人就很当心，立刻宰杀鲱鱼。法国人就不在意，把鱼堆在船里，任其慢慢窒息而死。捕捞的鱼长时间处于垂死状态，肉质就要变坏，既松懈又丧失鲜味了。这样的鱼肉受痛苦的侵蚀，就如同有人观察到的死病畜的肉。我国渔民一打上来鳕鱼，当即就剁成鱼段；反之，夜晚入网的鳕鱼，要垂死挣扎好几个小时，那质量就绝难同当即宰杀的鳕鱼相媲美（博德先生出色的观察）。

※ ※ ※

在陆地，打猎的时间有具体规定，打渔的时间也同样应当固定，要考虑每个种类繁殖的季节。

安排捕鱼，也应该像砍伐树木那样，留给树林恢复生长的时间。

小鱼，要产卵的雌鱼，应当受到保护，尤其是那些繁衍并不过盛的种类，尤其是那些生育力不强的高级动物：甲壳类、两栖类。

我们不得不杀生：我们的牙齿、我们的胃都表明，我们命里注定需要杀生。但是，我们应该增殖生命，以便弥补这种需要。

在陆地，我们成群饲养，保护家畜，我们促使许多动物繁殖，因为没有新生，数量就会减少，而幼崽儿又很容易被猛兽吃掉。这几乎是我们要对它们尽的一种义务。

在水域，还有更多的年轻生命夭折：保护它们，促使它们繁衍，大大增加数量，那么我们就能为自己创立一种以过剩产物为生的权利。繁殖作为一种要素，在这里也可以引导，可以无限增长。尤其在海洋世界，人就像大魔法师，就像爱和繁衍的强大推动者。人成为死亡的对头，因为，人本身虽然也享用海产，但是比起人可能创造的生命的洪流来，据为己有的那部分就不算什么了。

那些即将消失的种类，尤其是鲸类，世间体积最大、生活最丰富的动物，必须有半个世纪的休养生息，才能从灾难中恢复过来。它们不再受到追捕，就会返回温带，适合它们的自然气候中来，重新过上安宁的生活，在活的草场觅食，吃生物粒子。鲸恢复生活习惯和饮食，就会重新成长壮大，我们又能看到长二三百尺的鲸了。但愿它们传统的爱情约会是神圣不可侵犯的。这将大大有助于它们再度兴旺起来。从前，它们喜欢加利福尼亚的一处海湾。为什么不把地盘让给它们呢？它们如能在那里安生，就不必逃往北极严酷的冰海，而到那种悲惨的境地避难，还受到人疯狂的侵扰，无法做爱，也就谈不到对人类有益的繁殖了。

※ ※ ※

给露脊鲸以安宁，给美人鱼、海象、海牛等这些即将消失的种类以安宁。应该让它们长期休养生息，就像瑞士十分明智的做法，通令保护阿尔卑斯山羱羊那样：羱羊这种美丽的动物，一直受围捕，几乎被消灭，有人甚至认为已经消失了，可是这种野山羊很快又重现了。

两栖类和鱼类，无不需要一个休渔季：一个"神谕休战期"是必不可少的。

促使它们增长的最有效方法，就是在它们繁殖期间不伤害它们：这是大自然在它们身上完成母爱使命的时间。

它们自己似乎也知道，在这种时刻，它们是神圣不可侵犯的：它们不再胆怯，浮上水面敢见阳光，还游近岸边，满不在乎的样子显然确信它们受到了保护。

它们的美观、它们的力量达到了顶点。它们衣装那么耀眼，浑身闪着磷光，表明它们的生命无比灿烂。无论什么种类，过度繁衍只要不构成任何威胁，人就应该虔敬地对待这一时刻。过后再捕杀，悉听尊便！需要捕杀就捕杀吧！不过，先让它们走完这段生命历程。

任何无害的生命，都有权享受这种幸福时刻：在这种时刻，无论处于多么低下等级的个体，都要超越自我的局限，要超脱自我，而且，从这种隐隐的渴望出发，力图步入它得以永生的无限中。

人就应当配合！就应当协助大自然！诚能如此，那么从深海到星辰，人就会得到祝福。如果人能成为生命的、幸福的倡导者，如果能把这世间最微小的生物都有权享有的份额，分配给所有生灵，那么人就有了上帝的目光。

第四卷　借海复兴

一

海水浴起源

在这场无情的战争中，海洋，尽管受到人百般虐待，对人倒还是照样又和善又慷慨。人格外喜爱的大地，艰难的大地，终于把人耗得筋疲力尽的时候，是这海洋，这恐怖而受诅咒的海洋接待了人，毫无怨恨，又把人搂在怀里，让人恢复元气和活力。

最初的生命，不正是从海洋中产生的吗？海洋丰盈富足，令人赞叹，拥有全部元素。我们感到渐渐不支的时候，还有这充沛的源泉招邀我们，我们为什么不去畅饮，重新振作起来呢？

海洋胸怀博大，对所有人都非常好，似乎更加善待，更加怜惜不大远离自然生活的人群、受累于父辈罪孽的无辜孩子，以及社会的受害者妇女。女人的过错主要是由爱造成的，她们的罪过比我们男性小，却要承担更多的生活压力。海洋是女性，乐于扶持天下的女人，给她们的软弱注入力量，消除她们的颓丧情绪，再打扮她们，并以其永恒的清新，使她们重又变得美丽而年轻。维纳斯，当初就是生于海洋，而且每天都再生，不是指那个神经质的、愁眉苦脸并爱流眼泪的维纳斯，而是指真正的维纳斯，显示欲望和强大生育力，胜利姿态的维纳斯。

※ ※ ※

海洋这种强大力量，既有益又粗暴野蛮，而我们人类又十分软弱，这两者怎么可能接近呢？双方极不成比例，又该怎样结合呢？这是一个重大的问题。这其中要有一种技巧、一种入门的方法。要想理解这两方面，就必须经过一段时间，等待时机，让这种技巧开始显现。

在文艺复兴和革命这两个强力时期之间，有一段衰落的时期，突出的特征，就是精神和肉体都衰弱。旧世界离去，新世界还没有到来，在新旧世界之间留下一段空白，长达一两个世纪，诞生的几代人思想空虚，身体孱弱而病态。极度寻欢作乐，极度空虚无聊，都同样大量夺走他们的性命。一百年间，法兰西三度经历了彻底败落，最终参加一场病人的狂欢：摄政时期[1]。英国在我国败落的基础上强大起来，似乎也未能幸免这种世风。清教理念，在英国曾一度衰弱，也没有出现任何别的思想。在查理二世[2]统治时期，清教理念受

1　摄政时期（la Régence）：从 1715 年至 1723 年，法国国王路易十五继位，尚未成年，由奥尔良公爵摄政，奢靡之风日盛，史称“摄政时期”。

2　查理二世（Charles Ⅱ，1630—1685）：英格兰、苏格兰、爱尔兰国王（1660—1685 年在位）。

压制，后来又穿过沃波尔[1]泥泞的沼泽。公众在沉沦中，卑劣的本能便显露出来。《鲁宾逊漂流记》这部出色的著作，就让人隐约看到即将出现酒中毒现象。另一本书（很厉害）讲述，医学在《圣经》各种威胁的协助下，揭露了因性变态逃避婚姻而引起可悲的自杀。

思想混乱，坏习惯，生活懒惰而不正常，这一切都反映到身体上：组织松弛，肌肉因病而萎缩，淋巴腺结核，等等。迷人的肤色掩饰了最难堪的疾病。奥地利的安娜[2]以肤色极为鲜艳著称，却死于胃溃疡。苏比斯[3]王妃，艳丽的金发美人，离世的时候，可以说融化成碎块了。

在英国，一位很有趣的大贵族，纽卡斯尔公爵，问他的大夫罗素，种类为什么要退化，这些百合和玫瑰为什么长满了病结。

一个遭受病害的种族，鲜见有重新健壮起来的。不过，英格兰种族就做到了这一点。经过七八十年，他们恢复了一种非凡的力量和极大的活力。这种改革首先归功于他们的大

1　沃波尔（Robert Walpole，1676—1745）：英国辉格党领袖，历任英国财政大臣（1715—1717；1721—1742），英国第一任首相（1721—1742），任内减少税收，鼓励对外贸易。

2　奥地利的安娜（Anne d'Autriche，1601—1666）：西班牙国王腓力三世之女，法兰西王后，在她丈夫路易十三死后，因她儿子路易十四未成年，她便摄政（1643—1661），由首相马萨林辅佐，史称“摄政时期”。

3　苏比斯（Prince de Soubise，1715—1787）：法国元帅，法国国王路易十五的朋友。在巴黎右岸建有苏比斯王府，王妃主持的沙龙颇有名气。

规模经营（绝非有益于健康的运动），还应当说，归功于他们习惯的改变。他们接受了另一种饮食、另一种教育、另一种医学；为了行动，做生意，赚钱，人人都想有个强壮身体。

这方面无需天才。这种改革的伟大思想已然找到，只需付诸实施。那位摩拉维亚人夸美纽斯[1]，比卢梭早一个世纪就说道："回到大自然吧，遵循自然进行教育吧。"那位撒克逊人霍夫曼[2]也说过："回到大自然吧，遵循自然进行医疗吧。"

霍夫曼生逢其时，大约在摄政时期，正是在穷奢极欲和大量服药之后，而大量服药又加剧了寻欢作乐的后果。他说："你们要逃避医生，饮食要有节制，只喝水吧。"这是一种心理上的改革。于是，在波旁王朝复辟时期的花天酒地之后，我们看到普里斯尼茨[3]在1830年，迫使欧洲大贵族以最艰苦的方式赎罪，让他们吃农民吃的面包，让最娇贵的夫人到北欧的杉树林中，大冬天站在雪水的瀑布下，而一座寒冰的地狱，由于反作用，就变成一座烈火的地狱。人惜命太强

1　夸美纽斯（J. A. Comenius，1592—1670）：捷克教育改革家和宗教领袖。德国皇帝斐迪南二世要迫使波希米亚全国改信天主教，信奉基督教的夸美纽斯作为青年牧师被迫逃亡。他坚信波希米亚终将获得解放，认为到那时可以通过教育制度的改革来重建社会。他写过一份《简要建议》，主张青少年都应进入全日制学校学习，教师要采用"自然"方法，"顺乎自然的脚步"。

2　霍夫曼（Heinrich Hoffmann，1809—1894）：德国物理学家和作家，作了《为3—6岁儿童写的快乐故事和风趣图画》（1845），因塑造彼得这一人物形象而享有盛名，还写了关于医学、精神病学和教育理论的论著。

3　普里斯尼茨（Priessnitz）：德国中部城市。

烈了，怕死也太惶恐了，哪怕渴望有个喘息时间，也必得崇拜大自然。

其实，水为什么就不能保人命呢？按照贝采利乌斯的见解，人体成分不过是水（占五分之四），日后又将化为水。在大部分植物体内，水恰恰也占同样比例。而且，海水覆盖着地球五分之四的面积。对于干旱的环境，水永远是有效的疗法，能解除其干旱。水灌溉旱地，使其肥沃，结出硕果，获得丰收。水，真是出奇的、不可思议的仙女！用极少就创造一切，用极少就摧毁一切，无论是玄武岩、花岗岩还是斑岩。水是巨大的力量，又具有极大的弹性，能千变万化，随物赋形，能发展、渗透、反映、改变大自然。

不管沙漠多么可怖，森林多么幽暗，人不是还去寻觅从地下涌出的水吗？人多么迷信地崇拜这些泉水，给我们带来地球的德性和精神的可怕泉水啊！我见过一些狂热的信徒，他们心中的上帝，只有卡尔斯巴德[1]这个最为矛盾的水神奇的交汇处。我也见过巴雷日[2]的一些信徒。我本人，面对翻滚冒泡的泥潭，思想受到很大震动，只见阿奎[3]含硫的水蠕动着，以奇特的脉动在自行发酵，里面全是活物。

温泉，生死攸关，温泉具有决定性作用。多少久治不愈

1　卡尔斯巴德（Carlsbad）：美国新墨西哥州东南部城市，有卡尔斯巴德洞窟国家公园。

2　巴雷日（Barèges）：法国西南部上比利牛斯省小镇，有温泉和冬季运动。

3　阿奎（Acqui）：意大利北部小镇。

的患者，一泡温泉就一命呜呼了！然而，这种内力十足的水，往往能让人突然复活，一时间恢复健康，回首当初致病的那些欲望不禁后怕。那些欲望又死灰复燃，就像又唤醒欲望的滚烫泉水那样强烈，那样热气腾腾。整个地方弥漫着烟气，含硫的水蒸气、令人陶醉的空气，整个“氛围”似乎在给女预言师（la sibylle）鼓劲，打乱她的思想，迫使她开口讲话。这是我们内心的宣泄，将可能隐藏得最深的念头暴露出来。什么也不如在这些巴别塔中隐藏得更深了：人借口身体健康，就生活在这个世界的法则之外，仿佛进入另一个世界的自由中。死在赌桌上的男男女女，没有节制地行乐，敞开他们往往不会醒来的凶险之夜。

※ ※ ※

海风则完全不同。海风能自行净化。

这种纯净也来自空气，但是尤其来自两个大洋的快速交流、相互变换。毫不停歇，哪一处生命都不会怠惰，也不会睡大觉。海洋创造、毁掉、再造生命。海洋，活跃而狂野，时而要经受死亡的磨练。空气则更为激烈，受到狂风反复击打，被旋风裹卷，在雷电的龙卷风里集中而爆裂，始终处于急剧的变动中。

在大地上生活，就是一种休息；在海上生活，就是一场战斗，对于能够坚持下来的人来说，是一场增益活力的战斗。

※ ※ ※

中世纪恐惧并憎恶海洋，称为“风王的王国”：人们也把魔鬼称作风王。尊贵的十七世纪则不肯到粗野的水手之间生活。外观单调的城堡，附设一座乏味的花园，几乎总是建在远处，尽量远离海岸，在一个避风的、视野闭塞的地方，四面围着潮湿的树林。英国的庄园，也同样隐蔽在高树下和浓雾中，往往濒临一片不利于健康的沼泽。今天在英国最惹眼的，还是许多海滨别墅：他们喜欢在海边逗留，直至隆冬还泡海水浴，而这一切全是现代事物，经过深思熟虑并有意为之。

靠海吃海的沿岸居民，对海洋就更加亲近。他们凭着本能，预感到海洋有一种巨大的生命力。海洋的净化功能，首先就给了他们强烈的印象：他们早就特别注意到，这种净化有助于中和时间的侵蚀、淋巴结结核及其引起的创伤。他们认为苦涩的海水很灵，能驱逐折磨孩子的蛔虫。他们情愿吃海藻和珊瑚虫（Halcyonia），推测出它们含碘，以及碘有很强的收缩力，能净化、巩固肌体组织。罗素了解并搜集了这些民间药方，摸到了门路，有这些对症的药方，他就能很好地回答德·纽卡斯尔公爵提出的严重问题。

他将回答整理出来，做成一本重要而有趣的书（*de Tabe glandulari*，*seu de usu aquæ marinæ*，1750）。

他讲了一句天才的话：“问题不在于治疗，而在于修补和创造。”

他没有设想一种奇迹，但是追求可能的奇效：增长肌肉，创造组织。这就相当清楚地表明，他优先在儿童身上下工夫：儿童虽受血脉的影响，但还是能够再造。

那个时期，巴克韦尔[1]刚刚发明了肉食。直到那时，人们养家畜主要是挤奶，从那以后就让它们提供营养更丰富的食物了。活动越来越多的人，就渐渐放弃乏味的喝奶食谱了。

罗素的贡献恰逢其时，他在那本小册子里发明了海，我的意思是让海成为时尚。

一言以蔽之，而这一言同时包含一种医学和一种教育：1. 应当饮海水，洗海水浴，吃集中了海水功效的海产品；2. 应当让孩子少穿衣裳，肌肤总能接触空气。——空气、海水，仅此而已。

后一项建议相当大胆。在潮湿而多变的气候中，让孩子几乎光着身子，这就等于听天由命，事先就牺牲掉体质弱的孩子。体质强的孩子存活下来，而人种仅由他们传宗接代，自然也就提高了。还应该补充一点：各种事务、运动、航行，从学校夺走孩子，早早把他们解放出来，不再接受坐着的教育和残疾人式的生活，而那种教育和生活，是英国专门留给贵族子弟，牛津和剑桥的贵族学生的。

1　巴克韦尔（Robert Bakewell，1725—1795）：英国农业家，肉用牛羊最早的培育家之一，培育出莱斯特郡长角牛和莱斯特羊。莱斯特羊体型粗壮，生产粗质长毛和多量优质肉。他最先大规模培育种畜。

※ ※ ※

罗素这本书完全受民间本能的启发，很有创见性，不过，他远没有推测出一百年间，所有科学都会来证明他的见解，而且每门科学都会揭示海洋这个话题新的一面，人们会发现海洋一整套疗法。

陆地动物性的最珍贵的元素，在海洋里极为丰富，既健康又活跃，既完整又稳定，存放着为了再造生命。

因此，科学可以告诉所有世人："到这里来吧，各国人民，来吧，疲惫的劳动者，来吧，精疲力竭的少妇、受到你们父辈恶习惩罚的孩子；靠近前吧，脸色苍白的人类，你们都坦率地告诉我，面对大海，你们都需要什么才能振作起来。这种恢复元气的原理，不管是什么，总归存在于大海。"

生命的普遍基础，胚胎的黏胶，人借以出生与再生的动物活性胶冻，人曾吸取并不断再吸取构成躯体柔美韧性的这种珍宝，海洋里极为丰富，可以说就是海洋本身了。海洋用来创造、发展海生植物、动物，毫不吝啬地供给它们。海洋的慷慨，让大地的节俭羞愧。海洋给予，你们就要善于接受。海洋丰富的营养，将以潮涌般的奶汁喂养你们。

"可是，"他们说道，"作为人的骨头架子，支撑我们的东西，已经损伤了。由于缺少营养，只求填饱肚子，我们的骨骼弯曲，变形，挺不起来了；骨头变软，走路就打晃。"好吧，他们身体缺乏的钙质，海洋特别富足，大量提供给贝类，提供给建筑工石珊瑚，结果石珊瑚用来建造了陆地。鱼儿携着钙质成群旅行，大片大片鱼群，如果搁浅在海滩，这种富有营养的食物就能用做肥料了。

而您，患病的少妇，您走下坟墓，甚至不敢呻吟，谁看不出来呢？您在融化，正自行消失。然而，能稳固任何组织纤维的强身健体、有益健康的要素，蕴藏在海中有三倍之多，分布在含碘的表层海水中，也在不断吸收的海带里，总之，海洋使之动物化，置于它最雄厚的族群，鳕鱼类（无须鳕等）体内。鳕鱼及其亿万鱼卵所含的碘，就足以满足全球之需。

您是缺乏热量吗？大海有啊，而且最为理想，这种热量不易为人觉察，潜藏在所有饱含脂肪的动物体内，如果不处于均衡状态，而是扩散开来，那么就能融化全部冰层，把极地变成赤道。

美丽的红色血液，热血，就是海洋的胜利。海洋通过血液，赋予它的巨型动物以活力，具有无可比拟的力量，远远超过陆地任何动物。它制造了这种要素，也就完全可以为您，没有血色并低垂的可怜的花朵，为您重新造血，使您脸色红润，焕发青春。海洋盛产血液，富富有余。海洋的这些孩子体内，血液本身就是一片海，只要一刺破肌肤，就流出来，化为血气，远远染红了大洋。

这就是道破的神秘。在你身上结合起来的所有要素，这个非人的超人又将它们分离。海洋有你的骨骼，有你的血液，有你的元气和热量，每种要素都体现在海洋的这个或那个孩子身上。

海洋拥有而你所不具备的，正是过分的丰饶和过剩的力量。海洋的气息，有一种莫名的欢快、活跃的创造力，可以称之为一种物质的英雄气概。这个伟大的生育者尽管十分暴烈，也还是大量倾泻非比寻常的喜悦、丰富多彩的欢欣、它本身为之悸动的野蛮之爱的火焰。

二

选择海岸

土地是他的医生，每种气候就是一种药方。医学，朝前看，越来越成为一种移居了。

一种有预见性的移居。人要为未来而行动，不能总那么死气沉沉，孕育不治之症，而应当迎接教育、卫生，尤其旅行，——但是不像如今这样，匆匆赶路，冒冒失失并有害健康，而应巧妙地安排，充分利用大自然到处储存的物质，得到救护，大大增益活力。

未来的青春寓于这两件事中：一门移居的科学、一种适应新环境的艺术。迄今为止，人还是个俘虏，如同岩石上的牡蛎，稍微离开温带，就只有找死了。人若想成为自由人，就只能等到这种特殊的艺术将其真正变成这个星球的居民。

很少疾病，能在发病的环境和地方治好。疾病依赖的某些习惯，由这种环境延续下来而积重难改。凡是固守自身最初恶习的人，无论肉体还是精神，都绝难改观。

医学，受到所有相关科学的启发，将能向我们提供一些方法和方向，以便谨慎地引导我们走上这条新路。尤其需要安排过渡阶段。人在毫无准备，丝毫也不改变生活和饮食习惯的情况下，能够从一种完全内陆的气候（巴黎、里昂、第戎、斯特拉斯堡），突然迁移到一种海洋性气候中吗？人还没有长时间呼吸海边的空气，能够一开始就洗海水浴吗？如果不先在内陆培养一点谨慎的水疗法习惯，人怎么能够贸然冲进大海，不顾水冷和常刮的大风，不谨防战栗抽筋而游不回来呢？这些必须先行解决的问题，越来越会引起医生们的注意。

乘坐火车旅行，速度极快，却是一件反医学的事情。按照现在的做法，二十小时就从巴黎到达地中海海岸，每小时气候都相差极大，这对一个神经质的人来说，是一件最冒失的事情了。到了马赛，就头晕目眩，焦躁不安，神志不清了。——当年，德·塞维尼夫人[1]从布列塔尼前往普罗旺斯，用了一个月时间：两地气候截然相反；她是按部就班，一点一点过渡的。她在不知不觉之间，从西部的滨海地区转移到东部地区，进入完全大陆性的气候的勃艮第。继而，她又缓缓行进，走向多菲内地区罗纳河上游，这样，她就不难面对瓦朗斯（Valence）、阿维尼翁（Avignon）的大风了。最后，她在普罗旺斯中心地带，艾克斯（Aix）城停歇，既离开罗纳河，又远离海岸；她适应那里的气候，从胸膛到呼吸，已然成为普罗旺斯人了。到这份儿上，仅仅到这份儿上，她才亲近地中海。

1 德·塞维尼夫人（marquise de Sévigné，1626—1696）：侯爵夫人，法国女作家，著有《书信集》，是她三十多年间所写的信件，以其印象主义的风格，成为那个时期的风俗习惯极为生动的见证。

※ ※ ※

法兰西有两片大海，这种优越性令人赞叹。从而有了方便条件，根据季节、各人的体质、疾病的轻重程度，或去地中海，接受带咸味的空气的强身作用，或去西部，接受大西洋提供给我们的更为潮湿、更为温和（只要没起风暴）的空气健体作用。

两片海洋，疗养地都分别构成阶梯，从相对温补到相对强补。观察这两个系列非常有趣：人们沿着走来，最常见的是从弱到强。

大西洋系列，始于拉芒什海峡，海水风急浪高，健体刺激性强，可是到了布列塔尼南面，就变得特别温和，再往南到吉伦特省沿岸，海水更加人性化了，而在封闭的阿尔卡松（Arcachon）海湾，就温柔到了极点。

地中海可以说呈环形，它的音阶的最高音符，位于普罗旺斯和热那亚，往南临近比萨就缓和了，到了西西里岛则趋于平衡，再到阿尔及尔，就达到高度的稳定了。折回来到西班牙的瓦伦西亚和马略卡岛，再到法国鲁西永地区的那些小港口，北面有很好的挡风屏障。

※ ※ ※

地中海很美，突出两大特点：其一，环境十分和谐，其二，空气澄净而阳光灿烂。这是一片蓝海，非常苦涩，含盐分很高。地中海蒸发的水量，比它接受河流注入的水量高出三倍。将来，它就只剩下盐分，其苦涩之味堪比死海了，假如不是海内的水流，包括直布罗陀的潮流，源源不断引来大西洋海水中和的话。

我站在岸边放眼望去，唯见一片美景，但是有点强烈。绝无流于一般之处。地下岩浆的痕迹到处可见，暗黑色的深成岩石，一如长条形的沙丘，或者峭壁的水生物的沉积层，永远也不会令人生厌。诚然，著名的橘林显得有些单调，反之，在隐蔽的角落，非洲植物极为茂盛，有芦荟和仙人掌，在以爱神木和茉莉为主的绿篱围起来的田野，还有野花芳香扑鼻的荒原，一切都美不胜收。不错，您头上往往是连绵的秃山，一望无际。山脚延伸很长，大范围的根扎进海中，直到深水区还清晰可辨。一位游客说道："我就觉得小船游在两个大气层之间，上下都是空气。"他在西西里岛附近，观赏这水晶下面植物和动物的多彩世界，并且描绘出来。我在热那亚海就不那么幸运，海水同样清澈见底，却只见到一片荒芜。海岸光秃秃的火山岩，有黑色大理石，也有更为瘆人的白色大理石，在明晃晃的镜子深处，向我呈现自然的建筑，诸如古代石棺、倒置的教堂。有时我就以为看到佛罗伦萨或者比萨大教堂某一侧面。有时我也似乎看到静默的斯芬克斯、尚未起名的妖怪，莫非是鲸，莫非是大象？我不知道，幻景和奇异的梦境，可是，真实的生命，却毫无迹象。

这就是这片美丽的海，及其特点突出的气候，能够十分有效地磨炼人。它赋予人纯粹的力量，最大的抵抗力，培养出最结实的人种。我们身材高大的北欧人，比起普罗旺斯、卡塔卢西亚的海员，比起热那亚、卡拉布里亚、希腊的海员，也许力气大些，但是肯定不如他们健壮，不如他们适应各种环境。这些地方的海员，肌肤都晒成古铜色，身体像铁打铜铸一般了。肌肤的这种健康色绝非偶然，而是饱吸足纳了阳光和生命。我的朋友中有一位高明的医生，他就打发他在巴黎、里昂的那些面无血色的患者，到地中海海滨进行日光浴，而他本人也一样，躺在岩石上一连几小时晒太阳。他只保护头，身体其余部位晒成非洲人最美的肤色。

真正生病的病人，应当去西西里、阿尔及尔、马德拉岛、加那利群岛。可是，那些体质弱的人、身体疲惫的人、脸色苍白的城市居民，要想重新健康起来，也许最好去气候不平稳的地方休养。尤其应该去的那些地方，曾经提供地球的最高能量——人类钢铁，希腊也曾经提供尖利锋快、不可摧毁的燧石人种，诸如哥伦布们和多里亚[1]们、马塞纳[2]们、加里波第[3]们。

1　多里亚（Doria）：意大利家族，从十二世纪起，这个家族一直主导着热那亚的政治、军事和经济生活，历代产生多位保民官、执政官。

2　马塞纳（Masséna，1758—1817）：里沃利公爵（de Rivoli，生于尼斯。法兰西元帅，屡建战功，被拿破仑誉为“胜利女神的宠儿”。

3　加里波第（Garilbaldi，1807—1882）：意大利民族统一运动的著名领袖，杰出的游击战专家。生于渔民家庭，早年当过水手和船长。1834 年就参加起义，反抗奥地利的统治。他一生（除了 1836—1848 年流亡南美）都为意大利的复兴和统一而进行宣传和战斗。没有他积极投入，意大利的统一是难以实现的。

※ ※ ※

我们最北方的港口，敦刻尔克、布洛涅、迪耶普，迎着拉芒什海峡的大风和潮流，还是一座制造和再造人的工厂。这种大风和这片大海，在永恒的搏斗中，就是将人起死回生。在那里真真切切地看到出乎意料的复活。没有严重病损的人，短时间就能够恢复。人的整部机器，不管怎样，都在有力地运转，消化，呼吸。大自然要求很严，保证机器运转正常。尽管海风劲吹，十分粗壮的植物还是一直绿到海岸，实在令萎靡不振的我们惭愧。诺曼底的小港口，每个都是从悬崖峭壁中开凿的，而不知疲倦的西北风（标准的诺曼底方言说 le Norouais）终日尽吹，振奋起我们的精神。自不待言，海风吹到塞纳河入海口，经过翁弗勒尔和特鲁维尔的苹果林，就不那么猛烈了。多好的河流，一出河口，就微微向左倾斜，带去一种可爱而温和特性的影响。

再往北面，格朗维尔、圣马洛、康卡勒一带，我们看到了波涛汹涌的大海，经常呈现骇人的景象。那是青年应当去的最好的学校。那里大海向人挑战，强壮的人经过一搏，会变得更为强壮。大型航海运动，就应该设在诺曼底人和布列塔尼人生活的这一带海域。

※ ※ ※

反之，如果是一个病损的、身体脆弱的人，一个孱弱多病的孩子，或者一个过于受宠爱而疲惫不堪的女子，我们就会寻找一个更为温和的地方护佑这宝贝。一处完全平静的海滩，水也不那么凉，不必跑到大南方，就在莫尔比昂省（le Morbihan）的沉睡的小岛或半岛中间也能找见。那些小岛星罗棋布，胜似从前一位国王藏娇的迷宫。您的娇娃，就托付给这片隐蔽的海域。除了那些德鲁伊特教的古老岩石，以及少许几个住在这种荒凉而温和地方的渔民，任何人也不会了解一点情况。“可是，”那女子问道，“在那儿能看到什么呢？”“主要是打鱼，太太。”“还能看到什么呢？”“还是打鱼。”离圣吉尔达（Saint-Gildas）修道院不远，据布列塔尼人说，爱洛伊丝就是去那座修道重会阿贝拉尔[1]。他们在那里生活十分清苦，孤苦伶仃，饮食就像鲁宾逊和星期五二人那么简单。

更加开化的、可爱而宜人的地方，那就得去南方了：波尔尼（Pornie）、鲁瓦扬、圣乔治（Saint-Georges）、阿尔卡松，等等。

我在别处谈过圣乔治，那温和的海滩弥漫着略带苦涩的

1 爱洛伊丝与她的老师阿贝拉尔相爱的故事，发生在十二世纪的法国。具有自由思想的神学家和哲学家阿贝拉尔（1079—1142）同他的学生爱洛伊丝相爱，生有一子后秘密结婚。他们的关系遭到她家人的反对，她的任巴黎议事司铎的叔父甚至派仆人阉了阿贝拉尔。爱洛伊丝进了修道院，但比起上帝，她更爱阿贝拉尔，与他保持二十年的通信关系，有些信件流传下来。卢梭受此启发，写了一部书信体小说：《新爱洛伊丝》。

香气。阿尔卡松也十分温馨，富含树脂的树林散发着特别好闻的生命气味。如果没有波尔多这座富有的大城市人的侵入，如果不是在某些日子，人们会蜂拥而至，那么阿尔卡松还真是个好地方，有人情愿选作隐秘的疗养地，安置患病的亲人、怕受外界刺激的娇弱的心上人。这个地方，只要不出内湾，就一片沉静，绝对安宁，同两步开外惊涛骇浪的外海形成鲜明的对照。灯塔外面，便是怒涛拍空的加斯科涅（la Gascogne）海湾。在内湾，海水处于半睡眠状态，微波细浪没精打采，声响大不过小脚踩在柔软海藻有弹性的垫子上，而那种垫子用来靠实过于松软的沙滩。

既不北也不南，既不在布列塔尼，也不在旺代（la Vendée）地区，一种中间带气候，我曾见过，又高兴地看到波尔尼克（Pornic），可爱而又可靠的避风港，以及当地好样的海员、头戴尖顶软帽的迷人的美丽姑娘。这个小地方欣欣向荣，前面横一个长岛（确切点说是半岛），名为努瓦尔穆捷，海水斜刺里流进来，不是直接灌入，完全可以控制。海水一进入小港湾，就人性化了，粼粼碧波，好似在纺麻，或者在织波纹布。在这方圆几法里的锚地，海水又形成一些小湾，为女人的缓坡的狭湾，以及为孩子的浴池。这些美丽的沙滩，彼此由可观的岩石隔开，隐蔽而不易为人窥见，无不天然具有小小神秘的乐趣。在那里可以略窥海上人家的生活，但是比从前更加穷苦了。避风浪不受侵扰好虽好，然而也有害。这小港湾过于平静，水上人家得不到丰富的食物，也就离开了。这片海域越来越少吸引大西洋的潮流，降低大洋的浪涛声响，在港湾里倾听已经大大减弱了。魅力十足，动静相宜。无论在哪里，我都没有看到更有温情味的地方：有如此幽思冥想的自由，有如此将死之海的凄美。

三

住宅

有些问题，书籍不谈，迄今为止医生也极少关注，那就允许一个外行来提几点建议，这也是他吃了亏才获得的经验。为了不让这种经验之谈流于空泛，我就面向一个愿意求教的病人。是一个虚构的人物吗？绝非虚构。我所说的那个人，确实遇见过，而且我一生遇见不止一次。

那是一位少妇，患了病，或者说身体衰弱，临近中疾了，还有一个体质更弱的孩子。已经度过了冬季、春天，十分艰难。不过，还没有一点严重的病变。只是浑身无力，贫血；只是活着很吃力。于是打发他们到海边，度过整个夏天。

对于并不富裕的普通家庭，这是一大笔开销。对于一位家庭主妇，这样打乱生活也很为难。难分难舍，尤其是非常恩爱的夫妻。大家商议。对医生的诊断还想讨价还价。疗养一个月还不够吗？可是，大夫考虑特别周全，仍然坚持。他认为短时间疗养，非但无益，反而有害。不做任何准备，突然受海水浴猛烈的刺激，最健壮的身体也很可能受到伤害。但凡理智的人，就必须先适应环境，呼吸海边的空气：六月是最佳月份；七月和八月则洗海水浴；九月，有时甚至包括十月，暑热退去，含盐的海水的刺激也和缓了，可以巩固效果，还可以借助秋凉大风的砥砺，抵御冬季的寒冷。

很少男人整个夏季都有空闲时间。到八月、九月，丈夫能去陪妻子一两个月，就相当不错了。他再怎么打算为了妻子，应当留下来陪伴，牺牲掉全部次要的利益，怎奈作为男人，生活很繁忙，有一些锁链不能打破，否则会给家庭带来巨大损失。因此，妻子必须独自出行。这样夫妻就分离了！

独自出行？她还从未有过。能跟随一个友人家庭出游，她会更加放心：一个有钱人家，丈夫、妻子、孩子、仆人，全体出动。——“我不揣冒昧，提出看法，我会对她说：还是独自出行吧。”

结伴旅行，开头很欢快，结果往往事与愿违。大家感到不方便，闹起矛盾，旅行归来就变成了仇人，或者（情况更糟）过分亲近了。洗海水浴无所事事，太容易产生意想不到的后果，造成终生遗憾了。依我之见，极小的不当也不是小事，只因分开旅行，就能够更好地感受大海，并且带回家强烈的好印象；如果同人家一起，那就得继续过大城市的（无聊，庸俗，强颜欢笑，等等）日子。独自一人，就惦记，就想念。同人家一起，就说长道短，讲人坏话。那些有钱有地位的朋友会拖着年轻的太太一起游乐。她就会兴奋，生活比在巴黎还要纷乱，还要违背医嘱。她疗养的目的就会完全落空。您想一想吧，太太。您既要有勇气，又要谨慎。您去那里，就是要进入单独静养的状态，过清心寡欲的生活，同您孩子一起，必要的话，就过童稚般的生活，但是要纯洁、高尚，富有诗意，我是说，正是在这种生活中，您才能真正找到渴望的焕然一新。当另一个人留在家中，为家庭操劳的时候，敏灵而深情的正义让您畏惧寻欢作乐，将来会给您做出评价，请相信这一点。如果您只愿同大海交友，那么大海会更加爱您，在这种疗养中，将向您大量提供生命的、青春的珍宝。孩子会像一棵挺秀的树木生长，而您也将倍受恩惠，容光焕发。您重又变得年轻，受人艳羡。

※ ※ ※

她只好接受，独自出行。海水浴场也指定了，很有名气。通过化学分析，也确认那里海水的真正价值。然而，当她还有许许多多具体情况，远距离无法猜测，大夫也极少了解。人，眼睛总盯着大城市，没有什么机会，也没有闲暇去研究那些特定的地方。

有几个地方挺重要，就印了指南手册，不能说没有价值。指南上介绍有无数患者到推荐的疗养地，就可能把病治好了。但是上面很少，极少说明人们要了解的主要东西，即当地的独特之处；他们不敢明确讲在疗养地的系列中，这地方占据什么位置，是强还是弱。只是一种泛泛的赞美，极其概括，因而给人具体的指导少而又少。

具体阐明什么呢？如果您瞧瞧地图，海岸朝向南面。然而，这说明不了任何问题。这样特殊弧度的地形，很可能将您的住宅置于一种寒流的影响之下，比方说，冲到海岸的一股水流，一座隐蔽的谷地，将您暴露在北方刮来的寒风之中，或者西风通过一道沟壑灌进来，推涌着滚滚激流将您淹没。

附近有沼泽地吗？几乎总能听到这样的回答：有啊。然而，沼泽地的水是咸的，由海水更新净化了，还是积存不流动的淡水，干涸之后散发腐臭的气息，两者差别可就大了。

海水非常纯净吗？还是注入河水，占多大比例呢？讳莫如深，唯恐搞清楚。可是，对于神经过敏的人，对于初试海水浴系列疗程的新手，淡水比例越高越好。掺进一点淡水的海域，空气中含盐的成分少些，也不那么刺激，海滩则不怎么荒凉，有田野风光赏心悦目，这才是最好的环境。

至关重要的一点，就是选择住所。谁会指导您呢？没有人。必须亲自察看。您从游览过的人，甚至在当地逗留过一段时间的人口中，了解不出多少情况。他们或褒或贬，依据的主要不是住所的真正价值，而是他们从中找到多大乐趣、他们丢在那里的朋友。他们把您介绍给那些朋友，那些朋友热情地接待您。然而几天住下来，您看到了缺陷。您不巧住进了最不合适的房子，有时甚至有碍健康和危险的。没办法，您已经租下来了。于是，您就要怪罪介绍您去那里住的朋友，也怪罪这个善良好客、热情接待您的家庭。

“那好吧，我就不事先租房，等到了那里，如能碰见一位诚实的、受人敬重的医生，我就请求他指点一下。”诚实！这还不够，他还必须铁面无私，实话实说，毫无忌惮。那么，他就会同所有居民闹翻，结为死敌。他那个人也就完蛋了。他会受到当地人的鄙视，像独狼一样生活，没有人趁夜晚下他的黑手，就算他运气的了。

※ ※ ※

我特别憎恶十分荒谬的轻率建设，只为图利，全然不顾变化不定的气候。这些纸板似的不牢固的小房子，都是极其危险的陷阱。来的时候正是大热天，这种宿营的房子还可以接受。可是，有人往往要待到九月份，甚至十月份，那时就要刮起大风，下起大雨了。

当地的房主，他们身体都很健壮，为自家建造的房子又好又结实，可以高枕无忧。然而为我们，可怜的病人，他们建造的是木板房，荒谬的木屋（不是像瑞士的木屋，覆盖厚厚的苔藓），裸露在外，全是大缝子。这实在是拿我们开玩笑。

这些别墅，外观很华丽，内里却一塌糊涂，一点预见性也没有。客厅，朝向大海的房间，装饰颇为精美，然而没有一间舒适的内室。丝毫也没有女子所需要的那种舒适的温馨，她不知道该到哪间屋休息，总仿佛生活在断断续续的暴风雨中，要时刻忍受骤然降温。

此外，渔民的，乃至布尔乔亚的结实房子，往往低矮潮湿，住着不舒服，一些布局也不适当。大多情况没有双重厚棚顶，只做了单层的地板，楼下的冷空气透上去，便引起感冒、关节炎、胃炎，以及许多别种疾病。

这两类住房，太太，不管您做何选择，您清楚我希望您的住所首先要有什么吗？说出来，您要笑就笑吧。无所谓。尽管是六月份，首先要有一座非常好的壁炉，以便抵御冷风。在我们美丽的法国，刮西北风就冷，刮西南风就下雨，今年这种天气，十二个月就已经占了九个月，必须常年生火。到了潮湿的傍晚，您孩子回来，瑟瑟发抖，睡觉之前身子暖和不过来，就必须生一会儿旺火。

任何住所，首先应当想到两件事：水与火。海滨一带，能直接饮用的水极少；如果水质很差，那您就试着用啤酒或当地饮料替代。

我头脑当中未来的别墅，完全可以给您描述出来！我讲的不是富人要在海滨建造的豪宅、城堡，而是一般家境的普通住房。这是一种新的建筑术，似乎还没有人想到。现在建房，总试图模仿已有的式样，违反当地的气候和海滨的生活。这些亭子式的建筑，随意安些轻率的装饰，临时避避风雨倒可以，但是住进去就让人提心吊胆了：总觉得能让大风给卷走。木屋，在瑞士那里，屋顶特别大，既防雪又能压紧干草，突出的缺点就是剥夺了大部分阳光。在我们北方的海域，阳光，绝不能遮蔽，要非常珍视地采集。至于仿造礼拜堂、哥特式教堂，根本不宜居住，这类可笑的玩物就不值一提了。

在海滨建房，首要的问题是非常牢固，整个构造很坚实：墙壁厚厚的，能排除震动和摇晃，没有住在到处皆是的单薄房子里的那种感觉；地基非常稳固，即使遇到特大风暴，也能给胆小的女子以安全感，使她嗤之以鼻，得意地进行对比："住在这里真好！"

第二点，就是房子朝陆地的一面，要十分完美地遮护起来，能让人忘记大海：就在惊涛骇浪的旁边，也能够安然入睡。

为了解决这两种需要，我主张房子的形状尽量少兜风，设计成半圆形，一个新月，凸面朝海，整个景观多变化，能看见太阳转移，光顾每一扇窗户，时刻都照进阳光。

这个半圆形凹面，内侧，由新月两个角保护，环抱住主妇的美丽小花坛。从这花坛起始，地势渐低，足可以辟为一定范围的花园，不受海风侵袭。地面一道起伏，往往就能阻遏海风。

常言道："花神福罗拉逃避大海。"其实，花神逃避的是人的疏忽。从这里到埃特尔塔[1]的路上，我望见悬崖顶上一户农舍，有一片果园，正对着汹涌澎湃的大海，迎着圣力吹的海风，果树却长得十分茂盛。是怎么小心经营的呢？只是填起一条五尺高的路堤，上面长满了野草杂木，形成一道荆棘丛。这条路堤后面生长一排相当粗壮的榆树，为整座果园挡风。布列塔尼的一些地方，也可能为我提供了样板。罗斯科夫[2]产多少水果、蔬菜，甚至以低廉的价格供应诺曼底，这种情况，谁人不知，谁人不晓呢？

话题还是拉回到建筑上来，我主张不要建高了。只建两层小楼，楼上是卧室。不要很高的阁楼，只需几间矮屋，将二楼房间与房顶隔开。

1　埃特尔塔（Etretat）：诺曼底地区塞纳海滨省小镇，海水浴疗养地，著名旅游景点，有壮观的悬崖峭壁。

2　罗斯科夫（Roscoff）：位于法国最西部的小镇，属布列塔尼地区菲尼斯泰尔省。港口，海水浴疗养地，海生植物试验场。

因此，房子会很小。但是前后很宽，有两排房间：一套房朝向大海，另一套房朝向陆地。

楼下朝陆地的一面，由稍微突出四五尺的一楼遮护一点儿。这样，这座新月形房子的内侧还形成一条游廊，碰到坏天气可以走动走动。楼下的房间，有一间餐室，也许用一小间放书籍（游记、自然科学类），另一间则是浴室。我的意思，绝不是要搞一个真正的书房，也不是安装一间豪华的浴室。基本设施，简单适用，仅此而已。

我是希望，在天气恶劣，肺部弱的人不宜待在海滩的日子，希望看到这位太太安安稳稳坐在那儿看书，或者侍弄小花坛。她会从中得到点生活情趣：花草、鸟栏、一个小水池；水池灌满海水，她每天的发现、渔民给她的新奇的海物，都可以带回来放进池中。

至于养鸟儿，我希望能像我在另一部著作中所建议的那样，是一个开放的鸟栏，鸟儿飞来过夜，寻求点食物。夜晚关上门，以防猫头鹰偷袭，到清晨再打开门放出去。它们会非常准时地飞回来。我甚至认为，如果鸟栏很宽大，还可以栽上鸟儿寻常栖息的树木，它们情愿在您的保护下孵卵，将小鸟儿托付给您。

有意义的生活，有趣的生活。这是短暂的独居生活，是生活的短短的幕间休息，孤单一人别有一番情趣啊！处境是全新的。夫妇分居两地，没有事务了。同孩子在一起，比没有孩子还要孤单。如果没有这个小伴侣，另一个女伴，遐想，就会来到她身边，带她胡思乱想了。可是，这个孩子，天真的小看守，却不准许她进入这种状态。他总缠着母亲，让她说话，总向她提起家。同孩子在一起，她就总感到，有个人在那边为他们劳作，也在计数日子。

纯洁而可爱的花朵，您就盛开吧。您今天比以往更年轻了，又回到自由的少女时代，而在您孩子的守护下，感到的是十分甜美的自由。

四

初次呼吸海

在这样美好的时候，离开巴黎而去荒凉的海滩，这是一种巨大而骤然的转变：巴黎这时已花团锦簇，绚烂的花园及其栗树林花开正盛。如果赶在大批人之前，两个人来到海边，六月会是非常美的。然而，自己只身前来，独对大海，由这宏伟高贵的孤独者相伴，不能不油然而生几分凄凉。

头几次来到海滩，未必产生好印象。这么单调，这么荒凉，枯燥乏味。海的景象异常宏大，对比之下，深感自己孱弱而渺小，一颗心不免有点收紧。娇弱的胸膛，本来在房间里呼吸，却猛然置身于宇宙这个大房间，迎着阳光和大风，一时感到透不过气来。孩子在玩耍，跑来跑去。她坐在那里，一动不动，在清凉的海风中不由得战栗，又想起丢下的温暖的窝。这工夫，孩子玩得很开心，这给了她几分欣慰。

这一切定会改变，太太。您的思想要坚定。等到您更好地了解了海，感到海里生物种类繁多，不可胜数，印象也就完全转变了。您胸口的压抑感也就习惯性随之消失。必须习惯这种空气，虽然清凉，但是带有咸味和刺激，丝毫也不会让人感到清爽。要慢慢习惯，不要故意大口呼吸。您在避风的角落，同您孩子玩耍，不去想这事儿了，您的呼吸就会渐渐自如了，心情也会随之好起来。不过开头，您在海滩少停留些时间。去散散步，多深入当地。

陆地，您习惯的朋友，招呼您回去。松林在同大海竞相散发有益健康的气息。松林的气息，饱含树脂味，同海洋的气息一样，令人精神振奋，而且还不那么刺激。这种气息渗透我们周身，钻进我们所有毛孔，改变并净化我们的血液，还以一种异香熏沐我们遍体生香。在松林后面的荒原上，您脚踏的药草和有点硬撅撅的杂草，向您散发各种香味，相当馥郁，让人醺醺欲醉，犹如危险的玫瑰的芬芳，略带苦涩却非常好闻。您就坐到这遍野的芳泽中间，也像芳泽一样，受这道土坡的遮护。在这里驻足，难道不会觉得距离大海有千里之遥吗？您就呼吸这些纯洁的精神，这些野花的灵魂，您的清纯的姊妹。如有必要，太太，您就采撷一些，它们求之不得。稍微冲一点儿，但又沁人心脾！纯洁的芳香中，有这种独特的奥秘，有镇定和养神的功效。您不必害怕，可以把它们藏在您的胸口，您的心上。

※ ※ ※

但是不要忽略一点，注意在某些时刻，这种避风的荒原酷热难耐，只因荒原吸收并集中蓄存了阳光的热量。身体弱的女子，在这里会萎靡不振。而少女生命力强，到这里会燃烧，沸腾，会倍加兴奋。她就要想入非非，头脑产生奇怪的危险念头。少女去那里，必须选择潮湿而温和的阴天，再不然就是早早起床，户外还一片清凉，百里香的枝叶还挂着露珠，而机灵的兔子还在四处游荡。

话题再回到海洋。海水退潮的时候，还亲自展示，可以说向您赠送它养育的丰富的物种。应当一步一步跟随退去的海水，在湿软的沙滩上往前进。您不必担心，变得轻柔的海浪，顶多要吻吻您的脚。您要是仔细瞧一瞧，就会发现这沙滩不是死的，到处蠕动着没有赶上退潮的落伍者。小鱼躲藏在一些沙窝里。在溪流的河口，鳗鱼在沙下摇动，引起小小的地震。螃蟹太贪食，或者太好斗，想撤退时却有点迟了，没有赶上海水。它横行逃跑的曲折足迹，就好像一幅奇特的镶嵌画。足迹消失之处，您会发现它蜷缩在沙中，等待下次涨潮。竹蛏（俗称刀柄）也潜入沙中，但是隐身的地点又被它为呼吸而保留的漏斗所暴露。俗称维纳斯的帘蛤也被一片墨角藻所暴露：墨角藻连着它的贝壳，露出地面，泄露了它的居所。波纹状的地面，向您揭示好战的环节动物的地道；它们的武器库会让您着迷，还有它们变幻的颜色，（在显微镜下）呈现出彩虹。

大潮的戏剧性突变最为壮观。海洋涨得很高，退潮就尤其彻底，暴露出大片不为人知的领域：神秘的海底出现了，引起人们多少奇思异想的海底。海中的族群活动，生活，秘密隐居的情景，您当场就捕捉到了，而这些族群十分惊诧，原以为在海中非常隐蔽，从来没有，几乎从来没有见过阳光，更不要说看到人的目光了。

你们就放心吧，受惊的族群。这是一位女子的目光，虽然好奇，但也饱含怜悯。这不是渔夫的手。这个女人要干什么？无非是看看你们，问候一声，指给她孩子瞧一瞧，还让你们待在你们生活的自然环境里，并且祝愿你们身体健康，今后更加繁盛。

有时还真不必走很远，在一个地点，您就全都见识了。大洋也会寻开心，在岩石中开凿出微型海洋，几尺见方的世界，但是一应俱全。可以坐在旁边观察，观察时间越久，看到的生命越多，开头还一无所见，过一会儿它们就显现了。假如海滩的主人，专横的主宰不是用潮水驱赶，您尽可以无限期待下去。

明天再回来，这地点已经变成了学校，博物馆，能给孩子和母亲无穷的乐趣。母亲在这里，显示了独具慧眼和脉脉深情，一下子就看透猜中了。母性让她一目了然：生命是如何孕育，如何诞生的。她的本能那么快就向她揭示了万物的创造，她能毫无阻碍（仿佛一个人回家似的），就走进大自然的奥秘，您想了解为什么吗？她就是大自然的化身。

水相当滑腻，水底有小海藻，很小，但是肥肥的很有营养，还有许多别种小人国中的植物，构成精美的图案，是铺在水底宽容的牧场，喂养小人国中的牲畜，在上面吃草的是软体动物。帽贝、蛾螺、蝾螺、紫贻贝、樱蛤，粉红色或淡紫色的，全都很文静、耐心等待。藤壶（les balanes），在自己的堡垒里更为安全，关上了它们的四扇窗板。明天，它们还会在这里。难道说它们是惰性使然，并不向往活动？它们连点朦胧的念头都没有，不喜爱未知的事物？有哪个好心人定时来给它们饮食吧？……唔！它们在盘算，在等待。大西洋的这些遗孀，它们知道伟大的丈夫还要回来，爱抚大地。它们事先眺望海洋，有固定房舍的，房门也设在朝海的方向，随时准备打开。潮水冲来如果猛烈些，那再好不过，它们只会更高兴，有这股活跃的潮流有力地摇晃它们，那真是太幸福了。

“瞧啊，孩子，我们一靠近，就只剩下这些不爱动的生灵了。而其他那些活跃分子都已逃离。现在，它们放下心来。虾开始蹦跳，以其纤细而飘轻的触须，将水映成虹色；在这种范围的海洋，虾的本职就是兴风作浪。海蜘蛛，动作缓慢而迟疑，出来亮相又大胆，又战战兢兢，重新游上温暖的水面，见见阳光。还有一个谨慎的角色，蜷缩在海藻深处，在紫色珊瑚藻下边，这只螃蟹好奇地探出身来，偷偷瞥了一眼，又急忙潜回它的森林里。

“咦，我看见什么啦？这是怎么回事儿？一只静止不动的大贝壳活了，试着往前移动……噢！这可不正常。明目张胆地骗人。这个不速之客，因奇特地翻着筋斗而暴露了自己……美丽的假面具，谁还会认不出您呢，寄居蟹阁下，狡猾的螃蟹，还想冒充无辜的软体动物。您心术不正，就想歪念头，不太安分了。”

在我们这小海洋的岸边，有生命的花无视这些活动，还照样盛开。在沉重的海葵附近，出现了可爱的小仙女，一些环节动物，出来见见阳光。从一根弯弯曲曲的管状体中，探出一个圆盘，一顶白色或淡紫色小阳伞，有时还是肉色的。

小阳伞偏向一侧，从本身又生出一样东西，在植物界绝找不出类似的。环节动物彼此都不相同，毛茸茸的纤体各异，全都是不可模仿的。

这儿却有一只，没有小阳伞，而是漂浮着一片絮状的小细线，略带银灰色，有五条长出许多，呈现出樱桃红的鲜艳色彩。五条长线不停地摆动，纠缠起来，又分开，同那些银发丝搅在一起，在水下制造美妙的幻景。这对于我们粗鲁的感官来说根本不算什么，但是对于生活烦躁不安、病魔使之对什么都敏感的女子，就非同小可了。看到这些小生灵的颜色忽而变红，忽而苍白，她就设身处地，辨认出自己，感到生命之火燃烧，发光并熄灭的过程。令人动情的景象！她的目光重又探进美妙的小海洋，从中更清楚地看到大自然：这位多产的，但又十分严厉的母亲，似乎在反噬自身中，得到一种残忍的快乐。

她陷入沉思，被这种思绪压得透不过气来。一位女子，如果没有一种感人的天赋：对一切生命的温情、怜悯和美丽的眼泪，那她就不成其为女子，即世界的魅力了。

她还没有哭，可是眼泪快要流下来了！孩子看见了这种情景。由于他们已经凝神专注，他反应很快，随即静默了。二人无语，一路返回。

这是可心的头一天，对孩子来说，她开始用心拼读大自然的语言。乍一接触的这种语言，对她讲的话，蕴含着一种极其感人的奥秘，直透她这可怜的心扉。

天色向晚。迟归的海鸟奋力划行，赶回陆地上的巢。他们重又攀上悬崖，回到花园天已经黑了，传来第一声夜鸟的鸣叫，尖利而凄厉。不过，鸟栏的门已经关严实了，鸟儿头枕着翅膀睡觉了。她还亲自去察看一下，看到全都很安全，这才长舒一口气，放下心来，亲了亲她的儿子。

五

海水浴——再生美

如果真像一些法国医生所言，海水浴仅仅是一种机械行为，不能赋予血液任何新的活力，无非是水疗法普通的一个分支，那就应该承认，在各种水疗法当中，海水浴则是最难忍受、最危险的。海水极富生命力，但是比起清水来，也不见得能给人以更多的活力，既然如此，在露天洗海水浴、不仅风吹日晒，还可能发生各种意外，抱着不切合实际的希望就未免荒唐了。

初次入海洗浴的人，出来时脸色苍白，魂不附体，浑身抖得要命，谁看见这个可怜人的情景，就会感到这种尝试太强人所难，对于某些体格差的人还有危险。如果在自己家中，用谨慎的清水浴，毫无危险，就能取代海水浴，那么请相信，谁也不会去遭那份罪。

再补充一点，海水浴的印象就好像还不够强烈似的，对于神经过敏的女人来说，又因面对那么多人而感受加剧了。这真是一种残忍的展示，要面对众人的挑剔目光，面对一见到就认为她是丑女的那些得意的竞争对手，面对轻浮的男人愚蠢而无情的嘲笑：那些男人举着小望远镜，观察一个感到屈辱的可怜女人随意的素妆。

要想受得了这一切，患病的女子就必得有信念，坚决相信大海，认为任何别种药方都不会管用，她不惜一切代价，也要浑身吸足海水的功效。

“有何不可呢？”德国人就说，“如果说刚一入浴，您有反应，毛吸孔全闭合了，那么过一会儿身子发热了，毛吸孔又全张开，肌肤也膨胀了，更容易吸收海洋的生命力。”

毛吸孔闭合再张开，间隔时间几乎总有五六分钟，如果拖长了，对身体就有害了。

此外，冷水浴刺激性特别强烈，必须有所准备，要通过温水浴方便身体吸收。我们的肌肤，周身都是极小的口，也像胃一样，以自己的方式消化吸收，但是需要适应这种大补的食物，喝进海中的胶质黏液，这种咸奶即海洋的生命，海洋用以创造和再造生物。在热水浴、温水浴和近乎冷水浴的渐进过程中，肌肤将养成这种习惯，有了这种需要，有了这种饥渴感，就会喝得越来越多。

最初几次冷海水浴，做起来很艰难，至少应当避开可恶的睽睽众目。必须在稳妥的地点，没有外人，只有一个忠诚可靠的人：这个人不可缺少，要守护，必要时还得实施救护，在返回的艰难时刻扶持她，用很热的毛巾给她擦拭身子，给她喝一杯热饮轻补剂，里边放几滴浓甘油。

“其实，”有人会说，“在大家的眼皮底下，危险要小些。现在早就不是薇吉妮[1]时代了：那时候在危急关头，薇吉妮宁

1　薇吉妮：法国小说家贝纳丹·德·圣皮埃尔（Bernardin de Saint-Pierre，1737—1814）的小说《保尔和薇吉妮》中的主人（转下页）

可淹死，也不肯洗个澡。”——大谬不然。我们比以往任何时候都更加神经质了。我所说的感受十分强烈，格格不入，我是指对某些人，可能引起致命的后果：动脉瘤、窒息。

※ ※ ※

我热爱人民，憎恨人群，尤其憎恨寻欢作乐的闹哄哄的人群，他们来到海滨，以其欢闹、时尚而可笑的行为，只能给大海增添凄怆的气氛。怎么！难道陆地还不够广阔吗？你们为什么非得来到这里，向可怜的患者开战，力图将原生态真正的伟大，海洋的庄严低俗化！

有一天，我从勒阿弗尔去翁弗勒尔，事不凑巧，船上满载，甚至超载这类蠢货。在这么短途的旅行中，他们还有闲暇感到无聊，组织了一场舞会。不知道是哪一个（也许是个舞蹈教师），口袋里还装了一把微型小提琴，面对大西洋演奏起四组舞曲。老实说，乐曲基本上听不见，只有微弱的吱吱啦啦尖利的琴声，透过在我们周围轰鸣的浪涛庄严的低音。

我完全理解这位太太有多么伤心，她看到那么多自命不凡的人、莫名其妙的人、那么多喋喋不休的女人、好奇多事的女人，蜂拥而至，打扰了她六月份宝贵的清静。没有了自

（接上页）公。薇吉妮和保尔青梅竹马，在法兰西岛（今毛里求斯）上长大，并且相爱。然而，薇吉妮的老姑母将她接回法国，要包办她的婚姻。一对恋人万分痛苦。薇吉妮拒绝姑母的要求，便被剥夺财产继承权，返回海岛时又遇风暴而遇难。

由。最偏僻的居所，也通宵回荡着华丽的小酒馆、咖啡馆和夜总会的喧闹。白天，一群群讨人喜欢的人，戴着黄手套，足蹬皮靴，在海滩上飞来舞去。一位只身女子惹起注意。独自一人？为什么？他们心里发出疑问。于是凑上前来，想要通过孩子搭话，给他拾贝壳。总之，这位太太非常尴尬，终于不胜其烦，就待在自己住所，或者仅在早晨出门去海滩了。这样一来，便惹起各种非议。她觉察到了一些情况，不禁有些担心。她躲避的这些讨厌的家伙，有的人还挺有势力，可能危害她丈夫。

海水浴场比任何地方都更容易让人想入非非。七八月的夜晚，炎热而少睡眠，人就会胡思乱想。到了凌晨，她即使入睡，也还是睡不安稳。海水浴非但不能使人身体感到清爽，本来酷热又增添了盐分的刺激。她并没有恢复青春的力量，而是重温了青春的躁动。她身体还虚弱，又极易烦躁，内心再刮起这种风暴，就越发意乱心烦了。

意乱心烦，又未加掩饰。大海，冷酷无情的大海，撩起并向肌肤揭示人人都力图保守秘密的这种冲动。她面色绯红，略显艳丽，就暴露出自己的心绪。这类种种小烦恼，孩子看出来更为难受，而母亲希望孩子恢复健康，不料她们自身却焕发春情，就不免羞愧难当。她们担心得到的爱会减少几分。她们也太不了解男人啦！殊不知爱的巨大诱惑，最强烈的刺激，是美貌，更是心中的风暴。

“可是，万一他觉得我样子难看了呢！”她每天早晨起来照镜子，总要这样喃喃自语。她既渴望，又害怕她所爱的男人到来。然而，她感到很孤单，也不知道为什么，她在这人群中间有几分畏惧，不敢离开圈子往远处走走。她越来越躁动不安，发起烧来，卧床不起了。仅仅两天之后，她就看见她的男人来到身边。

是谁通知他的呢？当然不是她了。而是一只小手，以粗大的字体写道：亲爱的爸爸，您快来吧。妈妈病倒了。那天她念叨："他若是在这儿该有多好！"

他出现了。她的病也就好了。作为男人，真够心满意足的！满意地看到她身体恢复了，满意地看到她这么美丽，也满意地感到她需要他。她肌肤晒黑了，但是更显年轻！她那迷人的眼神多么充满活力！她那头如丝的美发，无拘无束地弯曲，那么健康而熠熠生辉！

※ ※ ※

上面读到的是一篇故事吗？这样神速地恢复活力，焕发美颜和温情，这场迷人的冒险，又在妻子身上找回满怀激情的年轻情人，而妻子回到家中也无比欢欣，这种奇迹，难道是虚构的吗？绝非如此。这是极其普遍的喜人现象。这种情况，如果说在富贵人家难得一见，那么在负担很重的劳动家庭，就不胜枚举了。他们难分难舍，短暂分离终又团聚，有一种绝不掩饰的新婚之感，为此心花怒放不必脸红。

众所周知，现代劳动者（换言之，除了少许懒蛋，包括所有人），生活极为紧张，能目睹团聚的家庭一时开心的欢乐场面，真是大喜过望。没有尝到这种欢乐的人，就会说这是布尔乔亚的，无聊得很。如果实际内容特别感人，那么表现形式就无关紧要了。忧心忡忡的商人，还一个阶段一个阶段，拯救负载着他家人命运的小船；行政的受害者小职员，饱受当局的不公正和专横的折磨，这些奴隶在极短时间得以脱离锁链，在可爱而温馨的家庭中休息，就能把一切忘记。母亲、孩子在这方面都非常灵巧，孩子以其喜悦、爱抚，母亲还以各种开心的方式，占据他那忧思的头脑，转移他的思路。这是他们的胜利：他们指引他，带他参观他们的海滩，欣赏他们的大海，高兴地听着他的赞美。因为，这一切属于他们。他们沐浴的大西洋，已经据为己有，乐得送给他一部分。

这位女子，当初面对这群人还一直惴惴不安，现在则变得善气迎人，和蔼可亲了。有丈夫在身边，她感到轻松自如，周身都协调一致了！现在绝对安全，她也就非常勇敢，亲近大海，亲近波浪，扬言她要游泳："她要降伏大海。"雄心未免太大了点儿。一开始她就让竞争对手抢了风头：她的孩子特别敏捷，又特别大胆。她觉得有人照看，就可以游泳了，否则的话，她就会因害怕而沉下去……

她多多洗海水浴，就能完全补偿回来，只因她爱上了海，而且心生了嫉妒。的确，这海洋激发起来的不是俗庸的情欲。我也说不清楚，海上有一种什么触电似的兴奋，能让人愿意将一切都吸纳。

六

心灵和博爱的再生

大自然有三种形式，能延伸并扩大我们的心灵，能使我们的心灵脱离自身，到无限中去游荡。

波谲云诡的空气的海洋，有喜庆的阳光、云气和明暗，还有变化莫测、随生即灭的幻景。

固定的大地海洋，有高山上人迹可寻的起伏地势，证明远古大地运动的隆起，有山巅及其冰川的雄伟壮丽。

最后，便是汪洋大海，不如空气海洋那么流动，也不如大地海洋那么固定，它在有规律的摇荡中，遵循着天体的运动。

这三种事物组成一个系列，无限则在其中向我们心灵谈话。不过，还是应当指出三者的差异：

第一种变动性太大，我们难以观察：它总在欺骗，诱惑，总在逗人；它打断并免除我们的思想。有时它便是巨大的希望，突然进入无限的一天，我们即将洞察上帝……不然，一切都逃逝了，于是，心情忧伤，意绪烦乱，满腹疑虑了。为什么让我隐约望见这种崇高的阳光梦境？我再也忘不掉了，世界因而停留在昏暗之中了。

山脉的固定海洋，倒不会这样逃逝。正相反，每一步它都阻拦我们，迫使我们做出难度很大，但是有益健康的体操动作。要想观赏，必以最剧烈的活动为代价。然而，不透明的大地同透明的大气一样，往往欺骗我们，误导我们。那座失迷山（le Mont-Perdu），望得见却达不到，而拉蒙（Ramond）白白寻找了十年，这件事谁不知晓呢？

两种元素之间，差异很大，差异极大：大地喑哑，而海洋说话。海洋就是一种声音。它对遥远的星辰讲话，以它庄严的语言回应星辰的运行。它对大地讲话，对海岸讲话，声调十分感人，是同大地和海岸的回声交谈；它时而威胁，时而哀怨，时而咆哮，时而悲叹。海洋尤其同人对话。它是丰产的大熔炉，生物从中产生，并且继续旺盛地繁衍，而它本身就是活生生雄辩的证明：这正是生命对生命的对话。生物，数以百万、亿万计，从海洋中诞生，这就是它的话语。产生这些生物的奶之海，冒着白色的泡沫，是生殖力很强的海胶质，甚至在形成有机组织之前，就开始讲话了。这一切混杂在一起，就是海洋的洪亮声音。

海洋说什么？它讲述生命，永恒的演化。它讲述生命不稳定的存在，足令陆地生命僵化的野心无地自容。

海洋讲述什么？讲述生生不息。生命的一种不可遏制的力量，寓于大自然的最底层。那么在心灵中，寓于最高层的生命力量，就倍加不可遏制了！

海洋讲述什么？讲述相互关联。我们要接受存在于个体中不同元素之间急速的交替置换。我们要接受将生命的肢体融为一体的最高法则：人性。而这一最高法则，在我们上方，使我们同伟大的灵魂合作，创造，（在我们的限度内）结合世界深情的和谐，在上帝的生命中相互依存。

※ ※ ※

大海的声音，有人认为模糊不清，但是这些深沉的话语，它却讲得明明白白。不过，一个人疲劳过度，兴趣低俗了，到了海滨，被庸人的喧闹震聋了耳朵，不容易听见海洋的这些话语。精神生活的含义，甚至在最优秀的人物身上，也已经贬低了。他谨防这种生活。将来什么能控制住他呢？大自然吗？还没有。多亏了家庭，多亏孩子的天真、妻子的温情，男人才开始对人类事物重新产生兴趣。从这里就能看出，心灵也是分性别的，感觉极不一样。女人，更易感受大海，感受无限中的诗意；可是男人，则更易感触海上生活的人，感触其每天的危险与悲剧，他这家庭漂浮命运的写照。女人尽管同情个人的不幸，但是对于各阶级没有那么浓厚的兴趣。任何劳动的男人来到海边，注意力就集中到渔民、海员等劳动者的生活上，那种冒极大风险、收入微薄、朝不保夕的艰难生活。

就在女人起床，给孩子穿衣服的时候，我看见男人在海滩上散步。夜里下了大雨，清晨冷飕飕的，渔船一只一只回来；那些人浑身湿透了，冻僵了，衣服往下滴水。小孩子也在海上过夜。运回来什么呢？收获不大。好在平安归来。夜里狂风大作，浪涛打进船舱。他们看到死亡近在咫尺。对于昨天还满腹牢骚的这个男人，这是个反省的大好时机，他心中暗道："我的命运好多了。"

暮晚时分，落日令人担心；赤褐色的霞云升到狰狞的海面上，他看到渔民又要出海了。他对他们说道："恐怕要变天吧？""先生，总得过日子啊。"他们带着孩子走了。他们的妻子，神情十分凝重，目送他们离开，不少人在低声祈祷。谁见了不会跟着祷告几句呢？这个外乡人也表达了心愿，他说道："今天夜晚天气会很恶劣，但愿看见他们都生还。"

大海就这样敞开胸膛。最为坚忍不拔的人投身进去。不管怎样，人又重新成为汉子。啊！这样做理由太充分啦！这些勇敢、聪明而诚实的民众，经受各种各样的苦难，而无可比拟，他们是我国最优秀分子。我在海滨生活很长时间。英勇无畏的品质，在内地会表彰为难能可贵的事，在沿海却是家常便饭。而且事情奇就奇在，他们丝毫也不引为骄傲。在法兰西，全部骄傲都属于军旅生活。军事之外，天大的危险也不算什么；天天冒巨大的危险，觉得十分自然，从来不炫耀。我从未见过像吉伦特地区领港员更为谦抑（我本来要说低调）的人了，他们从鲁瓦扬到圣乔治，要不断同科尔杜安礁石[1]进行顽强的搏斗。那里也同格朗维尔（以及各地）一样，只有女人在说话，大喊大叫，处理一切问题；经办各种事务。这些厚道的渔民一旦回到陆地，就一句话也不讲了，

1　科尔杜安（Cordouan）礁石：位于吉伦特河的入海口处的大礁石。

由着他们的妻子大呼小叫，颐指气使，对孩子完全行使父亲的权威。丈夫一字不差地遵循罗马诗人的这句格言："在家微不足道是福。"

他们的太太，也十分关心外乡人，在全部公共生活中，应当说在重大时刻，她们同样表现出一颗高尚、杰出而慷慨的心。在圣乔治，她们拿出全部床单，撕成条给索尔费里诺战役[1]的伤员包扎伤口。在埃特尔塔，三个英国人遇海难，在绝壁险些撞得粉身碎骨，出事地点根本过不去，居民全跑去救护，无论男人还是女人，一个个都心急如焚，只要那三人还身处险境，他们就痛苦万分。终于救上来了，大家都欢呼雀跃，流下眼泪。三个英国人安置住下，换了衣服，接受了大量礼物和友谊的表示。（1859 年 4 月）

多么善良的法兰西人民！然而迄今为止，他们又过着怎样悲伤而艰难的生活！在划分阶级的制度中（不过，这种制度非常有用，给予我们极大的力量），人民必须随时抛弃贸易的利益，要建造军舰，规定非常严厉，而且越来越严厉了。这场骗局始于 40 年前，当时还唱赞歌，而今就变哑巴了。（Jal,《档案》Ⅱ，第 522 页。）商船方面，远洋渔业停止了。捕鲸的获益仅仅便宜了船主。（Boitard,《词典》，"鲸类"词条。）鳕鱼数量减少了，鲭鱼衰弱了，鲱鱼移向远海。一本

1 索尔费里诺（Solferino）：意大利曼托瓦省的小镇，1859 年 6 月 24 日，拿破仑三世的军队在这里打败了普鲁士军队，史称"索尔费里诺战役"。

非常宝贵的小书［《罗丝·杜什曼自话史》(*Histoire de Rose Duchemin par elle-mêmè*)］，勾勒出这种不幸的令人揪心的画面。阿尔封斯·卡尔很有才智，又极讲分寸，一字不改地记录了这个渔民妻子的口述。

从严格意义上讲，埃特尔塔还算不上港口。地势很低，接近海平面，前边只有一座砾石山做屏障；而建造这道堤坝的唯一工程师就是风暴：正是风暴推波助澜，增添石块，筑起新的长堤。根本不避风浪。因此，按照凯尔特人古老而艰苦的习俗，每只船到岸，就由绞盘的缆绳拉上码头。绞盘有四根杠子，由渔民的全家人十分吃力地推着转动；全家人就是渔民的妻子、女儿和她们的女友，只因男孩子全下海了。不言而喻，非常困难。沉重的船体往上拖时，要碰到一块一块砾石，一个一个障碍，只能跳跃着越过去。每次跳跃和每次震动，都传感到这些妇女的胸脯，这里绝不适于具体描述，传递到她们擦伤的肌肤、胸脯和她们心脏上的反作用力，究竟有多么难以忍受。

我首先感到悲哀，心被刺伤。我的第一冲动就是上手帮忙，也去推绞盘。然而，这种行为会显得太特殊，不知是什么不自然的羞耻感制止了我。不过，每天我都到现场，至少从心愿上帮忙。我来到岸边观看。那些可爱的少女（难得见有美丽的，但是可爱），没有穿上沿海旧装束的红短裙，而是穿了长衣裙，她们大多高挑身材，精明强干，不少人还挺文雅，好似贵族小姐。她们干女子的这种重活，身子俯下去（又抬起来），那姿态不乏高雅，也不乏自豪，她们年轻的心，在奋力干活中，绝不发一声怨言、一声哀叹来示弱。

这个砾石的小码头，非常小，但还是太大了。我看见有许多遗弃不用的船只。打渔业变得收获微薄。鱼群都逃窜了。埃特尔塔，邻近萧条的迪耶普，也逐渐萎靡不振，死气沉沉了。它越来越萎缩，仅仅靠海水浴的资源了，等待洗海水浴的人来生活，等待游客偶然来租房屋：他们的房屋时而租出去，时而空闲，这一天有收入，另一天却分文不进。同巴黎搅在一起，上流社会的巴黎，不管怎么肯花钱，对当地也是一大祸害。

我们诺曼底人，当年发现美洲，从十四世纪起，就征服了非洲海岸，现在却越来越不爱大海了。从此以后，许多人转身背向海岸，眺望内地了。从前掷渔叉的渔民后裔，如今只好干起女人的行当，在蒙维尔或博尔贝克当上脸色苍白的棉纺织工人。

科学、法律必须发挥作用，遏制这种没落趋势。首先是科学，以其灵活的引导，如果人们坚定地遵循，它就能创建海洋经济，重振渔业，创立航海学校。其次是法律，它不完全受陆地利益的影响，将在海员身上保留国家的精英：特殊的优秀分子，绝非供应兵源的广大民众可与之相比，应是真正的战士，用在解决世界问题的关键时刻。

这就是 1860 年阴沉的夏季，我在埃特尔塔的小码头上的玄想；大雨如注浇下来，沉重的绞盘吱吱咯咯，缆绳也嘎嘎作响，而船缓缓地拉上来。

这个世纪的船，也是这样缓慢，吃力地往上拖。缓慢，疲惫，一如1750年。应当帮一帮，去掌掌舵。然而，好多人都虚掷时光，沉溺于玩赏贝壳和石子。

据说，战胜迦太基的西庇阿[1]，以及泰伦提乌斯[2]，这场世界灾难幸存的俘虏，他们成为好友，在海边一起拾贝壳，悠闲自在，抛弃了过去。他们在海边尽享这种快乐，遗忘并抹掉生活，重又变成孩子。罗马忘恩负义，迦太基一片废墟，两个祖国，压在他们心头并不重，也没有给他们的心灵留下什么痕迹，还比不上微波细浪。

我们，这绝不是我们的心愿。我们并不想成为孩子。我们并不想忘却，而是高涨的热情始终不减，要帮助这个疲惫的伟大世纪艰难的操作。我们也要登上船，用我们有力的双手，推转未来的绞盘。

1　西庇阿（Scipio Africanus，公元前236—前183）：古罗马共和国的伟大人物，称大西庇阿。罗马大贵族家庭出身，祖祖辈辈出执政官。到他父亲任执政官时，罗马受到迦太基的汉尼拔的入侵威胁，他多次率军抗击。公元前208年，他率军打败了迦太基军队，夺取了迦太基控制的西班牙。公元前205年，他当选为执政官。公元前202年，双方决战，罗马军获得完全胜利，旷日持久的第二次布匿战争终于结束。为了表彰大西庇阿的功绩，罗马授以“阿非利加征服者”（即阿非利加努斯）的称号。

2　泰伦提乌斯（Terence，公元前186/185—前161）：古罗马著名喜剧作家。生于北非迦太基，身为奴隶被主人带到罗马，他的才能受到主人赏识，接受了文科教育并获得自由。他在短暂的一生共写了六部诗剧，都保存下来。他同一些贵族，尤其是大西庇阿家族保持友好关系，在大西庇阿家的一次葬礼中，演出了他的《两兄弟》和《婆母》。他的戏剧是用纯正的拉丁语写成，堪称古代纯正拉丁语的典范。二十五岁时，他去希腊游历，不知所终，疑为病故或遇海难。

七

万国的新生活

1860年12月，这本书正要写完的时候，重新振兴的意大利，我们大家的光荣母亲，给我寄来美好的新年礼物——一条消息、一本小册子，从佛罗伦萨寄到我手中。

我们时常从这个国家收到重大消息：1300年，但丁[1]的消息；1500年，阿美利哥[2]的消息；1600年，伽利略[3]的消息。今天，从佛罗伦萨来的是什么消息呢？

唔！表面上看很小！然而谁知道呢？也许结果无比巨大？这是一篇讲稿，仅有几页，一本医学小册子，标题丝毫也不吸引人，甚至看一眼就要丢下。然而，这里有一个思路，会产生不可估量的结果，可能会改变世界。

对照标题，我看到两个孩子的肖像：在佛罗伦萨的医院

---

1 但丁（Dante Alighieri，1265—1321）：意大利诗人，1300年开始写《神曲》。1302年，他因属温和派，被激进派放逐。

2 阿美利哥（Amerigo Vespucci，1454—1512）：意大利商人和航海家，生于佛罗伦萨，他于1501年至1502年的探险航行中，确认了新大陆，并以他的姓命名，简称美洲。

3 伽利略（Galileo Galilei，1564—1642）：意大利物理学家、天文学家，1609年使用天文望远镜。

里，一个死了，另一个气息奄奄。作者是位医生，他特别关切（极少见的事）他的小患者，不认识的可怜孩子，因而要写出他的沉痛与遗憾。

头一个孩子有七八岁，高贵的气质透出精明和庄重，痛苦的神情似乎表明一个重大命运的夭折。他枕边放着一朵鲜花，那是他母亲来探望时给他带来的，只因太穷而送不起别的东西。母亲送的花，他十分珍视，特别小心保存，医护人员也就给他留下。

另一个孩子更小，才四五岁，正是可爱的年龄。他显然要死了，眼神漂浮在最后的梦幻中。两个孩子同病相怜，虽不能讲话，但是喜欢相见，喜欢彼此注视。富有同情心的医生就安排他俩睡对面床铺，将两个孩子拉近，正如他们临死前更贴近了一样。

这种事纯粹是意大利式的。在别的地方，医生就特别当心，不能流露出脆弱和温情来，唯恐惹人耻笑。在意大利，绝不会显得可笑。医生就当众写下这一切，仿佛只有他一人。他毫无保留地倾诉，那种女性的同情心能让人微笑并流泪。也应当承认，语言也起很大作用，是妇女和孩子使用的迷人语言，特别温柔，然而也非常出色，甚至表达痛苦时也很优美。这是一阵泪雨和花雨。

继而，他打住话头，表示歉意。他这样表达，也不是无缘无故的。“如能当初把这些孩子送到海滨，他们就不会死掉。”从而得出结论：必须在海滨建立儿童疗养院。

他是个很机灵的人，这件事又用了心，全都跟上来了：

男人受了感动，开始关注；女士流了泪，她们祈祷，表达愿望，提出要求。她们提出什么要求都不能拒绝。不待政府有所举措，一个自由组织的协会立刻行动，在维亚雷焦创建“儿童浴场”。

大家知道这条路，离开热那亚的崎岖道路，沿地中海海岸，过了风光绮丽的斯佩齐亚湾，这条弧形路景色秀丽，十分迷人，一直深入到托斯卡纳地区的原生橄榄林中。在里窝那的途中，有一处海岸深入海中，形成一个僻静的小港，此后那里又增添了可爱的“儿童浴场”。

在全欧洲，佛罗伦萨率先倡导慈善事业，早在一千年之前，就创建了济贫院。1287 年，当神圣的贝娅特丽丝[1]引发但丁灵感时，他父亲就创建了新圣马利亚济贫院。路德[2]对意大利没有什么好感，但他在旅行中，还是赞扬了意大利的慈善医院，赞扬了意大利妇女不慕虚名，戴着面纱去那里护理病人。

※ ※ ※

新建的这所海水浴疗养院，将给欧洲树立一个榜样。这

1 贝娅特丽丝：但丁《神曲》中的人物。但丁自叙 1300 年，他三十五岁时，迷失在一片黑暗的森林，黎明时分在小山脚下碰到三只野兽（象征淫欲、强暴和贪婪的豹、狮、狼），但丁呼救，贝娅特丽丝便委托古罗马诗人维吉尔去营救，并带他游历地狱和炼狱。

2 路德（Martin Luther，1483—1546）：德国神学家和宗教改革家。

是我们应当为儿童做的。我们所过的地狱般生活，这种卖命劳动、过分致死的生活，又压到了儿童的头上。

我们西方种族无法掩饰，我们的体质显然大大衰退了。原因多种多样。最明显的就是我们的劳动无限度，速度又日益加快。这种劳动强度，是行业强加给大多数人的。即使不受制于行业的人，也同样加快速度。不知道在我们的性情、脾气和血质中，现在怎么表现出这么大热情，越赶越快了。比起我们的世纪来，所有世纪都显得懒惰而贫乏了。我们从头脑里倾泻出一条科学、艺术、发明、思想、产品的长河，将这地球淹没了，淹没的不止是现在，甚至是未来。这一切要付出多大代价啊？要付出巨大的体力，要耗费巨大的脑力，从而削弱了生殖力。我们的劳动成果多得惊人，而我们的孩子却极度贫困。

应当指出，这样巨大的努力，这种过度的生产，只是一小部分人所为。美洲做得很少，亚洲无所作为。就是在欧洲，一切也是数百万西欧人做出来的。别人看着他们身心消耗，不免窃笑，以为能取代他们。可怜的野蛮人，难道你们认为一个俄罗斯人，或者一名美国西部的垦荒者，明天就能成为一位艺术家，成为一名英国技师，或者巴黎的眼镜商吗？我们如此精明高雅，也是多少世纪教育的结果。我们身上有长期的传统。假如我们一死，情况会如何呢？谁也不可能成为我们的继承人。

这种灭绝人性的劳动，这种繁殖力的自杀，我们即使为了人类的利益而同意接受，在思想上也绝不能毁掉我们的孩子，不能让孩子同我们一起葬送。然而，这种情况正在发生。他们生来就一切具备，他们的血液中含有我们的技艺，也含有我们的劳累。惊人的早熟，他们掌握知识，有能力，也一定肯干。不过，他们什么也干不成，他们要死掉。

人的童年，如同植物和任何事物的童年一样，需要休息、空气、温馨的自由。可是，一切都恰恰相反。我们的才能、我们的恶习，都同样违反人的童年的天性。似乎一切都合谋扼杀儿童。我们爱他们吗？当然爱了。然而，我们却在屠杀他们。一个社会（不管它知道与否）如此闹腾，如此激烈，对童年就是一场真正的战争。

人在发育过程中，特别是发生危机的时候，生命宛如系于一线。生命仿佛在迟疑，在发问："我要持续吗？"在这种关键时刻，对这些岌岌可危的生灵来说，我们的接触、城市的居停和大众的生活，就等于死亡。或者更糟糕，进入长期生病的状态。一个人开始悲惨的生活，倒下，爬起来，又倒下去，一生四分之三的时间半死不活，全赖公众的施舍。

必须遏止这种情况。要有预见，要把孩子从致命的环境中拉出来，从人的手中夺过来，交给大自然，让孩子在海风中汲取生命。病儿到了那里就能痊愈。捡来的孩子，到了那里就能长大成人。他们身体强壮起来，不止一个就会从事海上的行业。而国家亦然，不该当总跑医院的病弱工人，应成为健壮的、大胆的海员。

※ ※ ※

况且，为什么类比国家呢？佛罗伦萨已经向我们证明，博大的心灵抵得上王国。女子就是一个王国，有权经营治理。

假如我是个年轻的美貌女子，我完全知道自己该怎么办。我拥有了富丽、华美的服饰，爱情也一再表白，海誓山盟，感到可以委以终身了，到了这一天，到了这种时候，我就会说：“我相信您这话。不过，您不要以为送普通礼物，就能让我开心了。我憎恶您如今这种粗糙的开司米，这是按照伦敦的图案在印度织成的。我并不看重钻石。钻石是要上街炫耀的东西。贝特洛[1]先生部分地再造自然，他能创造出许多活物，要为我们大量制造钻石，那就容易得多了。

我喜爱牢固的东西。我希望在海滨建造一座大房子，建在稍微避风、充满阳光的地方，安置五十个孩子，也不需要很多家具。那些孩子一旦安置在那里，就不会饿死了。到海边游玩的夫人，无不乐意捐助。如果说佛罗伦萨的贝娅特丽丝建造了这种房子，那么法国何不建造呢？难道我们不够美丽，而你们男士也少几分爱心吗？

---

1 贝特洛（Marcellin Berthelot，1827—1907）：法国有机化学家、物理化学家、科学史学家，著作丰富，主要有《合成有机化学》（1860）、《化学力学》（1878）、《热化学》（1897）。他的研究成果与著述对十九世纪末化学发展影响很大。

如果真像您从早到晚对我讲的这样，大海使我更美丽了，那么您总该在岸边给大海留个纪念吧。您若是爱我，就一定很高兴在这里共同做一件事，在伟大的奶母身边，和我一起开始创建这个儿童小家园。让大海来担保爱情的长久与纯洁！让大海通过一项鲜活的事业，来证明我们在无限面前，由神圣的思想结合起来了。

※ ※ ※

一位女子这样开头。而另一位，共同的母亲，法兰西就会继续。再也没有比这更有用的组织，也没有比这更恰当的奉献了。然而，也无须建造很多，有些从内地搬迁来就够了。因为，这些机构设在内地，巨大的花费纯粹是浪费，简直可以称为病人工场，而患者终生都将乞求新的救助。

在事关公共卫生和所有人生命的问题上，古代罗马人从来就不讨价还价。瞧一瞧他们有多慷慨：他们甚至给次要的城市也兴建引洁净水工程，建造了超大型引水渠、加尔渡槽[1]，等等；还有巨大的温泉，公众可以免费洗浴（顶多收一文钱），这些都能让人感到他们高度的智慧。他们也建了海水游泳池，大家可以去游泳。他们为平民百姓的休闲所做的这

1　加尔渡槽：加尔是法国南方的一个省份，公元一世纪在罗马人占领期间，修建了引水渡槽大石桥，长 273 米，高 49 米，桥身用巨石垒成，规模宏伟壮观，至今完好无损。

一切，难道我们还要犹豫，不肯拯救这些唯一推动全球进步的种族吗？

我这里所讲的，不单指儿童，而是指所有人。今天每座城市，都有城中城，而且人满为患，这就是医院，病弱的劳动者常去的地方。这样的巨额花费，由谁担负呢？由其他劳动者，而他们也最终担负全部公共费用。一名工人，年纪轻轻就死了，丢下家人，加重了其他劳动者的负担。预防总比治愈要容易得多。我们的爱心不如用在那些精疲力竭、即将生病的人身上。到海边疗养十天，他们就能恢复体力，重新成为结实的劳动者。比起长期住院治疗来，去海边疗养的费用就微乎其微了，无非交通费、短期避暑和简单住宿的费用，以及廉价的伙食费。救了一个劳动力，就等于救了一家老小，而一个人往往是无可补救的，因为，我前面讲过，每个人都是一种技艺的悠久传统迟延的产物，本身就是一件艺术品，人类艺术的产品，完全是陌生的，是人类要提高、要形成的一种创造力。

谁能让我看到大地的这种精华，为世界流汗并劳累的这群发明者、创造者和制造者，可以在上帝的大游泳池中不断恢复体力呢？全人类都将受益，借助他们的巨大劳动而繁荣富强。人类繁荣，全靠他们的恩惠，人类生存，也全靠他们的血汗。让我们向他们提供自然的更新：空气、大海，一日休息，这样才公道，也是对人类的一种恩惠，因为人类离不开他们，万一明天他们死了，人类就要成为孤儿。

怜悯你们自己吧，可怜的西方人。你们要认真自助，考虑公众健康。大地恳求你们活下去，向你们提供最好的东西——大海，以便让你们重新振作起来。大地失去你们，也就丧失了自我，只因你们是大地的精华，有创造力的灵魂。大地以你们的生而生，而你们一死，大地也要死去。

注释

地球，这个庞大的动物，内部有一颗磁性的心，表层有一个带电而磷光闪闪、值得怀疑的生物，比地球本身还敏感，繁殖力也无比旺盛。

这个生物体，人称海洋，难道是地球这个庞大动物身上的一个寄生物吗？不是。她并没有明确怀着敌意的个性。她用自己的雾气丰富和活跃着地球。她似乎是地球本身生产力最强的部分，换言之，是地球繁殖的主要器官。

这是德国人的梦想。能说这其中全都梦想到了吗？不止一个具有远见卓识的人，似乎承认地球、海洋有一种隐秘的个性。里特尔和赖尔说过：“地球自行劳作。地球怎么会无能力自我组织呢？在地球的任何生物身上，人们都发现了创造力，怎么能设想唯独地球本身不具备呢？”

然而，地球是怎么行动的呢？如今又是怎么增长的呢？是通过海洋和海洋生命增长的。

要解决这些高超的问题，必得深入研究地球生理学，至今还没人着手做。不过，这二十年来，一切都围绕着这方面进行：

1. 人们研究海洋运动外在不规则的方面，探究暴风雨的规律；

2. 人们深入研究海洋本身的运动，她的潮流，她的动脉和静脉的作用：动脉将盐水从赤道排向极地，而静脉则把淡化了的海水再从极地引回赤道；

3. 第三个问题，是内部的内部，只有新化学才能弄清楚，即海中黏液性质的问题。海水到处提供的这种黏性的明胶，似乎是一种有生命的液体。

仅仅是近来，布鲁克的探测，尤其是大西洋电缆的探测，才开始揭示海洋深处。

深海有生物吗？有人否认。可是，福布斯（Forbes）、詹姆斯·罗斯（James Ross），在深海到处都发现了生命。

这些美好的发现还不过二十年，此前还不能着手写海洋的书。哈特维格（Hartwig）先生的著作是这类书的初次尝试。

至于我，1845 年那时候，我正准备撰写我的《人民》这本书，开始到诺曼底地区，研究沿海的民众，还远没有写海的念头。在近十五年，这个宏大而困难的题目，在我的心中逐渐扩大，跟随我从一片海滩走向另一片海滩。

第一卷：海洋一瞥。正如题目所指出的，仅仅是预先的一次散步。后来出版的几卷，才收录了所有重要的资料。

我要排除两卷：潮汐和灯塔。在这两个方面，我的主要向导是沙扎隆（Chazallon）先生，他的重要的《年鉴》（*Annuaire*）如今共计二十册。第一册出版于 1839 年。如果拯救一个人的生命，就能荣获一顶公民桂冠的话，那么沙扎隆应该获得多少顶啊！在他之前，误判潮汐的事例层出不穷。他通过大量工作，修正了阿杜尔到厄尔巴将近五百个港口的观察结果。——他的《年鉴》在灯塔方面，提供了最明确的资料。拿来比较一下德·卡特法日（Quatrefage）先生在《回忆录》中，关于菲涅尔（Fresnel）和阿拉戈（Arago）的照明系统所做的清晰而好读的概述。令人赞叹的闪光灯塔的发明，归功于法国的两个迪耶普人：德库瓦泽勒（Descroizille）和勒姆瓦纳（Lemtine）。[参看费雷（Ferey）先生著作。]

至于海洋的不同名称（本书第 11 页），参看 Ad. 皮克泰尔（Ad.Pictel）的作品《印欧的起源》（*Origines indo-européennes*）。关于“水”，参看德维尔（Deville）的《法国水系年鉴》（*Annuaire des eaux de France*）导言；埃梅（Aimé）的《化学年鉴》（*Annales de chimie*）第二、五、十二、十三、十五卷；莫兰（Morren）的第一卷，以及布鲁塞尔科学院的第十四卷，等等。关于海洋的含盐度，参看特里科（Tricaut）摘引查普曼（Chap-mann）的论述，见《水文地理学年刊》（*Ann. d'hydrographie*）第十三册（1857），以及托马西（Thomassy）的《地理学会公报》（*Bulletin de la Société géographique*，1860 年 6 月 4 日）。

第 18 页《圣米歇尔在沙滩上》，这一页我没大看懂，直到读了《两世界杂志》（*La Revue des Deux Mondes*）上博德（Baude）先生的美文，才弄明白其中的问题。博德先生的美文很有教益，充满了实例和见解。

我要在别处谈谈他那些关于钓鱼的精彩观点。

在谈到布列塔尼（第三章，第 27 页），我应该感谢康布里（Cambry），从前他的书给我留下第一印象。应当说在那个版本中，苏维斯特尔（Souvestre）增加了注释和说明，非常精彩，丰富了该书（可以说容量增加了一倍），当时就让人预见到《最后的布列塔尼人》（*les Derniers Bretons*）一书。苏维斯特尔创作了好几本篇幅不长的小说，因为写实而非常精彩，描绘了我们西部的海岸，尤其描绘了菲尼斯泰尔省，以及卢瓦尔河河口附近的海域，给了我们所能欣赏到的最佳图景。这样一位好读的作家（又是令人十分惋惜的朋友），如能援引几句话，我会非常高兴，然而这部小书，我严禁自己采用任何文学引语。

埃利·德·博蒙的那句脱口秀（第四章，第 37 页），位于一个词条之首：他在多尔比尼先生的词典中的词条“地面”，可以自成一部大书。

第七章，第 58 页。我所讲的鲁瓦扬和圣乔治两个地方的情况，在佩勒当（Pelletan）那美妙的书《一座城市的诞生》（*Naissance d'une ville*）和《荒漠的牧师》（*Pasteur du Désert*）中，还能找到更精彩的描述。我们知道，这位牧师正是佩勒当的祖父，雅鲁索牧师，能拯救他的敌人，那种大无畏的行为令人赞赏。那座小房如今还在，成为人类的一座神庙。

第二卷　海的创世。注释。——第一章，繁殖力。关于鲱鱼，参看匿名作者荷兰人的著作，由雷斯特翻译的第一卷；参看诺埃尔·德·拉莫里尼埃（Noël de la Morinière）的佳作，印刷版而没有发行：“瓦朗谢讷”“鱼”，等等。

第二章，奶之海。——参看博里·德·圣－万桑（Bory de Saint-Vincent），《古典词典》（*Dict. Classique*）中的“海”和“物

质”词条；齐默尔曼（Zimmermann）的著作《人类之前的世界》（*le Monde avant l'homme*）。这本大众喜闻乐见的书人手一册。——在第 100 页，我顺着荣获科学院奖的布罗恩（Bronn）先生作品的思路。——关于海洋植物的无害性，普歇（Pouchet）的植物学著作，是首批阅读书目。关于变成动物的植物，参见沃歇（Vaucher）的《刚毛藻》（*Con ferve*），1803 年版；迪凯恩（Decaisne）和图雷（Thuret）《自然科学年鉴》（*Annales des sc.nat.*,1845），第三、十四、十六卷，以及《科学院汇报》（*Comptes de l'Acad*，1853）第三十六卷；“山”的词条，《道尔比尼词典》（*Dict.d'Orb*）。——关于火山，参看洪堡（Humbold）的《宇宙》（*Cosmos*）第四部分，以及由艾莉舍・雷克吕翻译的里特（Ritter）的 *Revue germ*（1859.11.30）。

第三章，粒子。我在文中提到埃伦贝格（Ehrenberg）、杜雅尔丹（Dujardin）、普歇的《生物自然发生说》（*Hétérogénie*）。自然繁殖久而久之会大行其道。

第四、五、六章等。在这整个一卷中，为了升华到高级生命，我采用解决问题的思路是变态的假说，但又不想严格地构建一条生物链。不断变态上升的想法，符合我们头脑的自然思维，在一定意义上，是命定强加给我们的。居维叶（Cuvier）本人也承认（“鱼类导言”结尾部分），这种理论即使没有历史价值，“它也有这种价值的逻辑”。——关于“海绵”，参看保尔・热尔维（Paul Gervais），《道尔比尼词典》，第 325 页；格兰特（Grant）的《上品》（*Chenu*）第 307 页；等等。——关于“珊瑚虫、珊瑚、石珊瑚”（第四、五章），除了福西埃（Forsier）、佩隆（Péron）、达尔文，还参考了库瓦伊（Quoy）和盖马尔（Gaimart）；拉穆鲁（Lamouroux）的《柔软的珊瑚虫》（*Polypes flexibles*）米尔讷·爱德华兹（Milne Edwards）的《拉芒什海峡的珊瑚虫和海鞘》（*Polypes et as-cidies dela Manche*）；等等。也参看赖尔的两部地质学的石灰岩部分。

第六章，海的女儿。参看埃伦贝格、莱松（Lesson）、杜雅尔丹等。福布斯通过植物类比说明，动物这种变态是非常自然的现象：《自然史年鉴》（*Ann. of the Natural History*；1844.12）。也阅读了他的出色论文集：《水母》（1848 年；第四印刷所）。

第七章，海胆。特别参看这部有趣的论文集，其中有卡尤（Caillaud）署名的发现。

第八章，贝、螺、珍珠。——关键著作：布兰维尔（Blainville）的《软体动物学》（*la Mélacologie*）。关于珍珠，参看汉堡的莫比乌斯（Moebius）的《胚胎杂志》（*Revue germ*，1858.7.31）。在这方面，我请教了我国著名的珠宝商，弗罗芒·默里斯先生，获益匪浅。——我之所以说珍珠成为女人主要戴的项链，是因为人们发现了培育天然珍珠的艺术。我毫不怀疑，过不了多久，任何女子都能戴上珍珠项链了。

第九章，海盗（章鱼等）。——参看居维叶、布兰维尔、杜雅尔丹，《自然科学年鉴》（*Ann.des sciences naturelles*）；第一系列，第五卷，第 214 页，以及第二系列，第三、十四和十八卷；罗宾和塞孔（Robin er Second）的“手足纲动作的移动”（Locomotion des Céphalopodes），载于《动物杂志》（*Revue de zooLogie*），1849 年，第 333 页。

第十章，贝壳类动物——战争与阴谋。——除了米尔讷·爱德华兹先生关键而经典的著作，我还查阅了《道尔比尼词典》和多部游记。参看了杜蒙·杜维尔的卓越地图。

第十一章，鱼。——参看居维叶的“导言”，瓦朗谢讷“鱼”的词条，《道尔比尼词典》；这个词条学术性强，很精彩，是一篇完整的文章。关于解剖学，参看乔弗鲁瓦的著名论文。我谈到鱼穴的观点，则取自科斯特（Coste）和热尔布（Gerbe）两位先生的论述。

第十二章和第十三章，鲸和美人鱼。——拉塞佩德（Lacépède）这方面的论述富有教益和说服力。再也没有比布瓦塔尔（Boitard）的几个词条更精彩的了。（参看《道尔比尼词典》。）

第三卷　征服大海。注释。——整个这一卷的出处，自然是阅读过的旅行家的记述，从迪耶普最初的历史（Vitet，Estancelin：维泰、埃斯唐斯兰），一直到近来的发现。尤其看了凯尔盖朗（Kerguelen[1]）、约翰·罗斯（John Ross）、帕里（Parry）、威德尔（Weddell）、杜蒙·杜维尔、詹姆斯·罗斯（James Ross）和凯恩（Kane）的作品；比奥尔（Biol）的《学者们的日记》（*Journal des Savants*），以及洛杰尔（Laugel）先生的旅行摘要，很有见识和判断力，载于《两世界杂志》上。关于捕鱼，除了杜阿梅尔（Duhamel）的名著，还参看了蒂菲涅（Tiphaigne）的《法国西

1　原书为 Kerguelon，疑为印刷错误。凯尔盖朗（1734—1797）：法国航海家，1772 年发现凯尔盖朗群岛。

部海洋的经济史》(*Histoire économique desmers occiden-tales de France*，1760)。

第三章，风暴的法则。在文中已经列举的书籍，再补上F. 于连（F.Julien）的出色概述（“潮流”等），以及阿德马尔（Adhémar）先生所提出的海洋每万年变动一次的有趣规律。

第四卷　借海复兴。注释。——从1725年，马西格利（Marsigli）似乎就猜测出了“碘”。1730年，一部匿名作品《家庭配偶》(*Comes domesticus*)出版了，倡议海水浴。

关于海洋的参考书列举不完。各家图书馆都给予我帮助，在众多佳作中，我乐得举出加代（Guadet)、罗卡斯（Roccas)、科歇（Cochet)、恩斯特（Ernst）等先生的课本和旅行指南。我在医学校发现非常稀缺的［如鲁塞尔（Russell）］作品，在海运图书馆里，发现许多外国的专著，如施密特（Smith）的《地中海》(*La Méditerranée*，1854)。对馆长先生，对经常向我指出鲜为人知的作品的图书管理员先生，我感谢不尽。

关于种类的退化，参看莫雷尔（Morel, 1857)；马格努斯·胡斯（Magnu Huss)，“Alco-holismus”(1852)；等等。

我还应当感谢我的杰出朋友蒙塔奈利给我的小册子，巴雷莱博士的《海滩游客》(*Ospizi marini*)，并感谢达隆加罗（dall’Ongaro）先生的美妙文章。

我的学识渊博的里昂朋友，洛尔泰博士，收到本书第一版时，给我的信上写道：“我延长孱弱孩子日光浴时间（阳光灿烂)，获得了很好效果。应该在地中海海岸辟一片沙滩，让孩子光着身子待在沙滩，只是遮住头，穿着裤衩，可以在海水里，热沙子上打滚。附近再有一个大棚，类似暖棚，天冷的时候关上窗户，好天儿时一点也不缺少阳光。”

附言：我欣喜地获悉，巴黎公共救济事业局此时创建这样一个机构。请允许我表达几点愿望：

第一个愿望，就是不要把儿童集中到一个地点，不要搞一个凡尔赛式的疗养地，不要建造一个豪华的场所，而应在不同的疗养地，搞许多小设施，根据疾病和性情的不同来分别安置生病的少年。

我的第二个愿望，就是这些设施要长久维持，非但不会耗费国家钱，反而有利于国家；安置在那里的社会收养的儿童、康复的少年、治愈的病儿，根据当地情况，可以在港口和航船上做工，干最轻的活儿，让他们熟悉行业，形成习惯，喜欢上海洋生活。等到不幸的情况发生，数量过多的渔民和水手背离海洋，纷纷转入工厂的时候，就需要大量人手填补这种空缺。必须培养全新的人，他们没有在破家里听过父辈唠叨，什么居家过日子，遮风挡雨，这种谨慎的生活好处多多。

法国救济收养的事业，必须培养一大批海员，他们事先就忠于他们的英勇行业，爱自己的行业胜过一切，他们在大海的摇篮中长大，只爱这个伟大的乳母，并不把伟大的乳母和祖国本身区分开来。

儒勒·米什莱生平与创作年表

李玉民编译

儒勒·米什莱（1798—1874）

民族时期的法兰西民族历史学家、革命时期的人民历史学家；首先是史实和文明结构的地理学家和哲学家，继承了叙事或别开生面描述的、哲学的或分析的两种传统，又以其“全面激活”的实践、先知般想象力并有条理的习惯、拉伯雷式绝对独特而又温雅又严肃的行文，超越了这两种传统，——他必须时刻确保掌握风景与地段、纪实与资料、原始手稿与艺术品、飞跃的博学与打磨中的概念。他还创建了一个复杂的网络，保持与通信者和朋友们的联系，一种政治上和科学上的生活本能；没有这种本能，仅凭他雄心壮志，孤胆英雄，也势必失败。这种效仿维科[1]的“胆识”，是从启蒙世纪哲学家那里

1 吉安巴蒂斯塔·维科（1668—1744），意大利历史学家和哲学家，他的《历史哲学的原则》（1725），在每个民族循环历史中，区分三个时期：神圣时期、英雄时期和人性时期。他的《新科学》由我国老一代学者朱光潜先生译成汉语。

继承下来的，能够活跃并磁化数不胜数的“摘录”、调查、笔记、往来的信函、修改的校样儿、复审的课文，在这种过程中，作品才构建起来。

他的文风客观而又灵活，很早就为他招来批评，也赢得赞扬。他写作的这些优点，尤其揭示了作品构思和撰写的秘密：一种不间断的动态，从一篇阅读到一次晤面，从一堂课到一本书，从一场听众到另一场听众，从一种纯粹文学或艺术的感受，到彻查图书馆和文献馆的老底儿，从一条文献目录的端流，到激发出一种象征，从陆续安排的提纲，到撰写出片段的文稿。

米什莱的这种写作状态，也是他的生活状态。

1798 年　8 月 21 日，儒勒·米什莱生于巴黎。父，约翰·富尔西·米什莱，原籍法国莱讷省拉昂市，印刷工人。母，原籍法国阿登省。

从出生到 1814 年，由于印刷业极不景气，米什莱一家人生活在贫困中，在巴黎迁居了八次。

1799 年　拿破仑发动“雾月十八”政变，为帝制做准备，1804 年称帝，创建第一帝国。

1808 年　米什莱的父亲因欠债，入佩拉吉监狱囚禁数月。

1810 年 10 月，一直失学的米什莱，开始上语法学家梅洛先生的课，他在课堂结识普万索，成为终生挚友。

1812 年 米什莱进入巴黎名校查理曼中学，上三年级（相当于我国初中三年级）。

1814 年 父亲所在的印刷厂，因 1810 年限制印刷工人而关门。他于 1814 年受聘，到杜什曼医生的疗养院当经理。

1815 年至 1820 年

拿破仑第一帝国于 1814 年 4 月解体。1814 年 4 月至 1815 年 3 月，为波旁王朝路易十八第一次复辟。1815 年 3 月，拿破仑从流放的厄尔巴岛返回，重新执政，史称“百日政变”或“百日王朝”。1815 年 6 月 18 日，拿破仑兵败滑铁卢，第二次退位。第二次王朝复辟：路易十八于 1815 年至 1824 年在位；查理十世于 1824 至 1830 年在位。

1815 年 2 月 9 日，米什莱丧母。米什莱父子迁到植物园附近，住进杜什曼医生的疗养院。

伏尔西太太也为杜什曼医生工作，1816 年丧女；她善待米什莱，充当了母亲和教师的角色。

1817 年 米什莱通过文学班中学会考。

1818 年 仅用一年时间，就修完大学的文学课程，获文学学士学位证书。米什莱受聘为辅导教师，能维持自己生活了，他还免费听大学课程。

杜什曼医生的疗养院关门了。米什莱父子搬到罗凯特街，伏尔西太太和疗养院原护士波莉娜·卢梭，一起来同居。波莉娜于六月中旬，成为米什莱的情人。

1819 年　获文学博士学位。

1820 年　米什莱开始记日记（五月），开始撰写回忆录（回忆童年），为了他的好友，在医药学院学习的普万索。他开始对自然科学产生浓厚兴趣。

1821 年至 1825 年

1821 年　2 月 14 日，好友普万索去世，葬在拉雪兹神父墓园；米什莱的母亲也葬在那里。此后，那座墓园便成为米什莱爱去的一个地方。

9 月 21 日，米什莱通过了整顿之后的中学、大学教师资格会考。

10 月 13 日，任命为查理曼中学的额外教师。

1822 年　10 月，受聘为圣巴尔伯中学教师，教授历史课。中学的历史课多年取消，1818 年由负责教育的官员鲁瓦耶·科拉尔提议恢复。

1823 年　12 月，伏尔西太太去世。

1824 年　4 月，米什莱会见维克托·库赞，自由派哲学的年轻带头人。库赞鼓励米什莱翻译维科的《新科学》，正是这部著作，为米什莱提供了他的历史哲学的基本原则。

5 月 20 日，米什莱娶了怀孕的波莉娜。

8 月 28 日，女儿阿黛尔·米什莱出生。

1825 年　5 月，米什莱同埃德加·基内建立联系，二人是在库赞那里相识的。米什莱同基内的交谈中，更好地了解了德国及其思想家。

米什莱写出了《现代历史编年表》(1453—1789)。

1826 年至 1828 年

1826 年　写完《现代历史对照年表》。这两本《年表》是中学教材，用到教学实践，取得了极好的效果，但是很快又受到遏制；低年级的历史课被教育部门叫停。

1827 年　2 月 3 日，米什莱被任命为师范学院的哲学和历史讲师。

3 月 8 日，开始发售维科《历史哲学的原则》，由米什莱译成法文，前面加了他的一篇《论维科的体系与生平》。

10 月 15 日，米什莱的《简明现代史》第一部分出版。

1828 年　4 月 15 日，《简明现代史》第二部分出版。这两册书是新编的中学历史教材，在教学中得到极高评价。

8 月 16 日至 9 月 18 日，德国之行，研究中世纪历史和路德的宗教改革，主要参观海德堡、法兰克福、伯恩等地大学城。米什莱阅读了重要书籍，计有宗教和神话（克劳伊泽尔和施勒海尔）、法学（格林）、民间文化（格蕾斯）。

米什莱重新拾起普万索去世后丢下的日记，但是仅限于概要记录他的旅行。

7月，米什莱被遴选为查理十世的孙女，贝里公主的教师。

1829年至1830年

1829年 7月，面临在哲学和历史之间选择的问题，米什莱选了哲学，然而，教育部指定他教历史。1828—1829学年，他用来讲授罗马历史。

11月17日，儿子夏尔·米什莱出生。

1830年 3月14日至4月底，米什莱到意大利旅行参观，如饥似渴地会见学者，发现文化。

七月革命爆发。7月25日，查理十世当局颁布四项法令，取消新闻自由，修改选举法，从而激起巴黎民众起义（27日），攻占土伊勒里宫（29日），7月27日、28日和29日，史称“光荣三日”。8月2日，查理十世被迫退位，要把王位传给孙子尚博尔伯爵。但是根据修改的宪章，王族奥尔良系接位，8月9日，奥尔良公爵路－菲力浦登基，史称“7月王朝”。

“七月的电光”，照亮了米什莱摸索历史的一片天地。让他豁然看清了各种脉络。此前，他学识精进，已经异乎常人，在教科书中阐明了新思想，打破了旧套路，虽然是开创性的，但毕竟是借用来，缺乏原创性。几年编书、教学、阅读、旅行发现，探索思考，终于有了新的契机，从见识转化为识见，积累知识材料有了自己的见解，开始了他生涯中的大飞跃。

法国政体更新，米什莱先就受益：他受聘为路易-菲力浦第五个孩子，克莱芒蒂娜公主的历史教师，被任命为国家文献馆历史部主任，得以参阅这些文献，对他撰写历史的方法是至关重要的。

1831 年 2 月 20 日，米什莱和基内在台步厅，参加了哲学家和经济学家圣西门（1760—1825）派的聚会，听取了昂芳丹“神父”一场宣讲。这是米什莱第一次接触社会主义派别。

8 月 2 日至 28 日，参观游览诺曼底和布列塔尼两个地区，揭开他一系列外省巡回采风的旅行，发现法国建筑、风景、人文和经济。这与他撰写《法国历史》并行不悖。

4 月，《通史导论》出版，米什莱阐述了他的历史哲学观，有别于维克托·库赞、奥古斯丁·梯叶里，甚至有别于维科。

7 月，《罗马史》（共和时期）出版。

这两部著作具有宣言的价值和气势。

当路易－菲力浦以“国王—公民”自诩，而他的政体又被称为“共和制最佳典范”之际,《通史导论》旨在将这种君主制建立在民主基础上，而《罗马史》又警示这种体制；凡专制统治须防止东方式退化。

不管怎样，1830 年革命之后，法国出现了新气象，民主原则获得胜利，学校青年精神振奋，资产阶级的力量在全国迅猛增长。在公共权力重组中，一些职位空缺出来，米什莱必须以实绩和有价值的思想观念证明自己。

1832 年至 1835 年

1832 年　9 月 1 日至 8 日，比利时之行，发现佛拉芒大画家鲁本斯（1577—1640），还发现了滑铁卢战场。

1833 年　4 月 14 日至 16 日，首次，后续数次到枫丹白露。7 月，参观兰斯大教堂。

11 月 21 日，被任命为索邦大学现代史教授基佐（1812 年任教授）的接替者。

12 月 1 日，米什莱撰写《法国历史》（起源至 1270 年）第一卷和第二卷出版，揭开了长达十七卷的鸿篇巨制的序幕。

《法国简史》（截至 1789 年革命）出版。

1834 年　8 月 5 日至 9 月 5 日，到英格兰、爱尔兰、苏格兰旅行，发现了工业正经历最强劲发展的一个国家，认识了中世纪的英格兰。米什莱对英法之间的百年战争（1337—1453）产生兴趣，要深入研究，写进下一卷的《法国历史》中。

1835 年　8 月 18 日至 9 月 25 日，系统参观法国西南地区的图书馆和文献馆。

8 月，再版维科的《历史哲学的原则》，增加了由作者撰写的生平。

9 月 15 日，米什莱译为法文的《路德回忆录》出版。

12 月，米什莱必须放弃替代基佐教职的任命。

1837 年至 1840 年

1837 年　米什莱从此更为经常地记日记。

6 月 22 日至 7 月 18 日，旅行参观比利时与荷兰。

6 月，《法国历史》（1270—1380）第三卷出版。

《法国权利的来源，从象征与通权格式中寻觅》出版。

1838 年　2 月 13 日，米什莱被任命为法兰西学院伦理学和历史教授。一直到 1842 年，米什莱在法兰西学院讲授的历史课，紧紧追随他的《法国历史》出版的进程。

3 月，米什莱被选为法兰西学院伦理学和政治学院士。

6 月 8 日至 8 月 17 日，前往瑞士、威尼斯、蒂罗尔，搜集资料，为意大利战争部分做准备。

1839 年 3 月 24 日至 4 月 7 日，米什莱前往里昂和圣艾蒂安，调查丝绸工人的命运，前不久，丝绸工人的造反行动引起米什莱的思虑。他在圣艾蒂安，还参观了一个兵工厂和一处矿井。

7 月 24 日，妻子波莉娜去世，因思考与工作过劳而死。

1840 年 2 月，《法国历史》（1380—1422）第四卷出版。

5 月 5 日，一名学生阿尔弗雷德的母亲，杜梅尼尔太太初次拜访，米什莱很快就同她建立亲热关系。

7 月 25 日至 8 月 16 日，去比利时旅行。

1841 年至 1844 年

1841 年 2 月，杜梅尼尔太太因到巴黎接受治疗，住到米什莱位于邮政街的寓所。

米什莱同杜梅尼尔母子到枫丹白露小住，又去鲁昂附近杜梅尼尔家逗留数日。

8 月 23 日，《法国历史》（贞德卷）第五卷出版。

8 月，《圣殿骑士团诉讼案》（资料汇编）出版。

1842 年 年初，教权派新闻刊物《天下》猛烈抨击大学。

基内被任命为法兰西学院教授。

5 月 31 日，杜梅尼尔太太在米什莱寓所去世。

6 月 19 日至 7 月 30 日，德国之行。这是具有决定意义的一年，准备撰写《人民》和《文艺复兴》，米什莱必须细化方法。

1843 年　米什莱和基内回击教权派新闻刊物越来越激烈的诋毁，约好在各自的课堂上讲解耶稣会。

7 月 15 日，《耶稣会教团》出版。

8 月，米什莱的女儿阿黛尔同阿尔弗雷德·杜梅尼尔结婚。杜梅尼尔脱离基督教，改宗信仰“未来的新上帝”，米什莱视他为门生。

1844 年　米什莱在学年课堂上，集中讲述罗马和法国，继续这场论战。

1 月 4 日，《法国历史》（路易十一卷）第六卷出版。

5 月 18 日至 6 月 22 日，米什莱到普罗旺斯地区、中央高原采风考察。

1845 年　1 月，《论教士、女人和家庭》出版。米什莱在 1844 年讲课中，萌发写这本书的灵感，旨在揭露教会精神指导的体系。

《耶稣会教团》和《论教士、女人和家庭》这两部著作，是论战的书，也是方法论，阐明个人见解的书，达到教育的目的。可惜法国不是英国；路易－菲力浦也不是新君主，米什莱注定受挫。

在一段时间，政府机构及其报纸的态度，还有利于这些自由派教授，但是面对教授们的思想有转向革命的势头，他们就发出了反对的声音。正因为如此，米什莱在法兰西学院开设一系列法国革命的课程。而且，他也放下《法国历史》第七卷，即文艺复兴卷的撰写工作，决定先写《法国革命史》了。

3月8日，米什莱收到昂芳丹神父的一封长信，说他读了《论教士、女人和家庭》一书。后来，米什莱在《日记》(1845年3月8日至23日、1854年4月3日)都有记述，表明这封信在米什莱的思想中，引起极深的反响，尤其信中宣告必须抱着一种务实的态度，创立一种“未来的宗教”。

1846年 1月28日，《人民》一书出版。这是第一本务实的书，不再摆出战斗的姿态，而是循循善诱的一本教科书。

4月，基内的课程被叫停。

11月18日，米什莱的父亲去世。父亲一直是他忠实的伙伴，在他的心目中，就代表了人民和法兰西革命。

米什莱从开始修史到1831年出版《罗马史》，已形成自己的历史观，其中重要的一点，就是在《罗马史》中突出表现的“去符号化”。他的矛头直指“从未有过的人民最美好的生活”，这是明目张胆的社会有机论者的抱负：反论说；反粉饰性讲述历史的“故事”，还原人类自行创造的历史。米什莱以孟德斯鸠自居，另行设置“方法和表述”，建立在各部分与整体“比例协调”的原则上。源自罗马的传说，都要在哲学上、人种志上和象征上进行讨论，从而建立一个有三种成分（语言、种族、信仰）的体系。这种体系可以复制，讲述别的种族的历史：伟大人物，汉尼拔或者凯撒，来往于东西方之间进行征伐。在这里，精神史则基于寻求发现一国人民历史特造的“天才”人物。

米什莱在《罗马史》中的独特贡献，就是开篇就将人民和民族置于他们的地盘上，给他们载满他们历史的物质基础，在人的大地上传诵他们的理想史诗。然而，《法国历史》出到第六卷，到文艺复兴的前夜，在法国创建国家君主制的路易十一，是一个形象十分暧昧的国，雨果在1831年出版的《巴黎圣母院》中，就有精彩的描绘。于是，如何全面评价文艺复兴，米什莱“去符号化”的主张出现了危机。他撂下《法国历史》，开始撰写人们还记忆犹新的历史：《法国革命史》。

不过，在《论教士、女人和家庭》中，米什莱已经有了些想法。女人，从女儿到妻子和母亲，必须教育她们懂得法律赋予的自由，摆脱教士对其思想意识的控制：“必须有个人为了爱”，“爱想要提升”。米什莱就是从这一点出发，考虑男人和女人的关系，包括性欲和社会两个层面，以期未来有利于培育具有创造性的英雄主义。

到了《人民》出版的背景：米什莱投身这场混战，所冒的风险远远超出大学自由派教授的问题，将他的作品、他的方法和他自身，在《人民》中完全融为一体了。这是个人的、社会的、国家的有机论有机性的宣言，力图将现代社会的喧嚣和危机，统统纳入宗教的表述中。

《人民》全书的核心，就是探索暗喻乡村的美德，劳动和大自然实践智慧的根底。童年和天赋的力量，在书中交相辉映，类似得令人叹为观止，米什莱后来称之为革命的法则：人民的本能与知识阶层的学识相得益彰，调理着两者的合作，米什莱根据这样的描绘，预言了“未来的年轻祖国”。

1847 年　法国革命的研究需要文学性的现实材料。一月，路易·勃朗[1]开始出版他编写的《法国革命史》。三月，拉马丁[2]出版了《吉伦特派历史》。

2 月 10 日，米什莱的《法国革命史》第一卷出版。

11 月 15 日，他的《法国革命史》第二卷出版。

11 月 13 日，米什莱收到阿泰纳依丝·米亚拉雷的

1　路易·勃朗（1811—1882），法国历史学家和政治家。他的著作《十年史》（1841—1844）有社会效应，扩大了反对七月王朝的力量。他是二月革命临时政府的成员，但是他看到他按照社会主义思想提出的社会改革方案失败，于六月流亡国外。1870 年回国，为极左派议员。

2　拉马丁（1790—1869），法国浪漫诗人和政治家。他是二月革命临时政府成员并任外交部长，真正主宰了法国数周。六月，巴黎工人起义被镇压，十二月总统选举中，败于路易·拿破仑。

一封信。这位二十岁的小学教师看了《论教士、女人和家庭》一书，受到了强烈的触动。

1848 年　1 月 2 日，米什莱的教学被叫停。他决定每周发表他准备好的讲义。

2 月 24 日，革命爆发。起因是基佐内阁取消了共和派定于 2 月 22 日举行的宴会，引发二月革命。路易－菲力浦要让位给长孙巴黎伯爵。2 月 25 日，在巴黎民众的强烈要求下，第二共和国宣告成立。

3 月 6 日，米什莱和基内恢复教学。

3 月 10 日，米什莱拒绝参加议会。

6 月，面对镇压巴黎工人起义的场景，米什莱万分震惊和愤慨。

8 月，集中思考未来的一部著作:《人民的圣经》。

11 月 8 日，米什莱初次会见比他小三十岁的阿泰纳依丝·米亚拉雷。

12 月，法兰西学院主管莱特罗纳去世，接任者巴泰勒米·圣伊莱尔更加敌视米什莱。

1849 年　1 月 25 日，米什莱在法兰西学院开了“爱情教育课”。

2 月 10 日,《法国革命史》第三卷出版。

3 月 12 日，米什莱和阿泰纳依丝到民政部门登记结婚。新婚夫妇在维利耶街安家，彼此耐心等待克服性关系的困难。

8 月 13 日至 26 日，阿登地区和比利时之行，察看杰马普战场（法国革命期间，1792 年吉伦特派掌权，北方军司令迪穆里埃将军先后在瓦尔密、杰马普两场战役，击败奥地利军，占领了比利时）。

9 月 3 日，米什莱夫妇这桩婚姻开始圆满。

10 月 1 日至 15 日，米什莱作为陪审员，参加重罪法庭审案，他力求为被告减刑或无罪释放。

1850 年　2 月 10 日，《法国革命史》第四卷出版。

7 月 2 日，米什莱喜得一子，取名伊夫·约翰·拉撒路（取《福音》中的复活之意）。

8 月 24 日，拉撒路夭折。阿泰纳依丝渴望在教堂之外给孩子洗礼。一次宗教仪式的这种需要，搅动了米什莱的思绪。

1850 年和 1851 年　米什莱在课堂主要讲授妇女和民众教育。

1851 年　3 月 6 日，米什莱被巴泰勒米·圣伊莱尔召到学院办公室（教授全体会议），他向部长揭发了米什莱反对路易·波拿巴。11 日，他又被指责教学论战味太浓。他的同事们没有支持他。

3 月 12 日，中止了米什莱的教学。

3 月 20 日，拉丁区的大学生游行支持米什莱。

4 月 8 日，宣布停发他的教授薪金。

4 月，《法国革命史》第五卷出版。

7 月末，波尔多与阿尔卡松之旅。

10 月 24 日，米什莱拒绝发给他的半份教授薪金。

11 月 20 日，出版第一传《民主的黄金传说：科斯休斯科传说》(波兰爱国将军)。

12 月 2 日，路易－拿破仑·波拿巴发动政变，实行个人独裁统治。

1852 年　路易·波拿巴发动政变前后，一批参加 1848 年革命的共和党人就流亡国外。政变一年后，路易·波拿巴于 12 月 2 日建立第二帝国，称拿破仑三世。流亡国外的雨果轻蔑地称他“小拿破仑”，著了大量诗文进行讽刺揭露。米什莱留在法国，也进入职业生涯最艰难的时期，但是他的笔还是自由的，写出专制统治者难以阻遏的不朽作品。

4 月，米什莱连同基内几人被解除在法兰西学院的教授职务。

6 月 3 日，米什莱拒绝新政权要求每个公务员的效忠的宣誓。

6 月 9 日，米什莱离开了文献馆。

6 月 12 日，出行前往南特·加里埃（革命时期国民公会成员，在大恐怖期，1794 年受指控而被绞死）的城市，毗邻旺代省，在那里准备写大恐怖卷，《法国革命史》第六卷，即最后一卷。

从此，米什莱无职一身轻，不必因公务滞留巴黎；

每年都到这外省度过一段时日。

1853 年　2 月至 3 月，可能因为撰写大恐怖的历史；身心产生了反应，一时心力交瘁，生了病。

8 月 1 日，《法国革命史》第六卷出版。

10 月 29 日，前往意大利休养，期望恢复健康。

11 月 15 日，《民主的黄金传说》第二传出版，题为《多瑙河公国，罗塞蒂夫人》。出版《贞德》单行本，与《法国历史》第五卷分别出版。

11 月 18 日，到意大利南方，在热那亚附近的小港内尔维落脚。米什莱病得不轻，还是关注了这个地区的民众和极度的贫穷，产生写《盛宴》的意念，批评费尔巴哈。

1854 年　1 月 21 日，出版《北方民主传说》（科休斯科、罗塞特夫人、俄罗斯的殉道士们）。

《盛宴》写出数章，生前未能发表。

4 月《革命的妇女》出版。

4 月 20 日至 6 月 4 日，在都灵逗留，查阅十六世纪的档案史料，续写中断十年的《法国历史》。

6 月 5 日至 30 日，到阿克奇进行泥浴，参加自然元素诗意疗效的秘密仪式。

1855 年　2 月 1 日，《文艺复兴史》——《法国历史》第七卷出版。

在第七卷的序言中，重新阐述，降低了对中世纪时期的评价。

7月2日，《改革史》——《法国历史》第八卷出版。

7月6日至15日，米什莱前往比利时与荷兰，去看望12月2日政变遭放逐的基内，搜集对《文艺复兴史》的报道。

7月15日，米什莱的女儿，阿黛尔·杜梅尼勒去世。

8月23日，在勒阿弗尔逗留期间，米什莱初试海水浴，同自然的第二元素亲密接触。

从此，米什莱每年都安排海水浴。

1856年 3月8日，《宗教战争》——《法国历史》第九卷出版。

3月12日，《鸟》出版。这是写自然史的一系列著作的开篇。米什莱从青年时起就对自然史产生兴趣，而且始终不减。这也是同他妻子合作的成果。

11月1日，《结盟》——《法国历史》第十卷出版。

这一年，米什莱还上了解剖课，他十分惊叹显微镜的功能。

《鸟》的出笼，是米什莱著述的又一大突破，但是这次突破不能不说借助了他年轻妻子之力。事实上，这个陪伴在身边的女性，全面催生了这部作品，为作者历史和哲学的思考立了一个新的通则，将他的散文诗化推向极致。这种新的概括，其根本原则很可能就是异国情调的概念，换换口味，再确切点儿说，就是力求重新整合所有外在性的东西、所有异国他乡的事物，所有的传说，不管是可疑的还是可心的；须知这些外在的事物，即使这位历史权威魄力十足的实践，也不能全讲清楚，同样，去符号化的大道理，也不可能深入群体的灵魂中领悟这些传说。的确，无论在米什莱还是在雨果看来，凡是历史，都会把女人视为典范的疑难问题：女人既是流放又是家园，既是不可能又是前景，既是奴役又是解放，既是沉默又是激励。女人的面孔类似自然，类似芸芸众生，类似人民。女人周期的形象，就如同天地的旋转，人类的大节律，社会的博动；而这种社会的博动，西方理性的统治总是拼命地否认，一直宣扬它那盲目而可笑的普遍主义，宣扬它那不得不阻碍生物的、有机论思想飞跃的笛卡尔几何主义，还宣扬它那不断摧残社会性的政治优先。

米什莱写作的转型，同当时的政治大气候密不可分。1830 年政权露骨的专制统治野心，虽然遭遇失败，却被 1848 年 6 月那场屠杀，被路易－拿破仑·波拿巴的政变粗暴地批准了。正是那场屠杀，才可能让“小拿破仑”得逞，也使得奥尔良派资产阶级和共和派知识分子，双双丧失民心和政权，才让恬不知耻的金融冒险家掌握国家的命运，推动工业化进程，而工人阶级边缘化，脱离了令人安心与英雄气概的自由思想。

可以说，这是社会理想的全面崩塌，已无米什莱的容身之地。于是他逃往南特，逃向大海，这个生命的源泉，因为历史把人推回本原。他终于得力于地理政治型的社会形态学，谱成了希望之歌：《鸟》《虫》《海》《山》的大自然交响曲。

智慧的力量在民间。米什莱在南特找到学者安琪·盖潘，科学和共和的斗士，传承社会主义思想的历史学家和哲学家。随后，米什莱又到地中海沿岸，意大利南端的内尔维，他终于结成了女性、自然历史、作为方法的文艺复兴、社会经济学、回炉的哲学和宗教的这种联盟，反对那个费尔巴哈的残缺不全的系统论。正是这种联盟筹备他所谓“盛宴”的人类总联盟。

1857 年　5 月 27 日，《亨利四世》——《法国历史》第十一卷出版。

10 月，自然史的第二本《虫》出版。

米什莱到枫丹白露度夏。这段逗留，米什莱称为获取资源的最佳时期（9 月 8 日的狂风暴雨）。此地的影响力，集中了自然（森林散步，观察昆虫）和历史（观赏宫堡及其壁画）；还唤起了他三场爱情的记忆（波莉娜、杜梅尼勒太太和阿泰纳依丝）。

1858 年至 1861 年

1858 年　3 月，《黎赛留和投石党》——《法国历史》第十二卷出版。

6 月至 10 月，到格朗维尔（芒什省首府）和波尔尼克（卢瓦尔－大西洋省首府）度过这段时光。

11 月 17 日，《爱情》一书出版。

1859 年　3 月 20 日至 4 月 11 日，出席解剖现场。

6 月至 10 月，到滨海夏朗特省圣乔治－迪多纳乡度过数月。

11 月 21 日，《女人》一书出版。

1860 年　4 月 27 日，《路易十四》——《法国历史》第十三卷出版。

6 月 20 日至 8 月 5 日，决定性的一段逗留时日，放弃小说的创作，有利于爱情史和自然史的写作。

1861 年　1 月 15 日，自然史的第三本《海》出版。

2 月 28 日，米什莱动笔创作一部小说：《西尔维娜——一名清洁女工的回忆录》，数次放弃；又数次重新拾起，但是最终没有写完。在瑞士的维托，他放弃这一写作计划，要集中精力创作《一位正派少女的回忆录》（阿泰纳依丝的一生）。

1862 年　2 月，《路易十四和勃艮第公爵》——《法国历史》第十五卷出版。

3 月 23 日，儿子夏尔在斯特拉斯堡住院，4 月 16 日去世。

8 月到 9 月，在滨海塞纳省圣瓦莱里－昂科，阅读达尔文的著作。

11 月 15 日，《巫术》出版。

《巫术》是这种最终方法的范例。内中的流亡，可以说内中如同流亡，如同禁区和退缩，如同必须改变所有习惯的秘密，从而给历史的真实带来象征的有机性。

《巫术》是米什莱摘取自他的《法国历史》诸多有关巫术的章节——这种历史边缘的表相——重新整合，安排场景使之完整，用地理学裁剪年表，如同采取一种复述方式，表现逐渐显露出来的教会、官职、国家和科学的权威影响，从而为人文科学的整个现代人类学开辟道路，犹如米歇尔·傅科（1926—1984，法国哲学家）可能继续阐明的那样。这种历史的回顾，前面有一部分纯粹是传说：中世纪女巫：搜集异教原初轶事的女人、撒旦的妻子、封建农业社会的反面、采草药女人，自然出现在世俗社会的反自然现象，生命科学的源头。米什莱这么做，实际上就是翻过来，掉过去:《文艺复兴》其实就等于他那《中世纪》的否认；而中世纪又反过来，成为重读古典几个世纪的历史的考古原则，又如同民众和女性批评君主制的癌变。而且，正由于这种癌变，自从宗教战争以来，法兰西正在衰退，无论大革命，也无论浪漫主义，都未能阻止这种衰退进程。

米什莱这样深挖文艺复兴的失败，给任何可能编写的“历史”所带来的，正是一种“反历史”的魄力，一种科学生产者撒旦精神的巫师之爱——如同该隐（亚当和夏娃的长子，不受宠爱）和所有被社会排斥的人，都是生产的生产者，能让一种“历史”重新站起来的工人。这种“反历史”相当狡猾，深知她（法语“历史”一词为阴性）那正史姐姐的谬误与罪行，不断揭发能把人引入歧途的危险。

米什莱写完《巫术》，在土伦港锚地“一派非洲景象”的地方，等待在“理性、权力、自然”中，升起希望的宗教大黎明；然而，如果说西方在这一岸完全胜利了，那也是以它的绝对失败为代价；预兆十分明显，我们在经济、性别、语言等领域所取得的惊人进步，并不是真正的世界，而我们的普遍性，已经被那些社会所遗忘、所排斥的大众深度要求远远超越了。

1863 年至 1864 年

1863 年 4 月至 9 月，居住在蒙托邦，阿泰纳依丝母亲的身边。

9 月至 10 月，在图卢兹、比利牛斯山脉地区逗留，一直到圣让·德吕兹乡。

10月1日，《摄政时期》——《法国历史》第十五卷出版。

1864年 7月至9月，旅居圣瓦莱里－昂科。

10月31日，《人类的圣经》出版（旨在反驳勒南的《耶稣的一生》）。

法国作家和历史学家勒南（1823—1892）正撰写《基督教起源史》（1863—1881），第一卷《耶稣的一生》1863年出版，引起强烈的反响。米什莱随即写了《人类的圣经》回答。

《人类的圣经》勾画出新的普遍性的蓝图："大地无处不是希望之乡，世界哪里都是耶路撒冷"。新的"有弹性的书"，是他势在必写的。这部著作的综合性令人惊叹，没有塞进任何怕惹起争议的谨慎用语，以赢得有礼貌的听众。光明中的人民（印度、波斯、希腊）的总辩护书，反对黑暗中的人民（埃及和犹太基督教传统的国家），罗马帝国倾覆与中世纪破灭的艺术再现，关于女人史诗的情绪激昂的争论，全书结尾，长段援引了《法国革命史》的序言。然而，如果从1864年回到1847年，预言未来的"起义"，那就得全面改写，深挖对自己的忠诚度。赫拉克勒斯和普罗米修斯的神话，链接全书的两部分，相当清楚地表明，劳动是世界和思想的动力，还表明神话就是团结、身份、科学和意识的活生生的现实。

1865年至1867年

1865年 6月30日至7月28日，在瑞士维托镇逗留，8月又到圣热尔维，米什莱在阿尔卑斯山区这些地方，又萌生新的创作意念，再写一本自然史的书：《山》。

从9月到12月，米什莱仍然流连于山区的一些城镇。从此，山的魅力取代了海的魅力。

1866年 4月底，米什莱取道图卢兹返回巴黎。

5月1日，《路易十五》——《法国历史》第十六卷出版。

8月21日至9月13日，到温泉之乡奥恩省巴尼奥勒疗养。

12月14日，又动身去阿尔卑斯山区的耶尔镇。

1867年 米什莱在耶尔过冬。

5月至6月，在瑞士维托逗留。

7月，在恩加丁，准备写《山》。

10月10日，《路易十五和路易十六》——《法国历史》十七卷出版。大功告成。

1868年 2月1日，自然史第四本《山》出版，米什莱实现了心愿。

米什莱又抓紧写《书中之书》，全书的大线条，他的作品和他的生命的力量：教育。

7月2日，要为再版的《法国革命史》重新写一篇序言，关于教育的书，他正文思汹涌，却不得不最终停下来。

米什莱趁《法国革命史》再版之际，特意阅读了基内的著作《革命》(1865)，以及路易·勃朗描述大革命时期的作品，他发现将他和基内现在拉开的差异。9月9日，他给基内写了一封信，近乎“绝交书”。

9月，米什莱到枫丹白露小住。

10月，米什莱回巴黎，在《时代》上，跟路易·勃朗就法国大革命展开一场辩论，反对罗伯斯庇尔的形象和作用。

1869年 5月，在1869年议会选举中，米什莱支持儒勒·费里，共和党人候选人。6月，共和派在巴黎选举中获胜，这促使米什莱重树对未来的信念，重又投入政治斗争。

5月，在1820年做的一场梦，但是在日记中没有提及，却搅得心神不宁。

8月至9月，到瑞士旅行并逗留。临近年终，做了许多笔记，涉及各种“取向”。

9月13日，为《法国革命史》再版新写的序言，寄给出版商拉克鲁瓦。

11月12日，出版《我们的儿子》(教育的历史与改革)。

11 月，计划写《十九世纪历史》，只好放下《书中之书》与一部《爱情史》(从 1849 年就酝酿创作)。

1870 年 关于帝国的全民公投，七百万人同意，一百五十万人反对。

7 月 19 日，法国对德宣战，史称“普法战争”。9 月 1 日，拿破仑三世与麦克马洪率大军到色当，被普鲁士军包围，次日率众投降。

9 月 4 日，巴黎宣布成立共和国。

米什莱对法国全军覆灭大失所望，他于 9 月 2 日离开巴黎，前往瑞士。

9 月 19 日，普军开始围困巴黎。

10 月 2 日，米什莱考虑写些文章，说明法国的处境，以他的笔为捍卫祖国出力。

10 月 29 日，米什莱身体虚弱，到佛罗伦萨休养。

1871 年 1 月 25 日，米什莱所写的小册子《法国面对欧洲》发行销售。

4 月 30 日，米什莱在比萨突发心脏病。

3 月 18 日至 5 月 27 日，巴黎公社时期。保卫巴黎的国民自卫军，于 3 月 18 日接管巴黎的市政权力，26 日，巴黎公社宣告成立。旧政权在凡尔赛组成政府，对外妥协，对巴黎公社实行血腥的镇压。5 月 22 日至 28 日，巴黎公社社员退到拉雪兹神父公墓，全部被政府军杀害，史称“流血周”。

5 月 22 日，米什莱在佛罗伦萨，得知巴黎公社被镇压的消息，精神再次受到打击。

6 月至 10 月，米什莱在瑞士逗留期间，重又撰写《十九世纪历史》。

1872 年至 1874 年

1872 年 4 月 3 日，《十九世纪历史》第一卷出版（还附上一篇历史研究文章，思考出身，以及他出生前后那几年）。

10 月，米什莱患肺炎，他的右手半瘫痪。他从 4 月便回到巴黎。

1873 年 3 月 15 日，《十九世纪历史》第二卷出版。

米什莱居住在瑞士，继而回法国，住在耶尔镇。

1874 年 1 月，《十九世纪历史》第三卷写完。

2 月 9 日，米什莱突发心脏病，在耶尔逝世。

1875 年 《十九世纪历史》第三卷出版。

米什莱逝世后，他的夫人整理出版他的遗著，但是以她的方式动了米什莱的文稿：截取，添加她补写的段落。陆续出版了《盛宴》（1879）、《我的青春》和《我的日记》（1884、1888）——青春的回忆，以及重新书写和重组的《日记》——《罗马》、《在欧洲的路上》、《我们的法兰西》（记述旅行的一些拼凑作品)。

1893年至1898年 《米什莱全集》第一版，由弗拉马里翁出版印出发行。

1959年 出版了《日记》(1828—1848)第一卷。
《青春记述》(1820—1821,《回忆录》《思想日记》《阅读日记》)。

1961年 《日记》(1849—1860)第二卷出版。

1976年 《日记》(1861—1874)第三卷和第四卷出版。

米什莱这份年表，虽简略却很齐全，求全因为是汉语版的第一份，有助于全面了解米什莱半个世纪的忙碌和惊人的著述。这份年表是根据《法语文学词典》米什莱词条编译的。年表前有长文专论，是研究米什莱的专家，J. 塞巴歇（J. Seebacher）撰写的，很有深度和特色。我选译了几段，置于年表开头和相关作品后。专论结尾的两段，应是理解米什莱如此丰富的著作的钥匙，译出来与读者共享：

米什莱激烈反对浪漫主义，只因浪漫主义高踞于云端；远远隔离资产阶级世纪病，而且还绕开劳动和历史的学问艰深的现实，他小心翼翼地守护，始终保持自己行为的导向，这种端正的态度迫使他反对勒南，同基内断交，也同那个雨果保持距离，尽管雨果在流亡中，在所有方面都越来越同他接近了。然而，除了神话的巨大冲力，除了能同乔治桑，甚至能同福楼拜友好交谈的这种新型的叙述性，除了将浪漫主义推向极致的这种科学的、哲学和文学的自然主义，米什莱的文体，若想归结为一种风格，就不能不只赞赏他的诗意，心悦诚服地忽略其余的一切。这种文体，首先是组合，拟态式构筑各种材料、片断的知识、它们之间假定性和象征性的关系、它们历史意识的奇思异想。然后，这一点尤为重要，在这种符号的链条之间，安插主观性的精彩对话，以便在社会未来的客观性中占领地盘。米什莱的这一自我，在这个过程中，不断认识自己，感受考验自己，同时一直引逗对话者，引导读者的自我脱离自身，使之诞生于自由，使之进入圈套而最终自我解脱。

以此而论，米什莱的历史作用是巨大的。一方面，他培育起来共和意识、新型的教育——但是也冒很大风险：法国激进主义和社会主义公开的暧昧性，乃至背叛、排犹主义、贝当（法国“二战”期间与德国合作的贝当元帅）派，以及纳粹异端“新哲学”等种种反应。另一方面，他也提供了科学和思想意识带有先知性的各种各样条件境况，以避免斯平格雷（Spengler，1880—1936，德国哲学家和历史学家）于1918年描绘的那种“西方的衰落”。总之，如同雨果那样，米什莱将哲学和历史的自然主义的文学运用，推到恰当可控的极端，这种差异的体系化既可以称为超自然主义，也可以称为超现实主义。二十世纪的作家们，被抬举到不当归属于米什莱的流派，或者不当敌视他那形象的流派，他们不会轻易承认欠他的恩债。然而，在宗教和家园毁灭的乡愁中，在语言和文明的紊乱中，在奉献和爱情的革命中，恐怕很难不撞见他，如同撞见不断要使当今摆脱中世纪的一个人。

2018 年 8 月

于大连金石滩

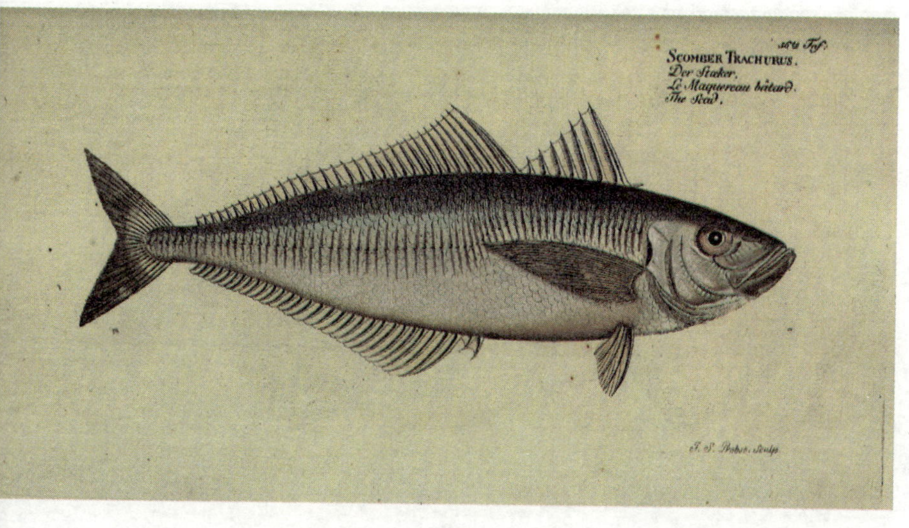

《鱼类博物学》

在 1783 年到 1785 年之间

马库斯·布洛赫（Macus E. Bloch，1723—1799），德国博物学家、海洋学家、鱼类学家，十八世纪最重要的鱼类学家之一。他创作的鱼类科学绘画艳丽生动，描绘精细，既是科学绘画作品的典范，又具有极高的艺术价值，堪称科学与艺术的完美结合。

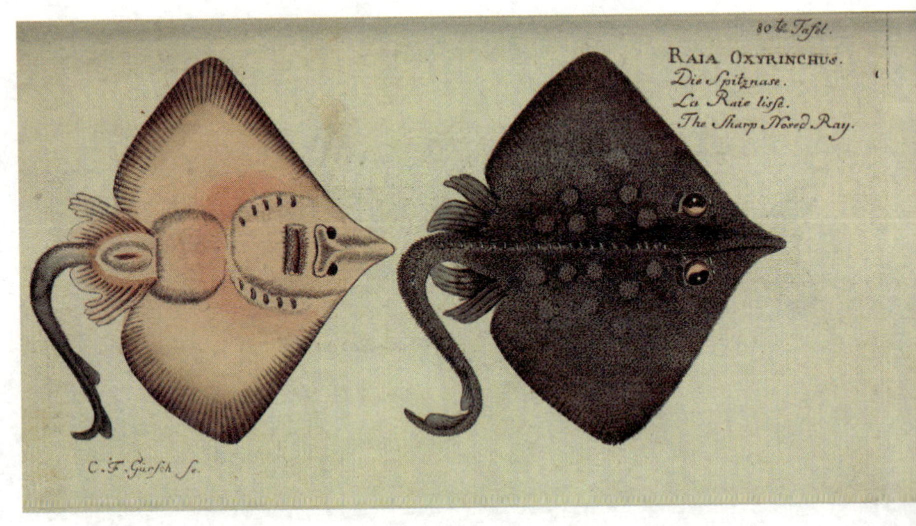

《鱼类博物学》

在 1783 年到 1785 年之间

马库斯·布洛赫（Macus E. Bloch，1723—1799），德国博物学家、海洋学家、鱼类学家，十八世纪最重要的鱼类学家之一。他创作的鱼类科学绘画艳丽生动，描绘精细，既是科学绘画作品的典范，又具有极高的艺术价值，堪称科学与艺术的完美结合。

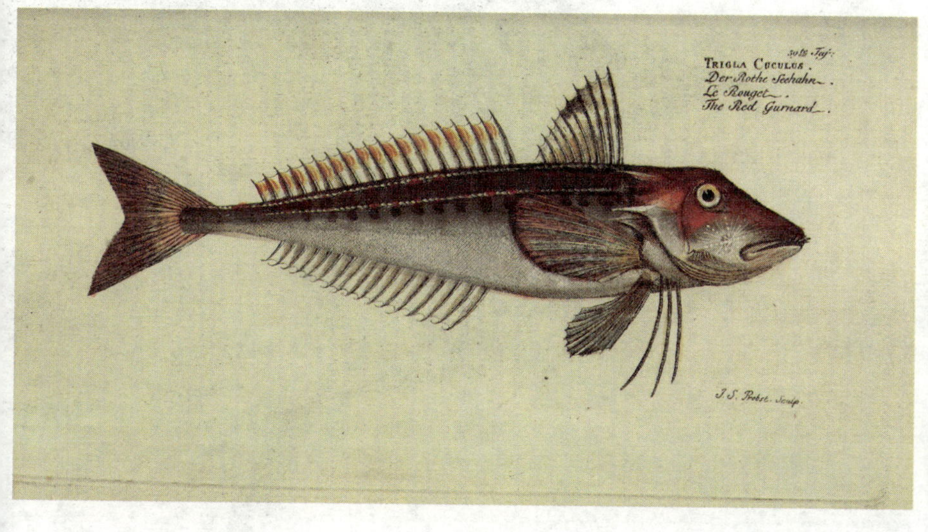

《鱼类博物学》

在 1783 年到 1785 年之间

马库斯·布洛赫（Macus E. Bloch，1723—1799），德国博物学家、海洋学家、鱼类学家，十八世纪最重要的鱼类学家之一。他创作的鱼类科学绘画艳丽生动，描绘精细，既是科学绘画作品的典范，又具有极高的艺术价值，堪称科学与艺术的完美结合。

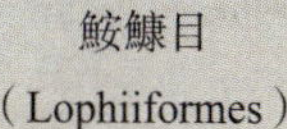

鮟鱇目

（Lophiiformes）

1705 年

玛丽亚 · 西比拉 · 梅里安（Maria Sibylla Merian， 1647—1717）

Bierstadt

《海豹岩》

（*Seal Rock*，*California*）

约 1872 年

阿尔伯特·比尔施塔特（Albert Bierstadt，1830—1902）

《自然界的艺术形态》

（Kunstformen der Natur）

1904 年

恩斯特·海克尔（Ernst Haeckel，1834—1919），德国博物学家，达尔文进化论的捍卫者和传播者。

《自然界的艺术形态》

（Kunstformen der Natur）

1904 年

恩斯特 · 海克尔（Ernst Haeckel，1834—1919），德国博物学家，达尔文进化论的捍卫者和传播者。

《自然界的艺术形态》

（Kunstformen der Natur）

1904 年

恩斯特·海克尔（Ernst Haeckel，1834—1919），德国博物学家，达尔文进化论的捍卫者和传播者。

《自然界的艺术形态》

（Kunstformen der Natur）

1904 年

恩斯特·海克尔（Ernst Haeckel，1834—1919），德国博物学家，达尔文进化论的捍卫者和传播者。

《鱼类博物学》

在 1783 年到 1785 年之间

马库斯·布洛赫（Macus E. Bloch，1723—1799），德国博物学家、海洋学家、鱼类学家，十八世纪最重要的鱼类学家之一。他创作的鱼类科学绘画艳丽生动，描绘精细，既是科学绘画作品的典范，又具有极高的艺术价值，堪称科学与艺术的完美结合。

《鱼类博物学》

在 1783 年到 1785 年之间

马库斯·布洛赫（Macus E. Bloch，1723—1799），德国博物学家、海洋学家、鱼类学家，十八世纪最重要的鱼类学家之一。他创作的鱼类科学绘画艳丽生动，描绘精细，既是科学绘画作品的典范，又具有极高的艺术价值，堪称科学与艺术的完美结合。

《鱼类博物学》

在 1783 年到 1785 年之间

马库斯 · 布洛赫（Macus E. Bloch，1723—1799），德国博物学家、海洋学家、鱼类学家，十八世纪最重要的鱼类学家之一。他创作的鱼类科学绘画艳丽生动，描绘精细，既是科学绘画作品的典范，又具有极高的艺术价值，堪称科学与艺术的完美结合。

图书在版编目 (CIP) 数据

海 / (法) 儒勒·米什莱著；李玉民译 . —北京：中央编译出版社，2018.10
ISBN 978-7-5117-3521-8

I. ①海…
II. ①儒… ②李…
III. ①散文集－法国－近代
IV. ① I565.64

中国版本图书馆 CIP 数据核字 (2018) 第 008410 号

海

出 版 人：葛海彦
出版统筹：贾宇琰
责任编辑：朱瑞雪
责任印制：刘 慧
出版发行：中央编译出版社
地 址：北京西城区车公庄大街乙 5 号鸿儒大厦 B 座 (100044)
电 话：(010) 52612345 (总编室) (010) 52612341 (编辑室)
(010) 52612316 (发行部) (010) 52612346 (馆配部)
传 真：(010) 66515838
经 销：全国新华书店
印 刷：北京紫瑞利印刷有限公司
开 本：880 毫米 ×1230 毫米 1/32
字 数：233 千字
印 张：12.25 彩插：16 页
版 次：2018 年 10 月第 1 版
印 次：2018 年 10 月第 1 次印刷
定 价：49.80 元

网 址：www.cctphome.com 邮 箱：cctp@cctphome.com
新浪微博：@ 中央编译出版社 微 信：中央编译出版社（ID：cctphome）
淘宝店铺：中央编译出版社直销店（http://shop108367160.taobao.com）(010) 55626985

本社常年法律顾问：北京市吴栾赵阎律师事务所律师 闫军 梁勤
凡有印装质量问题，本社负责调换，电话：(010) 55626985